Www. **Killer-Elli** .com

Rita Janaczek

Krimi

Machandel Verlag

Machandel Verlag Haselünne
Charlotte Erpenbeck
Cover: Elena Münscher
Nachtansicht Rostock: RikoK/depositphotos.com
Elemente aus Bildern v. Kurt Rasmussen/bahnbilder.de
Druck: wir-machen-druck.de
1. Auflage 2024
ISBN 978-3-95959-444-8

Start ins Wochenende

Rostock – Spätsommer

So ein Geschiebe in der Straßenbahn – und das kurz vor Mitternacht! Irgendwo in der Stadt oder am Alten Hafen musste ein Event gewesen sein, das die Besucher jetzt alle gleichzeitig auf die Straße spuckte. Vinzenz lehnte lässig an einer Stange und beobachtete das Gedränge.

Der nächste Halt.

Eine Handvoll Fahrgäste stieg aus, andere hechteten zu den freiwerdenden Plätzen. Vinzenz juckte das nicht. Ein paar Stationen noch, dann war er ohnehin zu Hause. Mit einem Ruck fuhr die Bahn wieder los. Das Smartphone vibrierte in der Gesäßtasche seiner Jeans. Er zückte es, warf einen kurzen Blick auf das Display. Bea. Was wollte die denn jetzt noch? Es war doch alles geklärt. Ihren Kontakt hatte er längst gelöscht, aber sie schien seinen wie einen Schatz zu hüten. Wenn sie nicht lockerließ, würde er sie sperren.

DU WOLLTEST ES BEENDEN. ALSO NIMM MEINEN KONTAKT RAUS.

Sofort schickte er die Nachricht ab und schob das Handy an seinen Platz. Er spürte, dass er beobachtet wurde und sah hoch.

Sie saß schräg gegenüber. Mit ausgestreckten Armen hätten sie sich berühren können. Einige Jahre jünger als er, kurze wilde Haare und dunkle Augen.

Abermals hielt die Straßenbahn.

Offen schaute sie ihm ins Gesicht. Er hielt ihrem Blick eine Weile stand, sah dann aber nach unten, als die Bahn anzog. Nach ein paar Sekunden blickte er doch wieder hoch. Den Boden zu erkunden war erst recht peinlich, da war ihm die Unsicherheit sofort anzusehen. Er fuhr sich nervös durchs Haar. So was Blödes, in einem Club wäre er bei einem solchen Flirtversuch souveräner gewesen. So profan in einer Straßenbahn, das war nicht seine Plattform.

„Nora“, sagte sie mit einem Lächeln.

„Vinzenz.“

Dieses Strahlen steckte ihn sofort an. Er lächelte zurück. Nächster Halt, es gab Gedränge in beide Richtungen. Dann stiegen drei Typen ein. Noch bevor die Tür sich wieder schloss, fingen sie an zu pöbeln. Die hatten offensichtlich einiges getankt.

Vinzenz schob sich unauffällig auf die andere Seite des Gangs neben Noras Sitzbank. Eigentlich hatte er vorgehabt, eine lockere Konversation mit ihr zu beginnen. Doch es war wohl besser, stattdessen die Situation im Blick zu behalten. Die Typen waren auf Krawall aus, das war nicht zu übersehen. Der größte von ihnen trug Springerstiefel light, war sicherlich über eins neunzig, und auf seinem schwarzen T-Shirt stand „Scheißstaat". Die kurzen Haare standen bürstenartig nach oben. So, wie seine Muskeln das Shirt ausbeulten, hatte er vermutlich einen Großteil seiner bisherigen Lebenszeit im Fitnesscenter verbracht. Der Hagere neben ihm, der ebenfalls in schwarz gekleidet war, hatte die Kapuze seines Hoodys tief ins Gesicht gezogen und hielt eine Bierdose in der Hand. Schief grinsend stellte er sich mit seinem Schritt direkt vor das Gesicht einer Jugendlichen, die in der Nähe der Tür saß. Der Dritte präsentierte seinen Rücken, mit abgewetzter Lederweste über dem T-Shirt. Tätowierte Totenköpfe verunstalteten jeden Quadratzentimeter seiner Arme. Jeder im hinteren Teil des Straßenbahnabteils, der ab jetzt aussteigen wollte, musste zwangsläufig an diesen Dream-Boys vorbei. *Scheißtypen*, ging es Vinzenz durch den Kopf, *Auftritt von Bürste, Bierdose und Skull.*

Der nächste Halt kam in Sichtweite.

Zwei Jugendliche erhoben sich von ihren Sitzen. Sie steuerten eilig den vorderen Ausgang an, um der Begegnung mit dem Trio zu entgehen. Ansonsten rührte sich niemand. Skull begann sich in die andere Richtung durch den Gang zu drängen. Wenn man es genau betrachtete, hatte er freie Bahn, die Umstehenden wichen zurück. Er blieb bei einem jungen Mann stehen, der in einem lindgrünen Pulli am Fenster saß und so unauffällig aus dem Fenster sah, dass es erst recht auffiel.

„Steh auf, du schwule Sau“, blökte Skull, „und nimm dir ´nen Strick! Sonst besorgen wir das für dich!“

Zwei Senioren mit Rollator erhoben sich und schoben Richtung Ausgang, Vinzenz hätte nicht sagen können, ob ihre geduckte Haltung ihrer Angst oder ihrem Alter geschuldet war.

„Ihr bleibt schön hier.“ Bürste stellte sich ihnen direkt in den Weg, kein Durchkommen. „Was haben wir denn da?“ Er grinste breit. „Einen Porsche und einen Ferrari. Dürft ihr alten Säcke sowas überhaupt noch fahren?“

Die beiden anderen lachten.

Bürste zog dem Alten den Rollator aus der Hand und beförderte das Gefährt mit einem wuchtigen Tritt zu Boden. Einen Herzschlag lang rührte sich niemand, dann sprang eine Frau auf, um das Gefährt aufzurichten.

„Hab ich was von Aufstehen gesagt, du blöde Schlampe?“

Sofort setzte sie sich auf ihren Platz zurück und starrte auf ihre Hände. Im gleichen Moment bremste die Bahn. Der alte Mann geriet ohne seinen Rollator aus dem Gleichgewicht. Er taumelte seitlich, versuchte noch, eine Haltestange zu greifen, kippte gegen den Hageren mit der Bierdose und landete auf dem Boden.

„Pass mal auf, du Drecksack!“, brüllte der sofort, „ich lass mich doch von einem Scheintoten nicht anrempeln!“ Dann trat er mehrmals zu.

Der hilflose Senior krümmte sich zusammen.

Bierdose ließ von dem Alten ab, der stöhnend auf dem Boden liegen blieb, und hielt nach einem neuen Opfer Ausschau. Vinzenz tastete nach seinem Smartphone, um den Notruf zu wählen. In diesem Moment traf ihn Bürstes Blick. Langsam ließ er den Arm wieder sinken. Die Straßenbahn hielt und alle, die jenseits der Dreiergang saßen und unbehelligt die nächste Tür erreichen konnten, stiegen jetzt hastig aus. Vermutlich war ein Großteil von ihnen hier nicht zu Hause. Aber in Anbetracht dessen, was sich hier gerade abspielte, war es die bessere Option, in das hintere Abteil umzusteigen oder auf die nächste Bahn zu warten. Sicher hätten auch alle im hinteren Teil des Waggons gern den Ort des Geschehens verlassen. Doch niemand rührte sich, jeder hätte unweigerlich an dieser hochaggressiven Truppe vorbei gemusst.

Nächster Versuch. Vinzenz drehte sich weg und angelte so unauffällig wie möglich sein Handy aus der Hosentasche. Aus dem Augenwinkel konnte er sehen, dass Nora bereits tippte. Ihre Blicke trafen sich kurz.

„Ihr zwei da, Handys weg." Bürste kam mit großen Schritten auf ihn zu und holte ohne Vorwarnung aus.

Vinzenz hatte keine Zeit zu reagieren, der Schlag beförderte ihn zu Boden. Die Umstehenden wichen zurück. Der Schmerz zog von der Nase bis in den Hinterkopf, sofort breitete sich der Geschmack von Blut in seinem Mund aus. Jetzt war der Typ über ihm. Vinzenz robbte rückwärts. Die ersten Tritte trafen ihn hart in den Oberschenkel. Er japste vor Schmerz, reflexhaft trat er zurück, traf aber nicht.

„Halt die Beine still, du Wichser!"

Die zwei anderen lachten wieder.

Vinzenz hob ihnen beschwichtigend die Handflächen entgegen.

„Wolltest du etwa die Bullen rufen, du Opfer? Weißt du, was wir mit dir machen? Wir schneiden dir die Eier ab!"

Bürste zog ein Messer und ließ es aufspringen.

„Mach keinen Scheiß, Mann", japste Vinzenz.

Nora entfuhr ein „Nicht!".

„Hat dich einer gefragt, du kleine Nutte?", bellte Bierdose und rückte auf. Er legte seine Hand auf ihre Kehle und drückte sie rücklings in den Sitz.

„Lass sie los!", keuchte Vinzenz und trat zu. Diesmal traf er direkt zwischen die Beine. Bürste heulte auf. Vinzenz konnte sehen, dass Bierdose von Nora abließ, doch jetzt konzentrierten sich alle drei auf ihn. Das hatte ihm noch gefehlt, er war ohnehin in einer denkbar schlechten Position.

„Gib her!“ Skull schob sich neben seinen Kumpel und zog ihm das Messer aus der Hand. Er positionierte sich, beugte sich hinab und stach zu.

Das hat er jetzt nicht getan!, war Vinzenz´ flüchtiger Gedanke, dann kam der brennende Schmerz. Der zweite Stich ließ nicht lange auf sich warten und traf ihn in die Seite. Vinzenz wollte wieder treten, doch der Schmerz war so heftig, dass seine Beine ihm nicht gehorchten. Sein Blick schweifte für den Bruchteil einer Sekunde in die Menge, über eine Staffage erstarrter Figuren. In diesem Moment wurde ihm bewusst, dass er auf sich allein gestellt war.

Skulls Blick war anzusehen, dass er noch nicht fertig war. Reflexhaft riss Vinzenz die Arme hoch, um den Angreifer abzuwehren oder sich zumindest notdürftig zu schützen. Er nahm den Lichtschimmer wahr, der über die Klinge blitze, fast gleichzeitig verletzte sie seine Hand. Er stieß einen erstickten Schrei aus.

Skull war jetzt offensichtlich so richtig in seinem Element. Er schien nicht einmal die ältere Frau zu bemerken, die an seine Seite trat.

„Ich kann das nicht mehr mitansehen“, sagte sie fest, als er zum nächsten Angriff ansetzte. Sie drückte Skull die Mündung einer Pistole an den

Kopf. Der stutzte. In dem Moment, als sein Gesicht einen ungläubigen Ausdruck annahm, drückte sie ab.

Der Himmel war sternenklar, die Straßenbeleuchtung verteilte ihr warmweißes Licht über die Haltestelle, das Blaulicht einiger Einsatzfahrzeuge flirrte in den Scheiben der Straßenbahn. Die Nacht hatte keine Chance, diesen Flecken der Stadt in Dunkelheit zu tauchen. Obwohl Mitternacht schon lange vorüber war, beobachteten einige Anwohner das Spektakel aus den Fenstern ihrer Wohnungen. Spezialisten in weißen Einweganzügen bevölkerten das Straßenbahnabteil und die Haltestelle. Uniformierte Polizisten befragten Zeugen in dafür bereitgestellten Fahrzeugen. Der Straßenabschnitt am Rahnstädter Weg war durch leichte Sichtschutzzäune notdürftig abgesperrt worden. Außer der blutbespritzten Seitenscheibe des Abteils deutete von außen nichts auf eine Straftat hin.

Kriminalhauptkommissar Rune Kahlberg und Kriminalhauptkommissarin Imani Krohn standen am Notarztwagen, der vor wenigen Minuten den jungen Mann mit den Stichverletzungen an Bord genommen hatte.

Kahlberg warf einen kurzen Blick zu Krohn herüber. Seit zwei Jahre arbeiteten sie schon gemeinsam in seinem buntgemischten Team. Er wusste es zu schätzen, dass sie selbst dann ruhig blieb, wenn sie wegen ihrer dunklen Hautfarbe dumm angemacht wurde.

„Wir fahren jetzt los", informierte sie der Notarzt.

„Wie schätzen Sie seine Chancen?", wollte Kahlberg wissen.

„Hoher Blutverlust, doch wir konnten ihn so weit stabilisieren. Wir bringen ihn ins Uniklinikum, das OP-Team macht sich schon bereit."

Kahlberg nickte. *So ein junges Leben. So eine sinnlose Aktion. So eine verdammte Scheiße.*

Er blickte dem Notarztwagen nach, der den Ort des Geschehens unter Blaulicht verließ, spürte Krohn an seiner Seite, schweigend, bewegungslos und doch irgendwie tröstlich.

„Herr Kommissar, darf ich jetzt fahren?" Der Senior stützte sich auf seinen Rollator und sah erschöpft aus. „Ich habe dem Streifenpolizisten meine Telefonnummer gegeben. Mein Bruder ist bei dem Vorfall verletzt worden. Ich muss zu ihm ins Krankenhaus."

Der Rollator erinnerte Kahlberg an seinen eigenen Vater, daran, wie schnell der Alte abgebaut hatte. Er verabschiedete sich vom Leben, bevor er auch nur einmal mit der Gehhilfe durch die Gegend schob. Mit einem Mal war die fast vergessene Hilflosigkeit wieder präsent.

„Wie kommen Sie denn jetzt da hin?", fragte Kahlberg.

Der Senior zuckte mit den Schultern. „Ich werde mir wohl ein Taxi nehmen."

„Ich rufe Ihnen eins." Kahlberg nestelte sein Smartphone aus der Innentasche seines Sakkos. Es war das Mindeste, was er jetzt tun konnte.

Hauptkommissar Benno Sievermann, Leiter der Spurensicherung, stieg aus dem Straßenbahnabteil und schritt zügig auf Kahlberg zu.

„Wir sind so weit."

„Ihr Taxi ist unterwegs." Kahlberg nickte dem alten Mann freundlich zu. Der bedankte sich wortreich.

Endlich konnte sich Kahlberg dem Kollegen zuwenden. Der stand breitbeinig in seiner weißen Einwegkluft vor ihm, den Mundschutz hatte er abgenommen.

„Ihr könnt jetzt einen Blick auf den Toten werfen. Ich sag mal nix. Macht euch selbst ein Bild."

Während sie gemeinsam auf die Straßenbahn zugingen, stieg gerade der Rechtsmediziner aus seinem Dienstwagen. Sie hielten inne und warteten, bis er zu ihnen aufschloss. Die Streifenpolizisten schoben derweil die Absperrung an ihren Platz zurück. „Hallo, Dr. Jessen! Seit wann sind Sie unter die Nachteulen gegangen?", grüßte Kahlberg ihn mit Handschlag.

„Ich habe den Bereitschaftsdienst getauscht, das hat man dann davon." Jessen seufzte, dann huschte ein jungenhaftes Grinsen über sein Gesicht. „Schönes Gemetzel, habe ich gehört. Dann wollen wir mal."

Erst direkt vor der Straßenbahn war das Durchschussloch in der Scheibe des Abteils zu erkennen. Sie zogen sich die Plastikoveralls über, die ein Kollege der Spurensicherung ihnen reichte, und stiegen in das Abteil. Die Luft stand, Kahlberg schlug ein Geruchscocktail aus Schweiß, Alkohol und Blut entgegen. Er warf Krohn einen Blick zu, den sie ausdruckslos entgegennahm.

Der Tote lag rücklings im Gang, mit dem Kopf in einer Blutlache. An der rechten Schläfe war das Einschussloch deutlich zu erkennen, an der linken Schädelseite war das blonde Haar blutverklebt. Der Tote trug dunkle Jeans, eine alte Lederweste über einem schwarzen T-Shirt und Turnschuhe, die ihre besten Zeiten hinter sich hatten. Beide Arme waren komplett mit Totenköpfen in allen Größen und Variationen tätowiert. Ein blutverschmiertes Messer lag fast zwei Meter von seiner Hand entfernt. Vermutlich war es ihm im Sturz entglitten und ein Stück den Gang entlanggerutscht. Auch auf Höhe seiner Knie gab es reichlich Blut am Boden, großflächig verwischt. Kaum einen halben Meter entfernt, an einer Haltestange, lag ein Smartphone.

Dr. Jessen zog sich Nitrilhandschuhe über und hockte sich zu dem Toten. Während er arbeitete, hielten die Ermittler die Szenerie im Blick.

„Die Leiche hat halb auf einem jungen Mann gelegen, der mehrere Stichverletzungen hatte. So wie der Tote hier liegt, ist er aber nicht gefallen. Er lag wohl zunächst auf dem Bauch und wurde von den Ersthelfern zur Seite gerollt, die sich um den Verletzten kümmern wollten“, erklärte Sievermann.

„Ja, das deckt sich mit den ersten Zeugenaussagen. Er hat auf den jungen Mann eingestochen und wurde dabei erschossen.“ Imani Krohn hielt kurz inne. „Von einer Seniorin, vermutlich siebzig plus.“

„Auch nicht gerade ein Alter, um noch mit dem Töten anzufangen“, murmelte Sievermann. Seine Leute begannen, ihr Equipment zusammenzupacken.

Kahlberg nickte abwesend. Er betrachtete die Blutsprenkel an der Scheibe. Einige hatten kleine Rinnsale hinterlassen. Die Flugbahn des Projektils musste leicht schräg von unten nach oben erfolgt sein, das Einschussloch im Glas befand sich definitiv über Kopfhöhe.

„Wenn wir mit allem fertig sind, wird der Waggon polizeilich versiegelt und beim Betriebshof Hamburger Straße abgestellt“, erklärte Sievermann. „Falls wir nochmal nachfassen müssen. Die Rostocker Straßenbahn AG ist bereits darüber informiert. Das Projektil haben wir übrigens auf der andren Straßenseite gefunden. Also, falls ihr noch mit Zeugen einen Ortstermin braucht, der Waggon bleibt bis auf weiteres beim Betriebshof."

„Das wird wohl nötig sein. Es gibt unter den bisherigen Aussagen zwar viele Übereinstimmungen, aber auch ein paar Details, die nicht zueinander passen", sagte Krohn. Kahlberg nickte. Seine Kollegin hatte einen guten Blick für Zusammenhänge.

„Sieht nach einem aufgesetzten Schuss aus. Es sind deutliche Pulvereinsprengungen zu sehen." Dr. Jessen erinnerte mit seinem Statement daran, dass er noch anwesend war.

„Das deckt sich mit den Zeugenaussagen. Sie hat ihm die Waffe wohl direkt an den Kopf gehalten", bestätigte Kahlberg.

„Ich frage mich, weshalb eine Seniorin an einem schlichten Freitagabend mit einer Schusswaffe unterwegs ist", warf Krohn ein. „Und um auf deinen Gedanken von vorhin zurückzukommen, Benno – vielleicht hat sie nicht erst jetzt mit dem Töten begonnen. Wir müssen so schnell wie möglich ihre Identität ermitteln. Und wir müssen herausfinden, ob sie bereits in der Vergangenheit in dieser Hinsicht straffällig geworden ist."

Benno Sievermann rang sich ein gequältes Lächeln ab.

„Das herauszufinden ist Gott sei Dank nicht meine Aufgabe. Ich bin froh, dass ich mich lediglich mit den glasklaren Fakten befassen muss."

„Ich bin hier fertig", sagte Dr. Jessen und gähnte hörbar. „Sorry, ist schon die zweite Nacht, die ich mir diese Woche um die Ohren schlage."

Kahlberg sah auf seine Armbanduhr.

„Okay. Geht auf drei Uhr zu. Wieviel Schlaf brauchst du, Imani?"

„Wir könnten direkt zur Polizeiinspektion fahren. Schlaf wird definitiv überbewertet."

Sie lächelte und ein Grübchen erschien auf ihrer rechten Wange. Sie hatte ihm vor längerer Zeit erzählt, dass sie dieses Merkmal von ihrer Mutter geerbt hatte.

„Ist jetzt nicht dein Ernst, oder?"

„Doch."

Sie klang sogar todernst. „Morgen um acht?", schlug er vor. Er war schließlich keine dreißig mehr.

„Okay, Rune. Dann gönnen wir uns ein paar winzige Stündchen."

Direkt nach dem Schuss war die Bahn an der Haltestelle Rahnstädter Weg stehengeblieben. Jemand musste den Türöffner betätigt haben. In Panik waren die Leute nach draußen geströmt und der Pulk hatte sie mit sich geschwemmt. Fast automatisch war sie nach draußen gelangt und sofort weitergegangen.

Das Piepen im rechten Ohr war noch immer überdeutlich. Sie lief die Straße zügig entlang, ohne zu wissen, ob sie überhaupt den richtigen Weg eingeschlagen hatte. Der Wind frischte auf, sie schob ihre Hand in die Manteltasche und tastete nach ihrem Halstuch. Als sie nur das kalte Metall spürte, gaben ihre Finger die Suche auf. Deutlich hörte sie Schritte und Stimmen, die Geräusche waren hinter ihr und kamen allmählich näher. Ein Hauch von Erinnerung wallte in ihr auf, doch ihre Gedanken waren fahrig und hinterließen eine innere Unruhe. Sie bog in eine dunkle Seitenstraße ab und drückte sich in einen Hauseingang. Da waren doch Männer in der Straßenbahn gewesen. Konnten die ihr gefolgt sein? Instinktiv hielt sie den Atem an. Wo eigentlich ihr Herz sein sollte, arbeitete eine Dampframme.

Lautstark passierte eine Gruppe Jugendlicher den Weg. Sie harrte noch eine Weile aus. Ihr Hirn formte ungefragt einen losen Gedanken, mit dem sie nichts anfangen konnte. *Leicht schräg von unten nach oben schießen.* Sie verließ ihr Versteck und irrte eine gefühlte Ewigkeit durch die Straßen. Die ersten Anhaltspunkte nahm sie eher unbewusst wahr. Bekannte Gefilde, der Briefkasten, die Verkehrsinsel mit dem abgeknickten Bäumchen. Wie ferngesteuert folgte sie den Straßen und Biegungen, nahm die Abkürzung über den unbeleuchteten Fußweg, hielt auf ihren Wohnblock zu und blieb plötzlich wie angewurzelt stehen. Wie eine aufgeschreckte Traumwandlerin starrte sie auf den Flachbau. Die letzten

Minuten waren ein diffuser Wirrwarr, sie hätte nicht sagen können, was sie zuvor gemacht hatte. Die Straßenbahn, daran konnte sie sich vage erinnern. Die Haltestelle war nicht weit von hier. Doch ihre Füße schmerzten, als sei sie stundenlang durch die Stadt geirrt. Sie musste eine lange Strecke zu Fuß gegangen sein, doch das konnte nicht sein.

Die Fenster ihres Wohnblocks waren allesamt dunkel. Sie sah auf ihre Armbanduhr. Fast drei Uhr in der Früh, auch das konnte nicht sein. Ihre Beine waren bleischwer, dennoch lief sie die Treppe in den vierten Stock hoch, ganz so, wie sie es gewohnt war. Sie war fit und trainiert. Erstaunt betrachtete sie das Zittern des Türschlosses, als sie mit ruhiger Hand versuchte, den Schlüsselbart hineinzuschieben. Sie schaltete die kleine Lampe auf dem Schuhschränkchen im Flur ein, mehr Licht brauchte sie nicht. Die Handtasche stellte sie auf die Ablage der Garderobe, der Schlüsselbund landete in der kleinen Holzschale, die auf dem schmalen Bord über dem Heizkörper stand. Ihren Mantel mit der Waffe darin hängte sie an der Garderobe auf. Dunkle Sprenkel waren an dem Stoff zu sehen. Eine Weile betrachte sie das zufällige Muster gedankenverloren. Eine bleierne Müdigkeit machte sich in ihr breit, mit einem Fingerschnippen hätte sie sich ins Bett gewünscht. Stattdessen stand sie unschlüssig im Flur, wie angewachsen, ihr Blick ruhte minutenlang auf dem hellen Mantel. Alles normal, Elisabeth, alles normal, außer das Piepen im Ohr und die seltsamen Sprenkel am Stoff.

Nach einer kurzen Nacht

Die Polizeidienststelle an der Ulmenstraße war auch am Samstag belebt. Kahlbergs Leute waren nicht die einzigen, die am Wochenende im Dienst waren. Sein Team hatte sich in den Besprechungsraum zurückgezogen, Ermittlungen fanden schließlich nicht nur da draußen, sondern auch am Reißbrett statt.

„Hat nicht gelohnt, nach Hause zu gehen." Krohn zwinkerte und goss sich einen Kaffee ein.

„Ich bin froh, dass ich noch drei Stunden in die Waagerechte konnte", entgegnete Kahlberg. Sein dunkelblondes Haar lag nicht so perfekt wie sonst. Er hielt ihr seinen Kaffeebecher hin.

Krohn goss ihm ein, es fühlte sich vertraut an. Das hatte seine Zeit gebraucht. Ihr Start miteinander war alles andere als geschmeidig gewesen. Jetzt schien diese Zeit Lichtjahre zurückzuliegen, und seit jenem Moment, als er ihr während einer nächtlichen Observation von seiner Scheidung erzählt hatte, wusste sie, dass das Eis gebrochen war.

Kriminalkommissar Achim Schneider reckte den Arm und angelte nach der Kanne, die ihm Krohn herüberreichte. Eigentlich hätte er noch bis einschließlich Sonntag frei gehabt, doch Leichen nahm er persönlich. Meist brauchte Kahlberg seine Leute nicht wirklich zu motivieren, sie waren auch so bei der Sache, arbeitseifrig, wie auch Kriminalkommissarin Elisa Göthefeld und die junge Anwärterin Fiona Lambers, die in der Runde saßen.

„Ich habe da was läuten hören", warf Achim Schneider in die noch ungeordnete Zusammenkunft. „Stimmt es, dass eine Rentnerin den Mann in der Straßenbahn erschossen hat?"

„Vermutlich ja. Aber eins nach dem anderen." *Da fährt er wieder mit angezogener Handbremse,* dachte Krohn. „Nu leg schon los", forderte sie ihn auf.

„Die Nacht war kurz, Imani. Also, zunächst ein knapper Einblick anhand der Zeugenaussagen." Kahlberg nahm noch einen Schluck Kaffee und stellte dann seine Tasse ab.

„An der Haltestelle Maßmannstraße sind um 23.30 Uhr drei Männer in die Linie 1 in Richtung Lütten Klein Zentrum eingestiegen. Sie haben direkt damit begonnen, die Fahrgäste zu drangsalieren. Es ist zu Tätlichkeiten gekommen und die Situation ist eskaliert. Ein Rentner wurde von einem der drei krankenhausreif getreten, ein jüngerer Fahrgast wurde zunächst niedergeschlagen und anschließend mit einem Springmesser schwer verletzt. Außerdem wurde eine Frau gewürgt. Eine ältere Dame ist dann aufgestanden und hat den Messerstecher mit einem Kopfschuss niedergestreckt."

„Einfach so erschossen?", fragte Göthefeld.

„Es könnte sich um eine Notwehrsituation gehandelt haben", antwortete Kahlberg. „Wir werden bei den Zeugen dringend nochmal nachfassen müssen. Außerdem müssen wir unverzüglich einen Aufruf starten. Etliche Fahrgäste sind bereits eine Haltestelle vorher ausgestiegen. Und nach dem tödlichen Schuss haben mindestens neun Personen den Tatort an der Haltestelle Rahnstädter Weg verlassen."

„Haben wir schon Daten zu dem Toten?", fragte Göthefeld.

„Ja." Krohn erhob sich und brachte das erste Bild am Whiteboard an. „Der Mann hatte seinen Ausweis bei sich. Es handelt sich um Pascal Wetzki, aufgrund seiner Tätowierungen in der Szene auch Schädel genannt. Für die Polizei ist er kein Unbekannter. Vierundzwanzig Jahre alt, hat bereits eine beachtliche kriminelle Karriere hingelegt, bevor er strafmündig wurde. Bis heute ein Jahr Jugendknast, danach eine längere Strafe im Erwachsenenvollzug. Schwerer Diebstahl, schwere Körperverletzung, Fahren unter Alkoholeinfluss und ohne Führerschein, unerlaubter Waffenbesitz."

„Sympathisches Kerlchen, und die ganze Scheiße ist ihm jetzt um die Ohren geflogen“, sagte Schneider.

„Was ist mit den Verletzten? Sind die vernehmungsfähig?“ Göthefeld blickte in die Runde.

„Wir hatten noch keine Zeit, uns darum zu kümmern. Wäre super, wenn das nachher jemand übernehmen könnte“, bat Kahlberg. „Beide sind gestern ins Uniklinikum eingeliefert worden.“

„Ja, ich rufe da nachher an“, erklärte Krohn sich sofort bereit. Es war immer gut, die Zeugen zeitnah zu befragen. Da waren die Erinnerungen noch klar.

Kahlberg nickte. „Wir haben in der Nacht vor Ort bereits fünf Zeugen vernommen. Die müssen alle hier erscheinen, um die beiden anderen Männer zu identifizieren. Ich will nicht Rune heißen, wenn die nicht auch polizeibekannt sind.“

Krohn huschte ein Lächeln über das Gesicht. Wer sollte Rune heißen, wenn nicht dieser Mann da? Rune, *geheime Weisheit*, verpackt in einen trainierten, nicht mehr ganz jungen Körper, intelligent, lässig.

„Ich kümmere mich darum“, sagte Göthefeld.

Kahlberg reichte der Kollegin ein Dossier. „Adressen und Telefonnummern.“

„Jep.“

„Kommen wir zur Spurenlage“, fuhr der Teamchef fort. „Sievermann und seine Leute haben da keinen leichten Job. Ihr könnt euch vorstellen, was an DNA-Spuren und Fingerabdrücken in einem Straßenbahnabteil zu finden ist. Lediglich die Blutspuren werden wir zügig und eindeutig zuordnen können. Alles andere wird dauern. Heute wird Sievermann mit den Kollegen von der Ballistik die Schussbahn rekonstruieren."

„Vor Ort, im Straßenbahnabteil?", fragte Schneider.

„Ja, der Waggon steht am Betriebshof Hamburger Straße", antwortete Kahlberg. „Jetzt kommen wir zu unserem dringlichsten Problem. Der Dame, die geschossen hat. Keiner unserer fünf Zeugen konnte eine Personenbeschreibung abgeben. Selbst zur Kleidung hat niemand Angaben gemacht. Zwei Zeugen haben sich allerdings verquatscht und angegeben, dass sie die Waffe aus der Manteltasche gezogen hat. Ich gehe davon aus, dass unsere Zeugen mehr gesehen haben als sie zugeben."

„Ja, zumindest den Mantel." Schneider verzog den Mund zu einem kaum wahrnehmbaren Grinsen und zwinkerte.

„Ich kann nur vermuten, weshalb sich die Zeugen bedeckt halten", ergriff Kahlberg wieder das Wort. „Sie betrachten die alte Dame wohl als eine Art Heldin."

„Schöne Heldin ist das", warf Göthefeld ein. „Sie knallt einem Typen so mir nichts, dir nichts das Hirn weg. Die könnte zur tickenden Zeitbombe werden."

„Ich gehe erst mal davon aus, dass unsere Täterin aus der Notsituation heraus gehandelt hat. Für mich ist sie keine eiskalte Killerin", wandte Kahlberg ein.

„So habe ich das auch nicht gemeint. Aber wer weiß, wie sie nach einer solchen Extremsituation ..." Göthefeld hielt kurz inne, als würde sie nach der passenden Formulierung suchen. „Wir wissen nichts über ihren Charakter oder ob sie psychische Probleme hat."

Kahlberg nickte. „Es hilft alles nichts, wir müssen dringend den Zeugen nochmal auf den Zahn fühlen."

Das Piepen im Ohr war weg. Doch beim Aufwachen tönte sofort dieser eine Satz in ihrem Kopf. Leicht schräg von unten nach oben schießen. Er erstickte Elisabeths vage Hoffnung, sie habe alles nur geträumt. Jetzt, nach ein paar Stunden Schlaf, war die Erinnerung so klar, dass es keinen Zweifel gab. Sie hatte dem Mann die Waffe an den Kopf gehalten, den Bruchteil einer Sekunde gezögert, um den Winkel leicht zu ändern. Auch wenn alles in ihr wie betäubt gewesen war, daran hatte sie gedacht. Das Risiko, Unbeteiligte in der Straßenbahn zu verletzen oder womöglich zu töten, wäre bei einem glatten Durchschuss ansonsten noch höher gewesen. Leicht schräg von unten nach oben schießen und darauf hoffen, dass das Projektil nicht zum Querschläger wird.

Sie seufzte schwer und quälte sich aus dem Bett. Normalerweise stand sie gern früh auf, aber was war jetzt noch normal? Ihr erster Gang führte sie an diesem Morgen in den Flur, um den Mantel an der Garderobe in Augenschein zu nehmen. Die feinen Sprenkel gaben Zeugnis über die Geschehnisse der letzten Nacht. Das getrocknete Blut war beim besten Willen an dem hellen Stoff nicht zu übersehen.

Elisabeth hatte in ihrem Leben hunderte von Krimis gelesen. Es gab kaum eine deutsche Krimiserie, die sie nicht kannte. Sie liebte ‚Friesland', ‚Nord bei Nordwest', ‚Harter Brocken' und ‚Stralsund'. Ihr Favorit war der ‚Polizeiruf' aus Rostock, die Ermittlerin König und der verwegene Bukow.

Und jetzt saß sie da mit einem blutbesudelten, hellen Mantel. Bukow und König waren nur Fiktion und die Polizei war auf der Suche nach ihr. Vor ungefähr sieben Stunden hatte sie ohne Vorwarnung auf einen Menschen angelegt und ihn erschossen. Ihr Körper begann unkontrolliert zu zittern, sie schaffte es gerade noch bis in die Küche, auf die Kante des Stuhls, dann gaben ihre Knie nach. *Was hast du nur getan?* Sie brauchte sich das Szenario nicht einmal in Erinnerung zu rufen, es spulte sich ungefragt in ihrem Kopf ab. Immer und immer wieder. Sie schluckte schwer. Aber war es nicht die einzige Chance gewesen, diese Kerle zu stoppen? Die hätten doch die bloße Drohung mit einer Waffe nicht ernst genommen. Vermutlich hätte einer der drei ihr das Ding im Bruchteil einer Sekunde aus der Hand geschlagen und an sich genommen. Die Männer waren durch ihre Rohheit allen Fahrgästen überlegen gewesen. Es blieb, wie es war, sie hatte in diesem Moment gehandelt. Wenn sie jetzt darüber nachdachte, gab es zumindest einen winzigen Hauch von Richtigkeit. Doch dann war sie einfach gegangen, sie konnte selbst nicht sagen, weshalb. Auch erinnern konnte sie sich an diesen Moment nicht. Es wäre besser gewesen, dort zu bleiben. Doch es war anders gekommen. Und jetzt war es zu spät dafür. Es war keine Option, sich zu stellen. Ihr Entschluss stand fest. Sie hatte keine Ahnung, wie das Gericht eine solche Lage einschätzte, vielleicht erkannte es die Notwehr nicht als solche an. Sie würden fragen, weshalb sie gegangen war, und sie hatte keine Antwort darauf. Was, wenn sie ins Gefängnis musste? Nach den wenigen Jahren, in denen sie die Freiheit genossen hatte, konnte sie den bloßen Gedanken daran nicht ertragen. Erst nach dem Tod ihres Mannes hatte sie zu leben begonnen. Sie wollte nicht in einer Zelle verschwinden, wieder eine unsichtbare, fremdbestimmte Existenz führen.

Schwerfällig erhob sie sich von ihrem Stuhl und warf einen Blick aus dem Fenster. *Nein, Elisabeth, Ge-*

fängnis, das überstehst du nicht. Im diesem Moment wusste sie , dass sie alles tun würde, um das zu verhindern.

Als erstes musste der verräterische Mantel verschwinden. Sie fasste in die rechte Manteltasche und stutzte. Vorsichtig nahm sie die Waffe und legte sie auf die Ablage. Wo waren ihr Halstuch und der Brief geblieben, den sie für Gerda auf dem Nachhauseweg hatte einwerfen wollen? Das Stück Papier, auf dem Gerdas Absender und die Adresse ihrer Krankenkasse standen? Der Schreck durchfuhr sie heiß und ließ sich dumpf im Magen nieder. Erinnerungsfetzten kamen zurück, bereits auf dem Rückweg hatte sie das Halstuch vermisst. Sie durchwühlte die anderen Taschen, obwohl sie es besser wusste. Sie hatte den Brief eilig in die rechte Tasche geschoben, als sie sich draußen, in der lauen Nachtluft, vor Gerdas einsamen Häuschen verabschiedet hatten. Gemeinsam mit Karla und Lore fuhr sie mit dem Taxi noch in die Innenstadt zum „Neuen Markt“, um den Abend ausklingen zu lassen. Ohne Gerda, die früh ins Bett wollte, um für die Reise zu ihrer Tochter am nächsten Tag fit zu sein. Sie erinnerte sich, dass sie draußen vor dem Restaurant ihr Halstuch abnahm, weil es doch noch lauer war als erwartet. Zu dritt gingen sie später zur Straßenbahnhaltestelle und fuhren gemeinsam bis zum Doberaner Platz. Karla wohnte im Rosenweg, Lore in der Nähe der Schwimmhalle, sie hatten die gleiche Richtung. Ihre Freundinnen stiegen dann um. Sie blieb allein in der Straßenbahn Richtung Evershagen sitzen. Wann und wo waren Tuch und Brief verloren gegangen? Waren sie womöglich schon in der Straßenbahn herausgerutscht, als sie die Waffe aus der Manteltasche zog?

Unvermittelt sah Elisabeth die Kerle vor sich, der Schuss hallte geräuschlos in ihrem Kopf. Ihr Blick streifte die schockstarren Fahrgäste. Die Bahn hielt. Sie senkte den Kopf, wendete sich von dem Blutbad ab, spürte nur noch das Gedränge ringsum.

Was war danach hinter ihrem Rücken geschehen? Es war nicht ausgeschlossen, dass einer der Fahrgäste den Brief an sich genommen hatte. Oder war er in die Hände dieser Kerle gelangt? Der Puls schoss ihr bis in die Schläfen. Gerdas Absender auf dem Schreiben, die Männer mussten doch denken, ihre Freundin hätte geschossen. Krampfhaft versuchte Elisabeth, sich mit den verschiedensten Erklärungen zu beruhigen. Wahrscheinlich hatte niemand gesehen, dass ausgerechnet *ihr* der Brief aus der Tasche gefallen war. Vermutlich war er bei dem Gedränge unter die Schuhe der Fahrgäste geraten oder unter eine Sitzbank gerutscht. In diesem Fall lag der Brief jetzt bei der Polizei, denn die Spurensicherung hatte das Abteil sicher gründlich unter die Lupe genommen. Sie stellte sich vor, wie ein Konvoi von Polizeiwagen mit Blaulicht zu Gerda in die Sackgasse fuhr, wie die Nachbarn die Gardinen zur Seite schoben und den Fahrzeugen hinterhersahen. Die Kriminalbeamten würden niemanden antreffen. Ihre Freundin war heute Morgen früh in Richtung Köln aufgebrochen und würde erst am Mittwoch zurück sein. *Seniorin auf der Flucht, werden die denken.* Wenn Gerda wegen des Briefes unter Verdacht geriet, gab es genug Zeugen, um sie zu entlasten. Es gab im Gegenzug genauso viele Zeugen, die sie selbst belasten konnten. Dieser Umstand konnte ihr gefährlicher werden als das verlorene Halstuch. Sie war zwar traurig, dass es verloren war, aber als Spur war das Tuch denkbar ungeeignet. Da stand nur ihr Vorname drauf, die Kurzform, mit der ihre Freundinnen sie ansprachen, Elli. Es gab noch die Möglichkeit, den Weg abzulaufen, um nach dem Halstuch zu suchen. Inzwischen waren ihr zumindest einige Stationen ihrer nächtlichen Odyssee wieder eingefallen. Wie ein Hase auf der Flucht, im Zickzack, war sie durch die Stadt gelaufen. *Du warst wohl ziemlich durcheinander, altes Mädchen.* Ein erschöpftes Lächeln huschte über ihr Gesicht. Gleichzeitig kamen die Tränen. Mit dem Ärmel wischte sie sich über die Augen. *Du kannst dein neues Leben jetzt nicht einfach aufgeben.* Erinnerungen wallten in ihr hoch.

Damals, vor fünf Jahren, als sie gerade erst nach Rostock gezogen war, hatte sie die Anzeige in der Ostsee-Zeitung entdeckt.

Junggebliebene Witwe Mitte 60 sucht gleichgesinnte Frauen 65 plus für Kultur, Reisen, Genießen und jede Menge Spaß, Gerda freut sich auf euch. Chiffre OZ-2013-38001T.

Bereits zwei Wochen später hatten sie sich zu viert getroffen, Gerda, Karla, Lore und Elli. Es war, als hätten sie sich schon ewig gekannt. Die Stimmung war vom ersten Moment an gelöst und herzlich gewesen. Und dann hatte Lore ihnen diese zartblauen Halstücher bestickt, ein jedes mit ihrem Namen.

Nervös knetete Nora die Hände, während sie wartete. Es dauerte eine Weile, bis die Eingangstür zur Intensivstation geöffnet wurde.

Die Krankenschwester in blauer Arbeitskleidung hatte sichtbare Schatten unter den Augen. „Ja?" Nur ein Wort und dennoch eine Frage mit unendlichen Möglichkeiten für Erklärungen und Halbwahrheiten.

„Hallo, ich möchte zu Vinzenz. Ist gestern eingeliefert worden nach einem Messerangriff." Nora bemühte sich, ruhig und souverän zu wirken. Doch ihr Puls signalisierte ihr noch immer das Gegenteil.

„Und weiter?"

„Was weiter?"

„Der Nachname."

„Den weiß ich leider nicht."

„Und Sie sind?"

„Nora, Nora Schewe. Ich bin seine Freundin", log sie. Unumwunden zeigte sie dabei ihr ehrlichstes Lächeln. Es wäre vielleicht nicht einmal gelogen, wenn er in ihrem Bett gelandet wäre, anstatt blutüberströmt in einem Straßenbahnabteil. Vinzenz hätte auch im Klinikum Südstadt sein können, aber das Uniklinikum lag ein paar Straßen näher an der Haltestelle, an der es geschehen war.

„Sie kennen den Nachnamen nicht und behaupten, seine Freundin zu sein? Wie passt denn das zusammen?", fragte die Krankenschwester. Ihr Ton war jetzt spitz.

„Fragen Sie ihn bitte selbst, ob er Besuch von mir möchte." Wenn sie noch eine Chance haben wollte, musste sie jetzt alles auf eine Karte setzen.

„Hier liegt kein Vinzenz." Die Antwort klang schroff. Bevor Nora reagieren konnte, zog die Krankenschwester die Tür zu. Unentschlossen verharrte Nora einige Sekunden, dann klingelte sie ein weiteres Mal. Diesmal wurde die Tür nach kurzer Zeit geöffnet. Die gleiche Frau stand im Rahmen.

„Bitte, ich ..." Weiter kam sie nicht.

„Das ist doch nicht zu fassen." Mit diesen Worten schloss sich der Zugang zur Intensivstation schneller, als es ihr lieb war. Entmutigt steuerte sie auf eine Sitzbank zu und ließ sich darauf sinken. Entweder war diese Krankenschwester total unsensibel, oder Vinzenz lag tatsächlich nicht auf ihrer Station. Vielleicht war sie auch gestresst und überarbeitet. Ob er doch im Klinikum Südstadt war? Oder bereits auf einer Station? Nein, mit den Verletzungen war er sicher noch auf der Intensivstation. Plötzlich schoss ein Gedanke in ihr hoch. Es konnte doch unmöglich sein, dass er jetzt noch im OP war. Nora erhob sich, es machte keinen Sinn hier noch länger herumzusitzen. Mit hängenden Schultern nahm sie den Korridor in Richtung Ausgang. Da hatte sie in der Straßenbahn diesen süßen Typen getroffen, und dann kam da so ein Arschloch und rammte ihm ein Messer in die Rippen. Das war alles so surreal. Der gestrige Abend fühlte sich wie ein Film an, der wie ein Rausch in ihr nachwirkte. Die Frau, eine Seniorin, sie war so nervenstark gewesen. Die hatte beinahe gelassen gewirkt, als sie neben ihr aufgetaucht war. Nora sah die Pistole, hatte in diesem Moment aber nicht wirklich begriffen. Schließlich gab es so etwas nicht, eine Seniorin, die in der Straßenbahn eine Waffe zieht. Schnell und trotzdem gleichsam wie in Zeitlupe hielt die Frau dem Typen die Mündung an den Kopf und zögerte nur kurz, bevor sie abgedrückte. Sie agierte, wie man sich eine Profikillerin vorstellte, nur, dass sie ein paar Semester zu alt für so einen Auftritt war.

Nora hielt inne, holte ihr Smartphone aus der Handtasche und öffnete die Fotogalerie. Sie hatte unauffällig fotografiert. Genau in dem Moment, als der Mann mit dem hellgrünen Pulli als schwule Sau beschimpft worden war. Auf dem Foto war die ältere Frau zu sehen, die zwei Reihen vor ihm gesessen hatte. Nora vergrößerte das Bild und betrachtete das Gesicht, das gepflegt und freundlich wirkte. Die Polizei wusste nichts von dem Foto, das musste auch so bleiben. Sie fragte sich, ob das falsch war. Aber sollte sie die Frau verraten, die Vinzenz das Leben gerettet hatte? Nora war heute vorgeladen, sie musste in die Polizeiinspektion, um in die Verbrecherkartei zu schauen. Vielleicht konnte sie diese Männer sogar identifizieren. Die Ermittler würden auch nach dieser Frau fragen, damit musste sie rechnen. Schnell schob sie das Handy zurück und atmete mehrmals tief durch. Da musste sie aufpassen, dass sie sich nicht verquatsche. Am besten blieb sie exakt bei dem, was sie in der Nacht ausgesagt hatte. Es war eine schlüssige Erklärung, dass sie nach dem Würgeangriff neben sich gestanden hatte, was auch stimmte. Ihr Blick war danach nur auf die Waffe und nicht auf die Frau fixiert gewesen. Letzteres war schlichtweg gelogen.

„Schauen Sie sich die Fotos in Ruhe an. Sie können sich so viel Zeit nehmen, wie sie möchten“, erklärte Kriminalkommissarin Göthefeld.

Friedrich Hinze nickte. Seinen Rollator hatte er

neben dem Tischchen abgestellt, auf dem der Bildschirm stand. Ein Blick auf das Foto. Er schüttelte den Kopf und Göthefeld klickte weiter.

„Wie geht es Ihrem Bruder?"

„Er hat sich Gott sei Dank nichts gebrochen. Aber alles ist voller Blutergüsse und er hat eine leichte Gehirnerschütterung. Bis morgen bleibt er noch zur Beobachtung im Krankenhaus."

Es war das eine, dass sich die physischen Verletzungen in Grenzen hielten, doch Göthefeld wusste, dass die richtigen Probleme erst später kamen. Das hatte sie häufig bei Menschen erlebt, die Opfer eines Gewaltdeliktes geworden waren. Die psychischen Folgen wogen ungleich schwerer.

Hinze schüttelte den Kopf und sie klickte zum nächsten Foto.

„Sowas brutales wie die drei ist mir noch nie untergekommen. Wenn die sich untereinander die Köpfe einschlagen, wäre es mir noch egal. Aber ausgerechnet mein Bruder. Der hat sich immer um alle gekümmert, als er noch fit war. Und wissen Sie, er hat mehr als hundertmal Blut gespendet."

„Das ist beachtlich."

Hinze tippte mit dem Zeigefinger auf den Bildschirm. „Ich weiß nicht. Der da sieht so ähnlich aus, ohne Schnäuzer und mit kürzeren Haaren könnte das passen. Aber sicher bin ich mir nicht."

Göthefeld machte sich eine Notiz, zwei der drei Zeugen, mit denen sie bereits die Kartei durchgegangen war, hatten bei diesem Foto ähnlich reagiert. Sie ging zum nächsten Bild.

„Unglaublich, wie viele Verbrecher Sie in der Kartei haben. Und die sind alle hier aus der Gegend?“

Göthefeld enthielt sich einer Antwort und zuckte leicht mit den Schultern. Etwa fünfzig Fotos lagen jetzt noch vor ihnen.

„Brauchen Sie eine Pause, Herr Hinze?“

„Nein. Das geht schon. Aber wenn Sie nochmal ein Wasser hätten?“

„Natürlich.“ Sie lehnte sich zur Seite, griff die Flasche vom Aktenschrank und schenkte ihm nach.

Er trank das halbe Glas in einem Zug und stellte es ab, seine Hand zitterte leicht.

Klick. Das nächste Foto zeigte einen Mann mit breitem Kiefer und Bürstenhaarschnitt.

„Der“, rief Hinze. „Der war dabei. Ganz sicher. Der hat den Rollator meines Bruders durch die Gegend getreten.“

„Okay.“ Noch eine Notiz. Auch die anderen drei hatten angegeben, diesen Mann erkannt zu haben und auch sie waren sich sicher gewesen.

„Der hatte ein T-Shirt an, auf dem ‚Scheißstaat‘ stand. Dann soll er doch nach Timbuktu gehen, wenn es ihm hier nicht gefällt.“

„Wir sind beim Countdown angelangt, noch zehn Fotos.“

Hinze reckte sich auf seinem Stuhl, es sah aus, als wolle er den Eindruck voller Konzentration erwecken. Die letzten Bilder quittierte er jedoch mit einem Kopfschütteln.

„Dann kann ich jetzt gehen?"

„Eine Frage noch. Sind ihnen noch Details zu der Frau eingefallen, die geschossen hat? Sie konnten uns gestern nichts dazu sagen."

„Das kann ich heute auch nicht. In dem Moment als der Schuss fiel, habe ich mich um meinen Bruder gekümmert. Der lag ja am Boden. Das hat sich alles in meinem Rücken abgespielt. Und dann hat die Bahn gehalten, ging ja alles so schnell. Da war auch sofort Tumult und alle wollten nur noch raus."

Göthefeld unterdrückte einen Seufzer. Sie begleitete Friedrich Hinze auf den Flur, dort wartete bereits die nächste Zeugin.

„Nora Schewe?"

Die junge Frau nickte und erhob sich.

„Ich bin Kriminalkommissarin Elisa Göthefeld. Sie können direkt vor dem Bildschirm Platz nehmen."

„Okay."

„Kaffee? Oder ein Wasser?"

„Ja, gern ein Wasser."

Göthefeld nahm ein sauberes Glas vom Tablett und füllte es. Alles auf Anfang.

„Dann würde ich sagen, wir legen los."

„Ich hoffe, ich erkenne die Typen."

„Vorausgesetzt, wir haben sie in der Kartei", entgegnete Göthefeld. Es war wichtig die Sache neutral anzugehen. Die Zeugin sollte schließlich unbefangen bleiben, von den bisherigen Treffern musste sie nichts wissen. Wenn auch sie Radek Matschulak erkannte, konnten sie sich festlegen. Auch dieser Timo Baier war zwei von dreien ins Auge gefallen. Wenn es da einen weiteren Wink durch Nora Schewe gab, war auch das eine sichere Bank.

Die Zeugin folgte den ersten Fotos aufmerksam, dann suchte sie Göthefelds Blick.

„Ich habe Vinzenz an dem Abend erst kennengelernt. Also den Mann, der niedergestochen wurde. Ich wollte ihn besuchen aber im Uniklinikum haben sie mich nicht zu ihm gelassen."

„Auf der Intensivstation hat nicht jeder Zugang, meist nur die Angehörigen. Aber Sie können sicher sein, dass er dort in guten Händen ist." Göthefeld bremste sich ungehend. Streng genommen hatte sie bereits mit dieser Aussage den Datenschutz missachtet und Auskunft über Vinzenz Aufenthalt gegeben.

„Sie können ihn doch besuchen, sobald er auf die Station verlegt wurde", fügte sie hinzu.

„Das ist ja das Problem. Nach wem soll ich an der Info fragen? Bevor wir uns näher bekannt machen konnten, kamen die drei Typen dazwischen.

Ich weiß nicht einmal seinen Nachnamen.“

„Das tut mir leid für Sie, aber den darf ich Ihnen nicht sagen.“

„Ich weiß. Das Dumme ist, wir sind nicht dazu gekommen, unsere Telefonnummern auszutauschen. Und wenn Ihnen der Name aus Versehen herausrutscht?“

„Definitiv nicht.“

Nora Schewe nickte, wie eine verblühende Pflanze sank sie auf dem Stuhl in sich zusammen. Göthefeld konnte nicht leugnen, dass sie Mitleid mit der jungen Frau hatte. Das Mädel hatte sich wohl schwer in diesen Vinzenz verguckt.

„Vielleicht kommt Ihnen der Zufall noch zur Hilfe.“

„Wäre schön.“ Die Zeugin lächelte matt, dabei klang sie alles andere als überzeugt.

Elisabeth durchsuchte den Hängeschrank im Bad.

„Wusste ich’s doch“, murmelte sie. Die Packung mit der Farbe stand auf dem oberen Bord in der hintersten Ecke, der Rest ihres Vorrates. Fast zwei Jahre hatte sie gebraucht, bis die letzte Färbung aus ihrem Haar herausgewachsen war. Mit ihrem Silbergrau hatte sie sich zunächst nicht anfreunden können, aber die Lust auf die ständige Färberei war ihr schon lange vergangen. Ihre Friseurin hatte ihr dann einen neuen Haarschnitt vorgeschlagen, der sie trotz der grauen Haare jünger wirken ließ. Jetzt war alles auf

Anfang. Viele Menschen würden ein erstes Erkennen an den grauen Haaren festmachen, dem musste sie unbedingt vorbeugen. Mit dem verräterischen Silberkopf würde sie die Wohnung auf keinen Fall mehr verlassen. Elisabeth legte sich ein Handtuch um die Schultern und befestigte es mit einer großen Haarklammer. Sorgfältig mischte sie die Fluids und verteilte die Flüssigkeit Strähne für Strähne in ihrem Haar. Sie stellte den Timer auf dreißig Minuten, nahm die Zeitschrift, die sie bereitgelegt hatte, und setzte sich auf den Badhocker. Zügig blätterte sie an den Stars und Sternchen vorbei zu den Dekorationsideen, die in den Trendfarben für den Herbst leuchteten, goldenes Orange, sanftes Beige, Pistaziengrün, Lachs, dunkles Türkis, knalliges Rot. Knalliges Rot, ein Schuss, Blut.

Sie ließ die Zeitschrift auf ihre Knie sinken und atmete schwer. Ein aufgesetzter Schuss. Der Mann wurde von der Wucht des Projektils umgerissen und stürzte auf sein Opfer. Die Umstehenden harrten bewegungslos aus, wie ein vergessenes Puppentheater. Dann Panik und Gedränge. Davonschwimmen mit der Menge. Dieser verhängnisvolle Augenblick in der Bahn war Realität und seit der letzten Nacht ein unabänderlicher Teil ihres Lebens.

„Mann, Radek! Wie kannst du da so ruhig rumsitzen? Die Alte hat Pascal auf dem Gewissen, die hat den einfach so abgeknallt. Die hat ihm eiskalt das Hirn weg gepustet." Timo Baier saß vornübergebeugt auf der Couch in der alten Datsche seines Cousins und redete auf seinen Kumpel ein. Radek Matschulak ließ nur ein unmotiviertes Brummen hören.

„Verdammte Scheiße, wir fahren da jetzt hin und brechen der Dreckskuh alle Knochen."

„Mach mal langsam, Timo. Wir wissen doch gar nicht sicher, ob es diese Gerda war."

„Doch, das wissen wir. Die Alte hat den Brief verloren, das hab' ich hundert pro gesehen." Baier fuchtelte mit dem Umschlag. „Das passt doch auch vom Alter. Hier, guck doch selbst drauf." Er hielt Matschulak das Schreiben direkt vor die Nase. „Gerda von Langerdess, geboren 14.03.47."

„Wie soll ich denn so was lesen? So kurzsichtig ist ja nicht mal mein Opa." Er schob Baiers Hand mit dem Zettel zur Seite.

„Und wieso läuft so eine Alte mit ner Knarre rum, kannst du mir das mal sagen?"

„Ne, kann ich nicht." Matschulak angelte ein paar Fasern Tabak aus dem Päckchen und friemelte sie auf ein zerknittertes Blättchen.

„Ich denke, weil die Schlampe nen scheiß-adeligen Namen hat", beantwortete Baier seine eigene Frage. „Deswegen läuft die mit ner Knarre rum. Du musst nur genügend Geld haben, dann geht alles."

„Man braucht auf jeden Fall einen Waffenschein."

„Man braucht auf jeden Fall einen Waffenschein." Baier äffte seinen Kumpel nach und gestikulierte dabei wild. „So ein Blödsinn. Du kannst alles illegal bekommen. Auch Knarren. Ist gar kein Problem."

„Spielt doch keine Rolle, woher sie das Ding hat." Matschulak erhob sich aus dem Sessel, schlurfte auf den Kühlschrank zu und kramte zwei Dosen Bier hervor. Eine stellte er vor Baier ab. Er ließ sich zurück in den Sessel fallen, öffnete seine Dose und warf den Verschluss achtlos auf den Boden.

„Ich sag dir jetzt mal was, Timo. Sonst schnallst du's ja nicht. Ich hab dir das heute Nacht schon gepredigt. Stell dir vor, wir laufen da auf und die Bullen sind da. Dann kassieren die uns gleich ein."

„Aber ..."

„Glaub mal nicht, dass diese Gerda noch lange frei rumläuft. Die Bahn war rappelvoll. Die haben diese durchgeknallte Killeroma alle gesehen."

„Die läuft auf jeden Fall noch frei rum. Ich war vorhin im Internet, die sind immer noch auf der Suche nach der Alten."

Baier schob den Brief zurück in den Umschlag, um ihn sofort wieder hervorzuholen. Antrag an die Krankenkasse für die Übernahme von Kosten für einen Kurs Aquafitness.

„Aquafitness, so eine Scheiße. Wir sollten die

Alte in ihrer Badewanne ersäufen, dann hat sie ihre Aquafitness."

Er grinste schief, obwohl ihm dazu am allerwenigsten zumute war. Der Vorfall in der Straßenbahn war ein Schock für ihn, auch wenn er das Radek gegenüber nie zugeben würde. Wie hatte sowas passieren können? Schließlich machten sie die Regeln, wenn sie nachts in der Stadt unterwegs waren, die Leute duckten sich vor ihnen weg. So eine verrückte Alte war nicht im Plan.

„Wir können ja mal sehen, wo sie wohnt", lenkte Matschulak ein. „Nachher mal hinfahren."

„Ich wusste, du bist ein echter Kumpel."

„Aber nur die Lage checken. Ist das klar, Timo?"

„Ja, ist klar."

Das war ein Wort. Wenn Radek auf so eine Idee kam, dann wollte auch er die Sache klären. Nichts zu tun wäre auch ein riesiger Fehler gewesen, schließlich durfte diese Dreckskuh nicht ungeschoren davonkommen.

Die Kommissarin hatte mehrmals nachgebohrt, das war schon richtig penetrant gewesen. Aber Nora hatte sich darauf gefasst gemacht und wie geplant dichtgehalten. Zwei Männer aus der Kartei hatte sie mit Sicherheit erkannt. Der eine war ein großer, bulliger Mann, der vermutlich viel Zeit auf der Hantelbank verbrachte. So ein Kerl, der mit den Klamotten, die er getragen hatte und seinem grimmigen Blick alle Klischees erfüllte ... leider. Er war in der Straßenbahn so dicht vor ihr gewesen, dass sie nicht umhin konnte ihn wiederzuerkennen. Dann dieser hagere, nervöse Typ. Die Sorte, der schnell die Sicherungen durchgingen. Wenn sie hätte wetten müssen, hätte Nora eher auf ihn als Messerstecher getippt. Aber anscheinend waren alle drei ohne Halt und Schmerzgrenze, und sie war da mitten hineingeraten. Die Befragung hatte sie jedenfalls mit Anstand hinter sich gebracht, zudem ohne sich zu verplappern.

Als die Straßenbahn vor ihr hielt, verloren sich Noras Gedanken und schwenkten in eine unerfreuliche Richtung. Während sie zustieg, war da plötzlich ein Druck auf ihrer Brust und ihre Beine fühlten sich schwach an. Sie besaß kein Auto und war auf die Straßenbahn angewiesen. Das bedeutete weitermachen wie bisher, nicht darüber nachdenken. Am Morgen hatte sie überlegt, ein Taxi zu nehmen, den Gedanken aber gleich verworfen. Wo sollte das hinführen? Erstens konnte sie sich zwar heute, aber nicht ständig ein Taxi leisten. Und zweitens durfte sie sich von dieser Gewalterfahrung nicht in die Enge treiben lassen. Das war bedacht und leicht gesagt. Aber sie hatte keine Ahnung gehabt, wie es sich tatsächlich anfühlte. Bisher war sie von solchen Erfahrungen verschont geblieben. Sie setzte sich in Nähe der Tür und registrierte betroffen, weshalb sie ausgerechnet hier saß. Sie schüttelte den Kopf über sich selbst. Nora Schewe, so reflektiert und doch gelenkt von Besorgnis. Einige Sekunden lang dachte sie darüber nach, den Platz noch zu wechseln, doch ihr Körper fühlte sich wie festgeleimt an. *An Vinzenz denken. Du denkst jetzt an ihn und daran, dass es ihm besser geht. Er hat deinen Namen herausgefunden, auf welchem Weg auch immer. Er ruft dich an, heute oder morgen oder in der nächsten Woche.* Ein Lächeln huschte über ihr Gesicht, eine schöne Vorstellung. Dann fuhr die Bahn mit einem leichten Ruck los.

„Wir sehen uns jetzt nochmal den Stand der Ermittlungen an, und dann ist Feierabend", sagte Kahlberg. Die Informationen am Whiteboard hatten sich seit der Lagebesprechung am Morgen mehr als verdoppelt. Auf der rechten Seite waren drei Fotos zu sehen, die in gerader Reihe untereinander angebracht und mit Namen versehen waren. Sie zeigten den Toten Pascal Wetzki und seine mutmaßlichen Begleiter Timo Baier und Radek Matschulak. Links daneben ein Feld ohne Foto mit dem Eintrag unbekannte Täterin, weibliche Person, ca. 70 Jahre alt, Mantel, im Besitz einer Schusswaffe. Dieses war durch einen Strich mit Pascal Wetzki verbunden. Eine Spalte weiter links waren die Personen eingetragen, die sowohl Geschädigte als auch Zeugen waren, Gerhard Hinze, Vinzenz Jordan, der nach seinen schweren Verletzungen noch immer im Koma lag, und Nora Schewe. Vier weitere Zeugen waren aufgeführt, darunter Friedrich Hinze. Die Spalte „Zeugen, die den Tatort verlassen haben“ war noch leer. Am oberen Rand des Boards verlief eine waagerechte Linie, ein Zeitstrahl, auf dem der Ablauf des Geschehens, wie er sich nach bisherigem Stand darstellte, eingezeichnet war.

„Gibt es sonst noch Details zu ergänzen?“, fragte Kahlberg.

„Wir haben einen weiteren Zeugen.“ Schneider wedelte mit seinem Notizblock. „Er hat sich erst vor einer halben Stunde telefonisch in der Zentrale gemeldet. Er heißt Peer Jegelow.“ Schneider erhob sich und schrieb den Namen in die noch leere Spalte. „Ich habe einen Termin gemacht, er kommt morgen früh zur Zeugenbefragung.“

„Dann geht es so langsam doch voran. Imani, du warst bei Gerhard Hinze im Krankenhaus?“, hakte Kahlberg nach.

„Ja. Aber er gibt an, nichts über die Frau zu wissen. Sie muss hinter ihm gesessen haben. Als er dann am Boden lag, hat er verständlicherweise nicht mehr viel mitbekommen.“

Göthefeld ergriff das Wort. „Sein Bruder, Friedrich Hinze, konnte auch nichts beitragen. Ich war heute mit den fünf aufgeführten Zeugen in der Kartei, das Ergebnis seht ihr am Whiteboard. Aber unsere Täterin kann niemand beschreiben. Ich habe allerdings den Eindruck, es will sie niemand beschreiben. Wann können wir denn mit den ballistischen Ergebnissen rechnen?“

„Ich hoffe auf Morgen, aber es könnte auch erst am Montag etwas werden“, sagte Kahlberg. „Ihr wisst doch, wie das ist. Zur Info, die Spurensicherung geht morgen in Pascal Wetzkis Wohnung, der Beschluss liegt uns inzwischen vor. Außerdem ist die Fahndung nach Baier und Matschulak raus. Für Matschulak liegt noch ein alter Vollstreckungshaftbefehl vor. Wir können also davon ausgehen, dass er schon vorher untergetaucht war.“

„Aber Randale in der Straßenbahn machen“, warf Göthefeld ein.

„Das schließt sich nicht aus“, entgegnete Kahlberg. „Vermutlich wertet er das als geringes Risiko. Zwischendurch die Stadt etwas aufmischen, damit es nicht langweilig wird, und dann bis zum nächsten Auftritt abtauchen. Wir haben die Information, dass seine Wohnung seit vier Monaten verwaist ist. Ich denke, er wird irgendwo untergekommen sein.“

„Bei diesem Timo Baier?“ Fiona Lambers Stimme war leise, so als habe sie Bedenken, nicht ernst genommen zu werden. Sie strich sich eine rostrote Haarsträhne aus dem blassen Gesicht, die Geste untermalte den Eindruck der Unsicherheit noch zusätzlich.

Kahlberg nickte. „Das liegt nahe. Deshalb werden Imani und ich morgen in aller Frühe bei Timo Baiers Meldeadresse auflaufen. Sie werden als Verstärkung mitkommen, Frau Lambers. Wir starten morgen um sechs, hier von der Dienststelle aus."

In Elisabeths kleinem Weinregal lagerten fast ausschließlich gute Tropfen. Sie mochte halbtrockenen Wein, egal ob weiß, rosé oder rot. Zielsicher griff sie die einzige Flasche mit lieblichem Wein. Der Fehlkauf lag sicherlich schon zwei Jahre zurück, sie hatte nicht richtig auf das Etikett geachtet. Ein wenig leid tat es ihr schon. Sie hätte ihn auch verschenken können, doch jetzt hatte der Rebensaft eine Aufgabe, die wesentlich wichtiger war.

Elisabeth liebte den leichten, hellen Kurzmantel. Ihn jetzt in Rotwein zu tränken, fiel ihr schwer. Eine knappe Stunde ließ sie das Kleidungsstück im Rotweinbad. Anschließend waren die Sprenkel nicht mehr zu sehen. Mit der modernen Kriminaltechnik ließ sich das Blut trotzdem noch nachweisen, da war sie sich sicher. Das Kapitel „Mantel" war schon aus diesem Grund noch nicht abgeschlossen. Sie wrang das Kleidungsstück aus und gab es in die Waschmaschine. Sie setzte sich auf den Badewannenrand und sah eine Weile dabei zu, wie das Wasser aufschäumte und der Mantel in der Trommel rotierte. Dann setzte sie sich mit einer Tasse Tee und einem belegten Brot vor den Fernseher.

Nach dem Waschen legte sie das Teil in den Trockner, bisher hatte sie den Mantel jedes Mal sorgfältig auf einem Bügel an der Luft getrocknet. Das erübrigte sich heute. Als sie das Kleidungsstück aus dem Gerät nahm, sah der Stoff ausgesprochen schäbig aus, die Färbung wirkte jetzt ungleichmäßig und fleckig. Sie nahm die scharfe Stoffschere und begann den Mantel zu zerlegen. Verbrennen war keine Option, sie besaß keinen Ofen, wo hätte sie das erledigen sollen, ohne aufzufallen? Während sie arbeitete, wanderten ihre Gedanken durch die unzähligen Kriminalfilme, die sie gesehen hatte. Da gab es Täter, die ihre blutbesudelte Kleidung drei Häuser weiter in einem Container entsorgten. So blöd konnte doch keiner sein! Oder wer kam auf die absurde Idee, die verräterischen Klamotten in die nächste Reinigung zu bringen? Da züchtete man sich die Zeugen doch selbst ran. Elisabeth hatte alle anderen Kleidungsstücke, die sie an dem Abend getragen hatte, sorgfältig auf Blutspuren untersucht. Bis auf den Mantel war alles sauber gewesen, dennoch waren Rock, Pulli, Seidenstrumpfhose und Unterwäsche in die Waschmaschine gewandert. Auch die Schuhe hatte sie sicherheitshalber mehrmals gründlich geputzt. Das Blut des jungen Mannes mit den Stichverletzungen war ebenso verräterisch wie das des Toten. Schmauchspuren waren vermutlich am Mantel, natürlich auch an ihren Händen. Die hatte sie im Laufe des Tages zigmal gewaschen, und das würde sie auch die nächsten Tage so machen. Schmauch war hartnäckig, aber da arbeitete die Zeit für sie. Sie sah kurz auf ihre Hände, die Haut war leicht gerötet und dort, wo sie die Schere hielt, waren jetzt Druckstellen zu sehen. Sie legte ihr Werkzeug zur Seite und massierte die Dellen eine Weile.

Der Mantel, es war das erste Kleidungsstück gewesen, das sie ohne die Erlaubnis ihres Mannes gekauft hatte. Da lag Albert bereits unter der Erde. Die Veräußerung ihres gemeinsamen Hauses in Chemnitz war dann eine andere Hausnummer als ein schnöder Mantelkauf. Ohne Altlasten war sie nach Rostock gezogen, nicht nur, um Abstand zu gewinnen. Die Mietwohnung war wunderschön, mit Balkon. Zu Fuß schaffte sie es in fünf Minuten bis zur nächsten Straßenbahnhaltestelle. Von dort konnte sie in die City fahren oder nach Waremünde hoch an die Küste. Danach hatte sie sich ihr Leben lang gesehnt, wenigstens einmal an der Ostsee Urlaub zu machen. Jetzt lebte sie sogar hier. Ihr Mann hatte Urlaub für überflüssig gehalten. Nur einmal war sie mit ihm aus Chemnitz herausgekommen, am Tag ihrer Silberhochzeit. Er fuhr mit ihr an den Stausee Rabenstein, für einen Tag, nur einen einzigen Tag. Ansonsten verbrachte er seine

Freizeit auf dem Schießstand. Nach seinem Tod blieb sie allein in dem überdimensionierten, dunkeln Haus zurück, mit einem beachtlichen Waffenarsenal im Keller. Die Gewehre und Kurzwaffen blieben nach seinem Tod keinen Tag länger als nötig im Haus. Einige davon waren nicht in der Waffenbesitzkarte eingetragen. Sie hatte beinahe noch Schwierigkeiten deswegen bekommen. Lediglich die ebenfalls nicht registrierte Makarow hatte sie behalten. Das war das Einzige, was sie noch von seinen Sachen besaß. Nein, streng genommen hatte die Makarow nicht mehr zu seinem Besitz gehört, es war längst ihre Waffe gewesen.

Chemnitz war Vergangenheit.

Rostock an der Ostsee gab ihr jetzt das, wovon sie früher nur hatte träumen können. Der Weg dahin war aufreibend gewesen, nach Alberts Tod war sie trotz allem ins Leere gefallen. Da hatte sie begriffen, was mit diesem Spruch gemeint war, sein Leben selbst in die Hand nehmen. Es war ein schwieriger Neustart gewesen und er hatte unendlich viel Kraft gekostet.

Elisabeth nahm die Schere erneut in die Hand und arbeitete stoisch weiter. Eines musste sie sich bewusst machen; sie konnte unbehelligt bleiben, solange niemand sie erkannte und keine Spur zu ihr führte. Sobald sie in Verdacht geriet, würde die Makarow sie verraten, denn von der Waffe würde sie sich auf keinen Fall trennen. Die trug sie schon beinahe elf Jahre mit sich herum, wenn sie unterwegs war. Die hatte ihr Mann ihr damals aufgedrängt, nachdem sie bei einem Handtaschenraub schwer gestürzt war. Er lamentierte über das gestohlene Geld, darüber, dass der neue Ausweis Geld kostete und das Sperren der Karten ein Riesenaufwand war. Ihre Verletzungen waren ihm egal. In seinen Augen war sie die einzig Schuldige, einfach, weil sie nicht aufgepasst hatte. Seitdem war die Waffe ihr ständiger Begleiter. Sie hatte sich darin gefügt, erst widerwillig, dann gleichgültig und später mit einem Gefühl der Sicherheit, ja sogar Vertrautheit. Beim Einkaufen, beim Friseur, beim Arzt, beim Spazierengehen, immer trug sie eine scharfe, handliche Waffe, geladen, gesichert und schlafend, in der rechten Manteltasche.

Kein freier Sonntag

Es war kurz nach halb sechs, Nora war mit rasendem Herzschlag aus dem Schlaf geschreckt. Die letzten Bilder des Traums waren so verwaschen, dass sie sich nicht erinnern konnte, aber die Beklemmung spürte sie noch jetzt. Die Luft in ihrem kleinen Studentenappartement stand trotz des gekippten Fensters. Sie setzte sich auf die Bettkante und starrte ins Halbdunkel, bis sie die Konturen der Möbel erkennen konnte. Obwohl sie aus dem Schlaf und nicht vom Sport kam, fühlte sich ihr Körper ausgepowert und schlaff an. Draußen war das Gurren von Tauben zu hören, es klang beruhigend und vertraut. Sie erhob sich, ging ans Fenster und öffnete es ganz. Sofort spürte sie die laue Nachtluft angenehm auf der Haut. Der leichte Wind stand günstig, sie glaubte das Meer riechen zu können.

Nora wankte ins Bad. *Du hast Fieber*. Sie benetzte ihre Hände mit kaltem Wasser und legte sie eine Weile auf ihr Gesicht. Dann trank sie einige Schlucke direkt aus dem Wasserhahn. Das Fieberthermometer lag im Hängeschrank über dem Heizkörper. Sie starrte in den Spiegel, ihre Gedanken verselbständigten sich. Da war Vinzenz, sein irritierter Blick, als sie ihn das erste Mal fixiert hatte. Sicher hatte er nicht mit ihr gerechnet, er war direkt schüchtern rübergekommen. Vielleicht irrte sie sich auch und ihr erster Eindruck war falsch. Wie mochte es ihm gehen? Da war er wieder, dieser Irre mit dem Messer. Wie oft hatte er zugestochen? Immer wieder. Überall Blut. Da waren die zwei Männer, die den Toten von Vinzenz Körper gerollt hatten. Einfach so, als würden sie so etwas jeden Freitag in der Straßenbahn machen. Dann hatten sie erste Hilfe geleistet, während andere gedrängelt und geschubst hatten, um nach draußen zu gelangen. Mit ihnen waren die Täter verschwunden und die Frau mit der Waffe. Ob die Kerle ihr gefolgt waren? Ob die wussten, wo sie wohnte? Ein Schauer lief über Noras Rücken. Nein, daran wollte sie auf keinen Fall denken. Und sie selbst? Sie hatte dagesessen wie paralysiert, festgetackert auf der Sitzbank der Straßenbahn, und alles um sie herum war abgelaufen wie in einem Film. Aber es war real gewesen, dass ließ sich nicht leugnen. Und es ließ sich auch nicht rückgängig machen.

Sie nahm noch einen Schluck aus dem Wasserhahn, das Fieberthermometer war vergessen. Sie tapste zurück ins Zimmer und ließ sich aufs Bett fallen. Die Decke war noch warm, sie kuschelte sich ein und rollte sich auf die Seite. Sie konnte durch das geöffnete Dachfenster die Wolken erkennen, es wurde langsam hell. Ihre Gedanken wollten nicht zur Ruhe kommen. Vielleicht war es besser, der Polizei die Wahrheit zu sagen und das Foto auf dem Handy zu zeigen. Vielleicht war die Frau in Gefahr. Nora zog die Decke enger um die Schultern. Der letzte Gedanke war ihr bereits entfallen. Die Tauben gurrten noch immer.

Kahlberg ließ sich auf den Beifahrersitz des Dienstwagens nieder, Lambers setzte sich auf die Rückbank. Imani Krohn lenkte den Audi vom Parkplatz in der Ulmenstraße und beschleunigte zügig. Das Streetart-Mädchen an der Fassade rauschte an ihnen vorbei. Es war ein Kunstprojekt im Stil von Banksy am Neubau des Polizeigebäudes und das ‚O' im Polizeischriftzug gehörte dem Mädchen, es war ihr Luftballon.

„Ich denke nicht, dass wir ihn antreffen. Er wird nicht so dumm sein, sich zu Hause von uns überraschen zu lassen. Oder was glaubst du?", fragte Krohn.

Kahlberg sah kurz zu ihr herüber. „Er wird nicht da sein. Er weiß, dass er gesucht wird. Aber ich will sicher sein."

„Geht mir genauso. Ich befürchte, er wird die nächste Zeit nicht in seiner Wohnung auftauchen."

„Vielleicht hat er eine Stammkneipe oder sowas in der Art", warf Lambers ein. Ihre Stimme klang zaghaft.

„Das wäre ein Ansatz", überlegte Kahlberg.

„Ich hoffe die Spurensicherung findet in Wetzkis Wohnung Hinweise auf seine bevorzugten Aufenthaltsorte", ergänzte Krohn. „Mir gefällt der Gedanke nicht, dass Baier und Matschulak durch Rostock streunen. Wenn wir diese Frau nicht bald aufspüren, dann finden die zwei sie womöglich vor uns. Das will ich mir nicht vorstellen."

„Das ist auch meine Befürchtung, Imani. Die Zeugen müssen wissen, dass sie mit dem Feuer spielen. Wenn wir ihnen bewusst machen, in welcher Gefahr ihre ‚Heldin' schwebt, dann haben sie einen Grund zu reden. Da müssen wir nochmal ran und Überzeugungsarbeit leisten."

Krohn brachte den Wagen vor einer roten Ampel zum Halten, fließender Verkehr und eine Straßenbahn kreuzten. „Elisa hat gestern diese Nora Schewe befragt", sagte sie. „Die weiß mit Sicherheit mehr als sie zugibt. Die Zeugin würde ich mir ein weiteres Mal vornehmen. Und dieser Vinzenz wäre der nächste auf meiner Liste. Wenn sein Zustand stabil bleibt, versuchen sie morgen, ihn aus dem künstlichen Koma zu holen."

Die Ampel schaltete um. Kahlberg lehnte seinen Kopf zurück und schloss die Augen. Auch die letzte Nacht war zu kurz gewesen. Imani fuhr souverän, er vertraute ihr. Dennoch musste er zugeben, dass ihm bei Blaulichtfahrten mehr als einmal das Herz in die Hose gerutscht war, wenn sie am Steuer gesessen hatte. Sie riskierte einiges, aber sie wusste, wieviel an Risiko sie händeln konnte. Unwillkürlich musste er an den Kollegen Bromann von der Sitte denken. Der hatte ihn vor einigen Monaten auf dem Parkplatz angequatscht. *Du lässt die Krohn fahren? Das ist ne Frau und die hat den Führerschein in der Wüste gemacht. Stehst du auf doppeltes Risiko?* Bromann hatte abfällig gegrinst und ihn stehen gelassen. Es brodelte noch spürbar, wenn Kahlberg daran dachte. Er war auf sowas nicht vorbereitet gewesen. Er hätte diesen Angriff gleich parieren müssen, stattdessen war er baff gewesen, hatte wortlos dagestanden und vermutlich dumm aus der Wäsche geguckt. Seitdem wartete er auf den passenden Moment für eine Retourkutsche. Es gab immer mal wieder Idioten, die Imani blöd kamen. Aber sie ging souverän mit jeglicher Art von Anmache um, da war sie schlagfertiger als er. Kahlberg musste zugeben, dass auch er anfangs nicht ohne Vorbehalte gewesen war. Er hatte geglaubt, Imanis dunkle Hautfarbe würde dauernd und zwangsläufig zu Konflikten führen. Damals war ihren feinen Antennen sicher nicht entgangen, wie er sich innerlich gegen sie gesperrt hatte. Aber das war Geschichte.

Sie erreichten Lütten Klein, das riesige Stadtviertel voller Plattenbauten, das zu DDR-Zeiten als

Image-Projekt auf der grünen Wiese zwischen Rostock und dem Fischerdorf Warnemünde entstanden war. Nach der Wende hatte der Ruf des Viertels jahrelang gelitten, bis heute wohnten hier viele Rostocker mit kleineren Einkommen oder Hartz 4. Doch Kahlberg wusste, dass Lütten Klein besser war als sein Ruf. Viele lebten seit Jahrzehnten hier und liebten diesen Stadtteil mit seiner guten Anbindung an die City und Richtung Küste. Abgesehen davon, Verbrechen wurden auch in gutsituierten Kreisen verübt. Das hatte mit dem Wohnort nichts zu schaffen.

„Hier ist es."

Krohn trat auf die Bremse und parkte in einem Zug rückwärts ein. Sie stiegen aus und steuerten auf die Platte zu. Der Block, in dem Timo Baier gemeldet war, war fünf Stockwerke hoch. Es gab mehrere unbeschriftete Klingelschilder, der Name Baier war auf dem Paneel nicht zu finden.

„War klar", sagte Krohn. Sie suchte die Briefkästen ab, dort war der Name zwar verblasst, aber noch zu erkennen. „Vierter Stock, wenn die Anordnung den Etagen entspricht."

„Dann klingeln wir und fragen uns durch", sagte Kahlberg.

„Sonntag morgens um sieben. Willst du dir einen Bauchschuss einfangen?" Krohn grinste.

Kahlberg trat ein paar Schritte vom Eingang weg und sah an der Fassade hoch. Er hatte nicht daran gedacht, dass Sonntag war. Seit er von Friederike getrennt und sie mit ihrer Tochter bei ihm ausgezogen war, war der Wochenverlauf für ihn eher unwesentlich. Auch die Ferienzeiten in Mecklenburg-Vorpommern rauschten seitdem unbemerkt an ihm vorbei. Unschlüssig ging er noch ein paar Meter rückwärts und versenkte seine Hände in den Hosentaschen.

„Wir klingeln jetzt, egal wo", entschied er.

Krohn zuckte mit den Schultern und wich zur Seite, als die Haustür sich unerwartet öffnete und zwei Frauen die Platte verließen. Lambers schob ihren Fuß in die Tür.

„Sie hat was von mir gelernt." Krohn nickte anerkennend und Kahlberg entfuhr ein Lacher. Lambers zuckte mit den Schultern.

„Bestens", sagte Kahlberg. Der Anwärterin fehlte die Selbstsicherheit, sie konnte eine solche Bestärkung seiner Meinung nach gut brauchen.

Sie betraten den Flur, der sauber und aufgeräumt aussah. Neben der Treppe standen zwei Fahrräder. Keiner von ihnen machte Anstalten den Aufzug zu benutzen, sie stiegen zügig die Treppe hoch. *Es wäre doch besser gewesen, nicht auf nüchternen Magen aufzubrechen*, ging es Kahlberg durch den Kopf, als sie den vierten Stock erreichten. Sein Magen fühlte sich mehr als flau an. Der Korridor führte in beide Richtungen, rechts waren zwei, links drei Wohnungstüren zu sehen. Es war erstaunlich leise, vermutlich dem Ruhetag geschuldet. Kahlberg bog nach links und Krohn folgte ihm.

„Hier ist es," sagte Lambers. Kahlberg hätte ihre gedämpfte Stimme beinahe nicht gehört. Die Anwärterin war in die andere Richtung gegangen und zeigte auf die Tür am Ende des Korridors. Kahlberg und Krohn machten kehrt.

Auf dem Schild stand T. und G. Baier. „Der scheint nicht allein zu wohnen", bemerkte Krohn. Sie klingelte.

Kahlberg zog seine Waffe aus dem Schulterholster, richtete sie aber auf den Boden. Sie traten von der Tür zurück und warteten. Eine Minute verstrich, ohne dass sich jemand rührte. Krohn klingelte ein zweites Mal, diesmal energischer.

„Klingt nervig jetzt, mich würde das aus dem Bett holen." Sie grinste.

Imani hatte recht, das mehrfache Schrillen kurz hintereinander hallte aggressiv in den Korridor hinein. Endlich wurde die Tür einen Spalt weit geöffnet, hinter der Sicherheitskette war eine Frau im zerknitterten Schlafshirt zu sehen. Kahlberg schätzte sie auf etwa fünfzig Jahre, möglicherweise aber auch jünger und verlebt. Ihr Haar war gefärbt, eher gelb als blond.

„Mann, was is denn so früh?"

„Sie sind Frau Baier?"

„Wer will das wissen?"

„Kriminalpolizei Rostock", antwortete Krohn.

„Polizei?“, hakte die Frau nach. Ungläubig musterte sie Krohn ein paar Sekunden. Die nestelte ihren Ausweis aus der Jackentasche und zeigte ihn vor. Kahlberg hielt seine Waffe so, dass die Frau sie nicht sehen konnte.

„Timo is nich da. Er hat doch keine Scheiße gebaut?“

„Wissen wir noch nicht“, antwortete Krohn. „Aber wir suchen ihn als Zeugen. Wo können wir ihn denn finden?“

„Glauben Sie im Ernst, der sagt mir, wo er sich rumtreibt?“

„Es ist wichtig, dass wir mit ihm sprechen. Er könnte in Gefahr sein“, insistierte Krohn.

Geschickter Schachzug, dachte Kahlberg. Mütter lenkten eher ein, wenn sie sich sorgten, egal wieviel Mist ihre Sprösslinge auf dem Kerbholz hatten. Aber ganz unrecht hatte Imani nicht. Wer sagte denn, dass die Seniorin aus der Straßenbahn ungefährlich war? Sie wussten nur zwei Dinge über die Frau. Sie war bewaffnet und sie hatte bereits einen Menschen getötet.

„Wieso is Timo in Gefahr?“

„Er ist da in etwas verwickelt und das könnte für ihn unangenehm werden. Mehr darf ich leider nicht sagen“, antwortete Krohn.

„Ich hab immer gewusst, dass dieser Radek nicht gut für ihn is. Der war doch bestimmt dabei, oder?“

Krohn ignorierte die Frage. „Haben Sie Timos Handynummer?“

„Ne, der hat andauernd neue Dinger, da komm ich nicht mehr mit.“

„Könnte er bei seinem Freund sein, diesem Radek, von dem Sie gesprochen haben? Oder hat er sonst noch Bekannte?“

Sie schien nachzudenken. Einige Sekunden herrschte eine angespannte Stille, Kahlberg versuchte durch den Türspalt einen Blick in den Flur zu erhaschen.

„Radek, das könnte sein. Aber da weiß ich nicht, wo der wohnt. Also Radek nicht. Der andere, der Pascal, der wohnt zwei Straßen weiter. Die sind schon zusammen in die Schule gegangen. Aber dass der Radek nicht gut is, das hab ich Timo immer gesagt. Aber das war ihm egal, der hört ja nicht auf mich.“

Sie hatte also nicht mitbekommen, dass Pascal Wetzki das Zeitliche gesegnet hatte. Manches sprach sich herum wie ein Lauffeuer, einige Leute wussten sofort über alles Bescheid, und andere schienen vom Informationsfluss abgeschnitten zu sein. Kahlberg ordnete Frau Baier der zweiten Kategorie zu.

„Wir können versuchen, Timo zu finden. Glauben Sie mir, es wäre besser für ihn. Darf ich einen Blick in sein Zimmer werfen? Das könnte uns weiterhelfen“, sagte Krohn.

„Ne. Das will ich nicht. Da wär Timo auch nicht mit einverstanden. Da hab ich nachher den Ärger am Hals."

„Das ist ihr gutes Recht. Aber ich kann Ihnen dringend ans Herz legen, sich zu melden, wenn Sie wissen, wo Ihr Sohn ist." Krohn gab ihr eine Visitenkarte. „Oder Sie sagen ihm, er soll sich bei uns melden. Auch wenn er sich straffällig gemacht haben sollte. Ihr Sohn will doch sicher am Leben bleiben."

Die Augen der Frau weiteten sich erschrocken. „Ja, sage ich ihm, wenn ich ihn sehe." Dann schob sie die Tür zu.

„Da hast du aber ganz schön dick aufgetragen", befand Kahlberg. Würde aber vermutlich nicht schaden. Auch für den Fall, dass tatsächlich noch mehr passierte, sie hatten zumindest gewarnt.

„Findest du?", entgegnete Krohn mit einem Augenzwinkern. Sie traten den Rückzug an und nahmen die Treppe.

„Wir sollten seinen Wohnblock noch eine Weile beobachten. Womöglich ist er doch in der Wohnung und macht sich nach unserem Besuch aus dem Staub."

„Ist zwar unwahrscheinlich, aber trotzdem bin ich da ganz bei dir. Ich habe schon die unmöglichsten Sachen erlebt", stimmte Kahlberg zu.

Der Dienstwagen stand zu auffällig. Krohn fuhr den Audi aus der Lücke und an der nächsten Straßenecke in eine freie Parkbucht. So würde Baiers Blick nicht direkt auf ihren Wagen fallen, falls er aus der Tür trat. Auch von hier hatten sie den Eingang des Blocks optimal im Blick. Kahlberg drückte Fiona Lambers einen Fünfzig-Euro-Schein in die Hand und schickte sie zum Kiosk am S-Bahnhof Lütten Klein, um belegte Brötchen und Kaffee für ein Frühstück im Dienstwagen zu besorgen. Kahlberg und Krohn lehnten sich in die Sitze zurück und behielten den Hauseingang des Wohnblocks im Auge.

Es war kurz nach neun, das Dienstgebäude bis auf den Dauerdienst und einige wenige Büros ausgestorben. Kriminalkommissar Achim Schneider nahm den Mann im Eingangsbereich in Empfang.

„Erst habe ich mich geärgert, dass ich hier sonntags vorbeikommen soll. Aber ist doch ganz okay, dann brauche ich wenigstens in der Woche nicht frei zu nehmen", sagte der Zeuge.

Schneider nickte und ging voran. Im kleinen Besprechungszimmer bot er dem Mann einen Platz an. Dessen Personalien hatte er bereits beim gestrigen Telefonat aufgenommen. Er hatte sich den Mann anders vorgestellt, die markige Stimme passte nicht zu dem hageren, blassen Dreißigjährigen.

„Schön, dass Sie es einrichten konnten, Herr Jegelow. Jede Zeugenaussage kann uns weiterhelfen.“ Schneider nahm zuerst die Ausdrucke mehrerer Männer aus der Täterkartei, darunter Baier, Wetzki und Matschulak, und legte sie Peer Jegelow vor. Der begann sofort zu blättern und legte nach einer Weile zielsicher die zwei Tatverdächtigen vor Schneider auf den Tisch.

„Die beiden da, neunundneunzig Prozent.“ Dann griff er ein drittes Foto aus der Auswahl und schob es hinterher. „Und das ist der, der erschossen wurde.“

Schneider nickte, ließ die drei Fotos auf dem Tisch liegen und legte die übrigen Blätter zur Seite.

„Würden Sie mir bitte den Tathergang beschreiben? Ich würde das dann aufzeichnen. Ist das in Ordnung?“

Jegelow nickte. „Soll ich einfach anfangen?“

„Einfach loslegen, ja.“

„An der Haltestelle Maßmannstraße sind die drei Typen eingestiegen, da war´s so zwanzig vor zwölf. Das Abteil war noch rappelvoll, ist am Wochenende auf der Linie nichts Ungewöhnliches. Die haben gleich angefangen, die Fahrgäste aufzumischen. Einer hatte eine Bierdose in der Hand, der hat sich total dicht vor eine junge Frau gestellt, und mit seinem Unterleib Sexbewegungen angedeutet. Alle haben weggesehen. Ich habe auch gedacht, einfach sitzen bleiben, die steigen auch wieder aus. Die wollen ein bisschen schocken und verlieren irgendwann die Lust. Und dann ist einer auf mich zugekommen, der, der nachher erschossen wurde. Ich habe gesehen, dass seine Arme voller Totenköpfe waren.“ Jegelow hielt inne und knetete seine Hände. „Er hat mich als schwule Sau beschimpft, ich solle mir einen Strick nehmen, sonst würde er das machen. Und der andere hier“, Jegelow zeigte auf das Foto von Matschulak, „der hat dann zwei Senioren angepöbelt, hat von Rennwagen oder Porsche geschwafelt oder sowas. Dann hat er dem einen den Rollator weggetreten. Eine Frau wollte helfen. Die wurde sofort angeschnauzt, die war eingeschüchtert und hat sich hingesetzt.“ Jegelow räusperte sich. „Dann hat die Bahn abgebremst und der ältere Mann ist gegen den Typen mit der Bierdose gefallen und dann zu Boden gerutscht.“

Er griff das Foto von Timo Baier.

„Dieser hier. Der ist sofort ausgerastet und hat zugetreten. Zwei Reihen vor mir saß die ältere Frau, die später geschossen hat. Die ist die ganze Zeit unruhig auf ihrem Sitz hin und her gerutscht. Sie ist auch zweimal kurz aufgestanden und ich habe gedacht, die macht sich noch unglücklich. Ich habe die ganze Zeit gehofft, dass sie auf ihrem Platz bleibt, damit ihr nicht auch noch was passiert. Aber das hat sie dann nicht getan, wie Sie wissen. Als die Straßenbahn hielt, sind alle die konnten, aus der vorderen Tür raus.“

Er hielt einen kurzen Moment inne.

„Am Bahnsteig haben auch noch Leute gewartet, die reinwollten. Aber keiner ist in unser Abteil gekommen. Ich denke die sind einen Wagen weiter hinten zugestiegen. Die haben gesehen, was los war. Die drei Typen waren schon auffällig und der Senior und sein Rollator lagen ja auch noch am Boden. Dann war die Tür wieder zu. Ein paar Leute haben versucht, mit dem Handy einen Notruf abzusetzen. Einer von denen wurde dann niedergeschlagen und mit dem Messer verletzt. Da wurde auch noch eine Frau gewürgt, die sich eingemischt hat."

„Haben Sie gesehen, wer den Mann zu Boden geschlagen hat?", hakte Schneider nach.

„Der hier, mit dem Bürstenschnitt. Der hat auch das Messer gezogen. Ich habe nicht alles mitbekommen. Nachher hatte der mit den Totenköpfen das Messer in der Hand. Er hat mehrmals auf den Mann am Boden eingestochen. Da ist dann die Seniorin, die zwei Reihen vor mir gesessen hat, plötzlich wieder hoch. Ich habe darauf gewartet, dass sie sich auch diesmal wieder hinsetzt, aber Fehlanzeige. Und dann hatte sie wie aus dem Nichts eine Pistole in der Hand. Ich glaube, sie hat noch irgendwas gesagt."

Er hielt einen Moment inne, es wirkte, als müsse er sich vergegenwärtigen, dass dieses ganze Desaster tatsächlich der Realität entsprach.

„Und dann hat sie geschossen", fügte er an.

„Als die Bahn kurz danach hielt, gab es ein heilloses Gedränge."

„Konnten Sie hören, was sie gesagt hat?"

„Nein. Es war zu laut, sie war ja auch einige Meter von mir entfernt."

„Wir brauchen eine möglichst exakte Beschreibung der Frau."

„Tja, ich habe sie nur von hinten gesehen. Nach dem Schuss war sie dann im Tumult verschwunden. Also, sie hatte einen hellen Kurzmantel an, sommerlich, aus dünnem Stoff. Die Pumps in gleicher Farbe, Blockabsatz, fünf Zentimeter würde ich sagen. Die Haare waren silbergrau, nicht ganz kinnlanger Bob, am Hinterkopf leicht angestuft."

„Das wissen Sie so genau?"

„Ich bin Friseur."

„Ah, okay. Dann achtet man vermutlich mehr auf sowas."

Peer Jegelow nickte. „Sie kennen Helen Mirren?"

„Die Schauspielerin?"

„Ja. So ähnlich müssen sie sich das Styling vorstellen. Sagen wir, die Frau weiß was mit ihren Haaren anzufangen."

„Die Mirren", bestätigte Schneider.

„Ja, die Mirren. Aber die Frau in der Straßenbahn auch."

Die fünf handlichen Päckchen lagen aufgereiht auf dem Küchentisch. Ein kompletter Sommermantel, zerlegt in kleine Teilchen, keines größer als ein Ein-Euro-Stück, eingewickelt in Zeitungspapier, jeweils umhüllt von einem kleinen Müllbeutel für Kosmetikmülleimer.

Elisabeth schälte einige Kartoffeln und stellte sie auf den Herd. Sie füllte den Topf mit heißem Wasser aus dem Wasserkocher, so dass sie eben gerade so bedeckt waren. Dann zerlegte sie einen Kopf Broccoli, er folgte den Kartoffeln zehn Minuten später, jedoch in einem eigenen Topf. Während beides kochte, verrührte sie Quark und Joghurt, hackte Frühlingszwiebeln, Petersilie und Schnittlauch und rührte alles unter die Creme. Sie schmeckte mit Salz und Pfeffer ab und sah nach dem Broccoli. Sie fischte ein Röschen aus dem Topf und ließ es ein paar Sekunden zum Abkühlen liegen, bevor sie testete. Es war noch leicht bissfest, also perfekt. Abgießen.

Während die Handgriffe automatisch abliefen, dachte Elisabeth darüber nach, wo sie den Mantel, das was davon übrig war, entsorgen sollte. Die Päckchen großflächig über Rostock verteilen war ihr erster Gedanke. Oder am anderen Ende der Welt deponieren, anonyme Luftpost nach Australien. Schierer Blödsinn. Vielleicht am Bahnhof, da fielen täglich Unmengen an Müll von tausenden Reisenden an. Da war so ein kleiner Müllbeutel mehr oder weniger nicht auffällig. Aber wollte sie wirklich das hübsche Empfangsgebäude des Rostocker Bahnhofs durch die Entsorgung ihres Mantels mit den Erinnerungen an einen Kopfschuss besudeln? Sie würde doch stets daran denken müssen, wenn sie dort war. Würde sie den Bahnhof in Zukunft überhaupt noch betreten können? Wie sollte das gehen?

Erst vorhin, beim Eintüten der Schnipsel, war ihr der Gedanke gekommen, dass der Tote womöglich eine Freundin hatte, oder Kinder. Da gab es die Eltern, es konnte auch sein, dass er Geschwister hatte. Und Freunde, nicht die, die in der Straßenbahn dabei waren, sondern solche, die ihn auf den richtigen Weg gebracht hätten, wenn er noch die Zeit dazu gehabt hätte. Noch war sie überzeugt davon, dass es die einzige Möglichkeit gewesen war, direkt zu schießen.

Schießen ja, doch töten? Hätte es nicht gereicht, die Schulter oder das Bein zu treffen? Als sie von ihrem Sitz in der Straßenbahn aufgestanden war, hatte sie eine Entschlossenheit gespürt wie nie zuvor in ihrem Leben. Seltsamerweise konnte sie sich nicht entsinnen, in der Situation eine bewusste Entscheidung getroffen zu haben. Da war nur diese Entschlossenheit. Die Makarow zog sie ohne zu überlegen aus der Manteltasche. Ihr Kopf war beinahe gedankenleer, als sie abgedrückte. Auch danach noch, lange danach. Sie konzentrierte sich auf das Piepen in ihrem Ohr. Den Rest ihres Körpers spürte sie nicht mehr, gefühllos schwebte er mit ihr durch die Nacht, bis sie vor ihrem Wohnblock wieder zu sich kam.

Sie hatte das Leben eines jungen Mannes beendet. Es war geschehen, nicht mehr rückgängig zu machen, sie musste damit leben. Sie hatte einem Mann das Leben gerettet und einen anderen dafür getötet.

Zur Lagebesprechung war das gesamte Team zusammengekommen. Fiona Lambers saß neben Göthefeld, neben Elisa fühlte sie sich wohl und die war auch die einzige im Team, mit der sie auf ‚Du' war. Kahlberg und Krohn kamen ihr immer ein wenig ‚drüber' vor, obwohl der Einsatz heute Morgen ganz entspannt gewesen war. Als der Teamchef sie losgeschickt hatte, um Kaffee und Brötchen zu holen, war sie allerdings verärgert gewesen, dafür war sie nicht zur Polizei gegangen. Aber sei's drum, er hatte einen ausgegeben und das Frühstück im Dienstwagen war dann schon okay gewesen. Krohn hatte ein paar private Erlebnisse ausgeplaudert, so nahbar hatte Lambers die Kollegin noch nie erlebt. Jetzt wusste sie zumindest, weshalb der Nachname der Kollegin alles andere als afrikanisch klang. Imani Krohns Vater war Deutscher, die Mutter war in den Achtzigern aus Äthiopien nach Deutschland gekommen, um hier Sprachen zu studieren, und die beiden waren sich an der Uni in Berlin über den Weg gelaufen. Imani

Krohn war in Deutschland geboren und aufgewachsen. Seit zwei Jahren arbeitete sie in Rostock, vorher hatte sie einige Jahre bei der Kripo in Schwerin verbracht. Weshalb sie von dort nach Rostock gezogen war, hatte sie allerdings nicht verraten. Dazu war auch keine Zeit gewesen, denn ein junger Mann hatte den Wohnblock verlassen und sie waren ausgestiegen, um ihn abzufangen. Es hatte sich aber leider nicht um Timo Baier gehandelt.

Kahlberg hielt ein Dossier in der Hand und warf es lässig auf den Tisch. Achim Schneider kam als letzter und zog die Tür hinter sich zu.

„Wir haben die ballistischen Ergebnisse“, sagte Kahlberg. „Bei der Tatwaffe handelt es sich um eine Makarow, 9 x 18 mm, hergestellt in der DDR, Waffenfabriken Suhl. Die Magazingröße beträgt acht Patronen. Die Waffe ist nicht registriert.“

„War klar“, kommentierte Schneider.

Kahlberg zuckte mit den Schultern. „Ich hatte anderes gehofft, zumindest, dass es Vorbesitzer gibt, die uns auf eine Spur hätten bringen können.“

„Ist die Waffe schon anderweitig in Erscheinung getreten?“, wollte Krohn wissen.

„Es wurde in Deutschland noch kein Verbrechen mit ihr verübt“, antwortete Kahlberg. „Zumindest ist nichts aktenkundig.“

„Dann hat die Makarow womöglich erst an dem Abend in der Straßenbahn ihre Jungfräulichkeit verloren.“

Das war ein typischer Krohn-Satz, ging es Lambers durch den Kopf. Aber die Metapher war zugegebenermaßen treffend. Wie war die Täterin an die Waffe gekommen? In der DDR war es ein gängiges Modell gewesen. Es waren noch unzählige Pistolen im Umlauf, wurden gehandelt und von Sportschützen benutzt. Aber der überwiegende Teil der Waffen im Besitz von Sportschützen waren auch ordnungsgemäß eingetragen. Und diejenigen, die nicht registriert waren, schlummerten in vergessenen Jagdhütten, verstaubten Dachbodentruhen, geheimen Waffenschränken oder kursierten in kriminellen Kreisen.

„Wir haben erste Ergebnisse aus der Rechtsmedizin", sagte Kahlberg und holte Lambers aus ihren Gedanken. „Pascal Wetzki hatte einen Blutalkoholwert von 1,1 Promille, eher unwesentlich für den Tatverlauf. Allerdings deutet seine Fettleber auf exzessiven Alkoholmissbrauch hin. Die Todesursache war der Kopfschuss. Der Schusskanal verläuft am unteren Bereich des Schläfenbeins schräg nach oben, Austritt des Projektils am Scheitelbein links. Der Tod muss unmittelbar eingetreten sein. Wie Dr. Jessen bereits am Tatort vermutet hat, wurde die Waffe aufgesetzt. Bei aufrechter Haltung und normaler Handhabung der Makarow und unter Einbeziehung der von Sievermann berechneten Flugbahn wird die Größe der Täterin bei 1,55 bis 1,65 Meter liegen."

„Nicht gerade eine imposante Größe, um einem Dreiermob gegenüberzutreten“, warf Krohn ein. „Schon mutig, die Dame.“

„Was ist daran mutig? Sie hatte schließlich eine Schusswaffe“, konterte Göthefeld.

„Auch das erfordert Mut.“

„Höre ich da etwa Sympathie für die Täterin raus? Nicht zu fassen.“

„Was du raushörst, weiß ich nicht, Elisa. Fakt ist, dass sich unsere Täterin durch ihr Handeln selbst in Gefahr gebracht hat. Es hätte auch anders laufen können.“

Lambers sah unauffällig zwischen den Kolleginnen hin und her. Es war nicht das erste Mal, dass die beiden auf Konfrontation gingen. Krohn und Göthefeld würden nie beste Freundinnen werden, im Leben nicht.

„Ich frage mich, ob sie die Waffe schon länger besitzt“, warf Schneider ein. Vermutlich, um die Wogen zu glätten. „Ich könnte an den bekannten Stellen nachhaken, vielleicht ist die Makarow erst vor kurzem unterm Ladentisch gehandelt worden.“

„Ist ein Versuch wert“, sagte Kahlberg.

„Es gibt ein paar Typen, die schulden mir was. Die könnten sich für mich umhören.“

„Immer schön legal bleiben, Achim.“ Kahlberg zog eine Augenbraue hoch.

„Ich habe alles im Griff, Chef“, beschwichtigte Schneider.

„Da sind schon andere in was reingeraten.“

„Alles sauber.“

„Ich sag’s nur.“

Es folgte ein unangenehmer Moment der Stille. „Ich habe heute Peer Jegelow befragt“, sagte Schneider. „Er hat unsere drei Täter eindeutig erkannt. Den Tathergang hat er recht präzise schildern können, das Gesamtbild deckt sich mit den Aussagen der anderen Zeugen.“

„Wusste er was zur Täterin?“, hakte Krohn nach.

„Er hat sie auch nur von hinten gesehen. Heller Kurzmantel, helle Pumps und eine Frisur wie Helen Mirren. Silbergraue Haare.“ Er hielt kurz inne. „Ihr wisst, wer Helen Mirren ist?“

„Ja“, kam es vierstimmig zurück.

„Und ihr wisst, wie sie aussieht?“, fragte Schneider.

Sie lachten.

„Okay“, befand Göthefeld. „Immerhin etwas mehr als nichts. Hoffen wir, dass der Zeugenaufruf was bringt. Jemand aus dem Abteil muss doch ihr Gesicht gesehen haben.“

„Morgen wissen wir mehr. Der Aufruf wird im überregionalen Teil der Ostsee-Zeitung stehen“, erklärte Kahlberg. „Und jetzt machen wir Feierabend. Der Sonntag ist zwar mehr als angebrochen, aber genießen sie noch die restlichen Stunden. Wir haben eine anstrengende Woche vor uns.“

Alles um ihn herum war voll fremder Geräusche, Vinzenz schaffte es nicht, seine Augenlider zu öffnen. Wie konnte das Aufwachen eine solche Kraftanstrengung sein? Er ergab sich ein weiteres Mal in die Schlaffheit seines Körpers. Während er reglos lag, kreiste es in seinem Kopf, aber es funktionierte nichts, ein paar Bilder schlingerten so undeutlich, dass sie sich mit den Geräuschen vermengten. Endlich gelang es ihm, einen ersten klaren Gedanken zu fassen. Er konnte sich nicht entsinnen, wann er sich schlafen gelegt hatte, dass er überhaupt schlafen gegangen war. Er hörte das Atmen, es war ganz nah und es tat weh. Er spürte seine linke Hand, ein scheußliches Kribbeln, als würde sie von zigtausenden Ameisen zerfressen. Jetzt erinnerte er sich. Er war gestürzt, zuletzt hatte er auf dem Rücken gelegen. Er spürte in sich hinein, er lag noch immer in dieser Position. Warum um alles in der Welt war er nicht sofort aufgestanden?

Es war bereits nach sechs, als Fiona Lambers die Tür zu ihrer Wohnung aufschloss. Sie teilte sich die Räume der Altbauwohnung mit zwei Studentinnen. Jede hatte ein Zimmer, die große Wohnküche mit Couchecke nutzten sie gemeinsam. Fiona zog die Sneaker aus und schob sie mit dem Fuß nachlässig unter die Garderobe. Mit dem Sonntag war nicht mehr viel anzufangen, sie hätte sich ohnehin zu nichts mehr aufraffen können. Morgen würden sie bereits um acht alle wieder im Besprechungsraum sitzen. Sie stellte die Balkontür sperrangelweit auf und schaltete den Fernseher an. Ihre Mitbewohnerinnen waren über das Wochenende zu ihren Familien gefahren. Es fühlte sich einsam an, allein in dieser Stadtwohnung. Fiona war in einer sechsköpfigen Familie aufgewachsen, in der unentwegt etwas los war. Sie war es nicht gewohnt, auf sich selbst reduziert zu sein.

Die Jeans war bei dem sonnigen Wetter zu warm gewesen. Sie zog sie aus, warf sie im Bad in den Wäschekorb und das verschwitzte T-Shirt gleich hinterher. Nachdem sie sich geduscht und luftige Kleidung angezogen hatte, taperte sie in die Küche. Im Kühlschrank war noch ein Rest Nudeln vom Vortag, den sie mit einem Stich Margarine in die Pfanne gab und mit zwei Eiern aufpeppte. Ruckzuck fertig. Sie war keine Freundin von aufwendiger Kocherei. Mit ihrem Teller und einem Rostocker Pils setze sie sich auf die Couch und begann sich durch die Sender zu zappen. Nach dem Essen nickte sie kurz ein, als sie aufwachte, war ‚MDR aktuell' vorbei. Seufzend raffte sie sich auf, griff Teller und Flasche und nahm den letzten Schluck Bier auf dem Weg in die Küche. Das Geschirr hatte sich über die letzten Tage angesammelt. Sie zwang sich zu spülen und alles wegzuräumen. Danach schaltete sie im Wohnzimmer den Fernseher aus und öffnete den Laptop. Keine neuen

Mails. Ein Blick in Facebook. Sie scrollte unentschlossen vor sich hin. Da war ein neuer Beitrag mit der Beschriftung „Killer-Elli“ in roter Schrift auf schwarzem Grund. Er war heute Abend schon fast tausend Mal aufgerufen worden und hatte über hundert Kommentare. Sie klickte neugierig. Ein kleiner Film lief ab. Da hatte jemand wackelig in einem Straßenbahnabteil gefilmt. Dreimal verrutschte das Bild, als habe die Person das Smartphone zwischendrin verbergen müssen. Dann entstand ein Tumult, ein großer Kerl trat gegen einen Rollator, der durch den Gang flog und umkippte. Der Besitzer, ein älterer Mann, stürzte kurz danach, ein Kapuzen-Typ mit Bierdose in der Hand trat sofort auf ihn ein. Dann entfernte er sich, die Kamera schwenkte, weiter hinten gab es einen neuen Schauplatz. Jemand wurde zu Boden geschlagen, der Rollator-Kicker zog ein Messer, am rechten Bildrand wurde eine Frau gewürgt. Der tätowierte Würger ließ von der Frau ab, griff sich das Messer und stach auf den Mann ein, der hilflos am Boden lag. Man konnte aus der Perspektive nicht erkennen, ob er traf, hätte auch Fake sein können.

Auf einmal verdeckte eine helle Blende das komplette Bild. Dann tauchten die Ränder auf, das Helle entfernte sich und wurde kleiner. Es war keine Blende, sondern der Mantel einer grauhaarigen Frau, der das Objektiv des Handys verdeckt hatte. Sie war jetzt komplett von hinten zu sehen. Der Filmer versuchte an ihr vorbei auf den Messerstecher zu zoomen.

Die Frau ging, ohne zu zögern auf den Tumult zu. Sie griff in ihre rechte Manteltasche und zog eine Pistole heraus. Die hielt sie dem tätowierten Messerstecher direkt an den Kopf, ihre Hand bewegte sich leicht, der Winkel der Waffe veränderte sich, dann drückte sie ab. Aus der Entfernung sah es aus, als „staubte" der Kopf an der linken Seite. Panik brach aus, Gedränge, dann war die Decke der Straßenbahn mit den Halteschlaufen im Bild, das Handy schien heruntergefallen zu sein. Eine Hand war zu sehen, die von oben zupackte. Dann Schnitt, schwarzer Hintergrund, rote Schrift: SIE RÄUMT AUF IN ROSTOCK www.Killer-Elli.com.

Fiona Lambers starrte noch einige Sekunden fassungslos auf den Bildschirm. Dann gab sie die Webadresse bei Google ein und drückte Enter.

Die Seite wurde nicht gefunden
Die Verbindung mit dem Server www.killer-elli.com schlug fehl.

Das Timo Baier mit seinem Kaugummi beschäftigt war, stellte er auffällig schmatzend zur Schau. Radek Matschulak lehnte ihm gegenüber an einer Haltestange. Es gab genug Sitzplätze, aber es war besser zu stehen, den Überblick zu behalten, wenn man ohne Ticket unterwegs war. Sie fuhren unter dem Rostocker Hauptbahnhof ein. Bald waren die hellen Säulen zu sehen, die Straßenbahn hielt. Hier mussten sie umsteigen.

„Ich hol noch Bier", kündigte Matschulak an und Baier trottete hinter ihm her. Sie deckten sich am Kiosk ein und schlurften zum Bahnsteig zurück, um die Bahn Richtung Brinckmansdorf zu nehmen.

„Wenn die Alte zuhause ist, kann sie gleich eins aufs Maul kriegen", sagte Baier.

„Halt mal den Ball flach. Erst mal die Lage peilen."

„Und da gibt's was zu holen, da verwette ich meinen Arsch. So Leute mit nem ‚von' im Namen haben richtig fette Kohle."

„Jetzt mach endlich halblang. Oder soll ich es dir zum hundertsten Mal erklären?"

Baier brummelte unverständlich vor sich hin, die Straßenbahn fuhr ein. Sie stiegen zu, das Abteil war voll besetzt. Diesmal hielten sie sich bedeckt. Krawall konnten sie sich nicht leisten, da musste erst Gras über die Geschichte wachsen. Baier spuckte seinen Kaugummi auf den Boden und nahm eine Bierdose, die er zischend öffnete. Matschulak tat es ihm gleich. Wie konnte der so ruhig sein? Er selbst war total kribbelig. Er hätte vor lauter Brass die Decke hochgehen können.

„Die Alte kriegt ne richtige Abreibung. Mindestens. Und dann soll sie die Kohle rüberschieben,

Schmerzensgeld“, sagte Baier. Irgendwie musste Radek doch beizukommen sein.

„Du gehst mir echt auf den Sack, Timo.“

Radek holte wie zu einer Ohrfeige aus, streifte aber bloß leicht Baiers Kapuze. „Halt doch mal die Fresse, Alter.“

Rune Kahlberg hatte es sich gerade mit einem Gin Tonic auf der Dachterrasse gemütlich gemacht, als sein Handy drinnen klingelte. Mit einem Seufzer erhob er sich und ging ans Telefon. Fiona Lambers. Er stutzte, die Anwärterin hatte ihn noch nie angerufen, wozu auch? Sie hatte zwar seine Privatnummer wie alle im Team, aber bei ihr war es eher pro forma, sie war schließlich nur begrenzte Zeit in seiner Dienststelle. Er nahm das Gespräch an.

„Kahlberg.“

„Fiona Lambers hier. Entschuldigen Sie, dass ich um diese Zeit noch anrufe. Aber ich habe ein Video im Internet entdeckt.“

Eine Pause entstand. Das Internet war voller Videos, dachte er und fragte sich noch, warum sie nicht weiterredete, als sie fortfuhr.

„Der Tathergang in der Straßenbahn, der wurde komplett gefilmt.“

„Wie? Was heißt gefilmt? Gab es eine Überwachungskamera?“

„Nein. Jemand hat alles mit dem Handy aufgenommen und das Ganze dann ins Internet gestellt.“

„Er hat was?“, entfuhr es Kahlberg. Er war eine Spur zu laut. Lambers schwieg. Seinen Tonfall würde sie sich doch jetzt nicht anziehen? „Entschuldigung. Ich bin gerade geplättet“, sagte er.

„Der Film ist auf Facebook und wird fleißig geteilt. Sind Sie bei Facebook?“

„Ja, aber inaktiv“, bekundete Kahlberg.

„Das ist völlig egal. Ich schicke ihnen eine Freundschaftsanfrage, Sie nehmen an und dann kann ich den Film mit ihnen teilen. Unter ihrem Namen?“

„Rune-K.“

„Okay.“

„Das war geistesgegenwärtig. Danke, dass Sie mich sofort informiert haben.“

„Ja klar. Was sonst.“

„Gut, danke! Wir sehen uns dann morgen zur Lagebesprechung.“

„Gern geschehen. Bis morgen dann.“

Sie hatte aufgelegt. Kahlberg ging sofort an seinen Laptop. Nach einigen Minuten tauchte die Freundschaftsanfrage von FioLaLa auf, die er bestätigte.

Als das Video lief, starrte Kahlberg gebannt und kopfschüttelnd auf den Bildschirm. Alles eins zu eins dokumentiert, es hätte so simpel sein können. Aber die Frau mit der Makarow war lediglich von hinten zu sehen und nach dem Schuss war sie im panischen Gedränge untergegangen. Die Technik sollte das morgen auseinanderpflücken. Sie würden den Ablauf mit dem gesamten Team anschließend bis ins kleinste Detail analysieren, um nichts zu übersehen. Was würde jetzt passieren? Sie mussten es hinbekommen, die Verbreitung des Videos zu stoppen und herausfinden, wer es hochgeladen hatte. Es konnte auch eine andere Person gewesen sein als die, die in der Straßenbahn gefilmt hatte. Es ging bereits heiß her. Bei den Kommentaren war alles dabei, Verständnis, Jubel, Anerkennung, Hass, Drohungen, die hoffentlich scherzhaft gemeinte Frage, ob man Killer-Elli für Jobs buchen konnte.

Kahlberg griff zu seinem Smartphone und informierte seinen Kollegen, Hauptkommissar Nabold, der im Bereich Netzkriminalität absolut fit war. Er hatte regelmäßig Kontakt zu den Internetspezialisten vom LKA. Es ergab Sinn, wenn er heute noch die ersten Schritte anleierte.

Dann wählte Kahlberg Imanis Nummer.

„Krohn."

„Rune hier."

„Hey, was gibt's? Einsam?"

„Das sowieso. Was hältst du von einem Gin Tonic auf der Dachterrasse? Es soll eine sternklare Nacht werden."

„Was geht denn jetzt ab?" Sie lachte.

„Und ich hätte da noch was zu unserem Fall. Das solltest du dir noch heute ansehen. Du würdest mir Nackenschläge geben, wenn ich es dir bis morgen vorenthalte.“ Kahlberg hätte ihr auch das Video weiterleiten können, doch ihm war jetzt eindeutig nach Imanis Gesellschaft.

Der Zug fuhr pünktlich um 20.15 Uhr im Bahnhof von Wismar ein. Elisabeth hatte ihre Handtasche mit dem langen Gurt quer über den Körper gehängt, um sie im Gedränge nicht zu verlieren. Sie griff den Baumwollbeutel. Im Gang stand ein Koffer im Weg, sie war so in Gedanken, dass sie beinahe gestolpert wäre. Geduldig folgte sie der Menschenschlange, die sich langsam durch das Abteil in Richtung Ausgang bewegte, einer nach dem anderen stieg aus der Bahn. Auf dem Bahnsteig war es zugig, sie klemmte den Baumwollbeutel zwischen die Beine und schlug den Mantelkragen hoch. Die Menschen zerstreuten sich, sie schienen mit sich und ihrem nächsten Ziel beschäftigt, ein lang ersehnter Besuch, ein Abend bei Freunden, die Rückkehr nach einem langen Wochenende. Sie selbst hatte eine ganz andere Mission. Die kostete etwas Zeit und dreiundzwanzig Euro. Sie hatte das Mecklenburg-Vorpommern-Ticket für ihren ‚Ausflug‘ nach Wismar genommen. Das Geld war für ein Gefühl von Sicherheit bestens investiert.

Niemand beachtete sie. Elisabeth sah sich um, dann steuerte sie auf den nächstbesten Mülleimer zu. Er befand sich direkt auf dem Bahnsteig in der

Nähe der Infotafel. Im Vorbeigehen warf sie das erste Päckchen ab. Sie schlenderte weiter und bog in das Empfangsgebäude des Bahnhofs ein. Dort musste sie einem Pulk Jugendlicher ausweichen. Während sie die kleine Vorhalle durchquerte, wanderten ihre Gedanken zurück zu dem Hauseingang, in dem sie sich vor den jungen Leuten versteckt hatte. Kurz flackerte auch hier das Gefühl in ihr auf, dass jemand ihr gefolgt sein könnte. Sie ließ ihren Blick kurz schweifen, Menschen, Koffer, Reisetaschen. Nichts Auffälliges. An der Straßenseite verließ sie das Gebäude. Sofort entdeckte sie zur Linken einen weiteren Mülleimer, er befand sich direkt neben einem Blumenlädchen. Sie hatte das Päckchen bereits in der Hand, aber ihr Instinkt sagte nein. Also wandte sie sich in die andere Richtung und ging auf das Bushäuschen zu. Die zwei Wartenden waren in ihre Handys vertieft, unbemerkt entsorgte Elisabeth das nächste Päckchen. Sie wandte sich um und ging Richtung Bahnhofsgebäude zurück. Auch auf der anderen Straßenseite gab es eine Bushaltestelle. Sie wartete. Ein Mann fischte zwei Pfandflachen aus dem Mülleimer, stopfte sie in eine große Plastiktüte und schlurfte weiter. Elisabeth folgte dem Zebrastreifen und nestelte in der Tasche. Tüte Nummer drei wurde versenkt. Von dieser Straßenseite hatte sie einen guten Blick auf das Bahnhofsgebäude aus Backstein, das mit seinem Krüppelwalmdach wie ein kleines Landhaus aussah. Einen Moment hielt sie inne und genoss den Anblick. Dann passierte ein Streifenwagen das Bahnhofsgebäude. Unwillkürlich zuckte sie zusammen. Sie wartete, bis das Fahrzeug außer Sichtweite war, dann querte sie die Straße wieder. Zurück im Bahnhof ging sie zügig die Treppe zur Unterführung hinunter, um auf den Bahnsteig zu gelangen, von dem ihr Zug Richtung Rostock um 20.42 Uhr zurückfahren würde. Das vorletzte Päckchen landete in einem grauen runden Mülleimer, den sie auf dem Weg dorthin passierte. Oben auf dem Bahnsteig wartete geduldig der Behälter für den letzten Rest Blut-Rotwein-Mantel-Konfetti. Die Erleichterung, das geliebte, aber verräterische Kleidungsstück endlich los zu sein, war beinahe körperlich spürbar. Der doch so leichte Stoff hatte wie ein Betonblock auf ihrer Seele gelegen. Wismar war weit genug weg, der Bahnhof war zwar schön, aber er bedeutete ihr nichts. So gründlich war wohl noch nie ein Beweisstück entsorgt worden.

Zwölf Minuten waren seit ihrer Ankunft vergangen, eine viertel Stunde hatte sie jetzt noch bis zur Rückfahrt. Elisabeth setzte sich auf eine Wartebank, faltete den Baumwollbeutel sorgfältig zusammen und schob ihn in die Handtasche. Dann fischte sie ein Pfefferminzbonbon aus der kleinen Tüte und legte es sich auf die Zunge. Sie schob ihre Hände in die Seitentaschen ihres hellblauen Sommermantels, lehnte sich zurück und schloss die Augen. Die kühle Makarow, ihre alte Freundin, schmiegte sich an ihre rechte Hand.

Montags-Kino

Der Film, der vom Beamer auf die Leinwand des Besprechungsraums geworfen wurde, begann mit roter Schrift auf schwarzem Grund.

„Stopp", wies Kahlberg die Anwärterin Lambers an. Sie reagierte sofort, Standbild.

„Wieso Killer-Elli?", fragte er in die Runde und allgemeines Schulterzucken war die Antwort.

„Kurzes Brainstorming?", schlug er vor.

„Der Filmer kennt die Frau und weiß, dass sie Elli heißt", begann Schneider, „vielleicht auch derjenige, der den Film hochgeladen hat, wenn es nicht ein und dieselbe Person ist."

„Der Filmer kennt die Frau nicht, hat aber mitbekommen, dass sie Elli heißt, auf dem Bahnsteig, im Abteil oder sonst wo. Der Rest dito", meldete sich Göthefeld zu Wort.

„Oder Killer-Elli ist seiner Fantasie entsprungen. Klingt skurril, passt super und fällt sofort ins Auge", war Lambers Idee.

„Der Filmer ist ihr nach dem Schuss gefolgt und weiß jetzt, wo sie wohnt und wie sie heißt“, war Krohns Statement.

Das war ein krasser Gedanke. Lambers wunderte es nicht, dass er ausgerechnet von Krohn kam. Die dachte permanent einen Deut fataler als alle anderen im Team.

Kahlberg notierte die Einfälle in kurzen Stichpunkten am Whiteboard. Dann nickte er Lambers zu, die den Film nochmals startete. Sie war fit, was jegliche Art von Medientechnik anging, das hatte auch der Chef bereits mitbekommen. Sie hatte heute vor der Lagebesprechung alles vorbereitet und hoffte insgeheim, dass ihr Engagement sich lohnen würde. Es war an der Zeit, dass man sie mehr einbezog und ihr mehr zutraute.

Ein verwackeltes Bild aus einer Straßenbahn war zu sehen, dreimal wurde die Kamera nach unten bewegt, dann war außer der Rückenlehne des Vordermannes nichts zu erkennen. Der Bildausschnitt änderte sich und Radek Matschulak erschien im Bild. Er trat mit Wucht gegen einen Rollator. Es war nicht zu sehen, ob das Gefährt Fahrgäste im Gang verletzte, während es zu Boden flog. Kurz darauf stürzte Gerhard Hinze, der ohne seinen Rollator keinen Halt fand. Dabei touchierte er Timo Baier, der die Beherrschung verlor und zutrat. Auch Friedrich Hinze war im Bild, er zog Baier an seinem Sweatshirt, um ihn zurückzuhalten. Aber der schien es im Eifer des Gefechts nicht zu bemerken.

Matschulak war jetzt weiter hinten, ungefähr dort, wo auch Pascal Wetzki stand. Baier schloss sich ihnen an. Vinzenz Jordan ging durch einen harten Schlag ins Gesicht zu Boden. Die Kamera wanderte ein Stück nach oben, um den Liegenden im Bild zu behalten, er wurde größtenteils von den drei Angreifern verdeckt. Matschulak zog ein Messer, keine zwei Sekunden später ging Baier auf Nora Schewe los. Er griff mit der rechten Hand gezielt ihre Kehle und drückte sie rücklings in den Sitz. Matschulak krümmte sich, es war nicht zu erkennen weshalb, aber anzunehmen, dass er einen Tritt abbekommen hatte. Sofort danach ließ Baier von Nora Schewe ab, Wetzki nahm das Messer an sich und stach das erste Mal zu. Es sah aus der Perspektive beinahe wie eine gestellte Szene aus. Doch jeder im Ermittlerteam wusste, dass Vinzenz Jordan durch drei Messerstiche schwer verletzt worden war. Der helle Mantelstoff verdeckte die Szene und entfernte sich zügig, die Frau kam ins Bild. Die Kamera wurde zur Seite gerissen und nahm auf, wie Wetzki ein weiteres Mal mit dem Messer ausholte. Die Frau wirkte wie ferngesteuert, sie griff in ihre rechte Manteltasche und zog die Makarow heraus, sie hielt Wetzki die Waffe an den Kopf, ihre Hand bewegte sich in eine geneigtere Position, dann drückte sie ab. Danach tumultartige Szenen, die Decke des Abteils war zu sehen, dann eine Hand, die das Smartphone aufhob. Schnitt, schwarzer Hintergrund, rote Schrift: SIE RÄUMT AUF IN ROSTOCK www.Killer-Elli.com.

Lambers stoppte den Film und keiner sagte ein Wort. Durch das gekippte Fenster war ein Hubschrauber zu hören.

„Ich habe gestern sofort versucht die Seite aufzurufen“, beendete Lambers die beinahe andächtige Stille. „Aber es gab bloß den Hinweis, dass die Seite nicht gefunden werden konnte.“

„Machen Sie auf Anfang“, Kahlberg nickte ihr zu. „Wir sehen uns das jetzt so oft an, bis wir jeden Fingerzeig und den feinsten Augenaufschlag einordnen können. Achtet auch auf Details, die unwichtig erscheinen.“

Um kurz vor zehn wurde Vinzenz auf die chirurgische Station verlegt. Er hatte unheimliches Glück gehabt. Das zumindest waren die Worte der Ärztin gewesen. Der erste Stich war in den Schulterbereich gegangen, es waren aber keine lebenswichtigen Gefäße verletzt. Dann hatte der Angreifer ihn in die Seite gestochen und die Leber touchiert. Die schnelle Erstversorgung und die sofortige Notoperation hatten Schlimmeres verhütet. Komplikationen nach dem Eingriff waren ausgeblieben. Dennoch fühlte sich Vinzenz lädiert. Sein Nasenrücken war von dem Schlag noch geschwollen und das linke Auge von einem Bluterguss gerahmt. Ein Wundschlauch lag in der Seite, Schulter und Hand waren bandagiert. Die Infusionsnadel in seinem Arm sollte noch liegen bleiben, obwohl die Krankenschwester den leeren Infusionsbeutel abgenommen hatte. Wie war er da hereingeraten? Was war da schiefgelaufen? Er hatte sich nicht einmal eingemischt. Die Typen mussten begriffen haben, dass er dabei gewesen war, den Polizeinotruf zu wählen.

In eine ähnliche Lage war er vor knapp einem Jahr schon einmal geraten. Mehrere alkoholisierte Hooligans pöbelten nach einem verlorenen Spiel von Hansa Rostock in der Straßenbahn herum. Sofort drohten zwei Männer damit, die Polizei zu verständigen. Daraufhin griffen fünf weitere Fahrgäste demonstrativ zum Smartphone. Die Krawallbrüder stiegen am nächsten Halt aus, ohne dass jemand angegriffen oder verletzt wurde.

Diesmal war die Situation aus dem Ruder gelaufen und er war zur Zielscheibe geworden. Das hätte noch ganz anders enden können, wenn da nicht diese Person aufgetaucht wäre. Letztendlich eine unauffällige Seniorin. Vinzenz konnte noch immer nicht glauben, dass sie geschossen hatte. Aber es war definitiv geschehen. Der Wahnsinn passierte direkt über ihm, laut, wie in einem Film, ein Dreiklang aus zwei Gesichtern und einer Schusswaffe. Vinzenz spürte den Widerhall im Kopf, sofort danach das Gewicht des Mannes, der auf ihn gefallen war und das schmerzhafte Pulsen in seinem Körper. Dann brach Chaos aus. Es hatte albtraumhafte Züge, das Durcheinander aus der liegenden Position zu erleben. Vinzenz erinnerte sich nur noch vage an die beiden Männer, die den Erschossenen von seinem Körper zogen. Danach war es auf einen Schlag still, das surreale Gefühl in diesem Moment würde er nie vergessen. Wo waren die ganzen Leute geblieben? Nora war noch da, und ihm war eingefallen, dass er sie noch nach ihrer Telefonnummer hatte fragen wollen, oder ob sie sich auf einen Kaffee treffen wollten. Welch absurder Gedanke das in seiner Lage gewesen war. Dann hatte er das Bewusstsein verloren.

Nach der Entsorgung des Mantels hatte Elisabeth alles andere als gut geschlafen. Sie musste sich ablenken, auf andere Gedanken kommen. Das ging am besten mit den Füßen im weißen Sand und mit Seeluft um die Nase. Sie lief zügig, alles Wichtige war erledigt, doch in ihrem Kopf kreiste es ohne Unterlass. Mit der Straßenbahn fuhr sie Richtung Norden bis zur Mecklenburger Allee. Mehr als einmal fühlte sie sich beobachtet und genauso häufig redete sie sich ein, niemand würde sie wiedererkennen. Ab Mecklenburger Allee nahm sie den Bus. Als sie ausgestiegen war, folgte ihr jemand. Die Schritte waren deutlich zu hören, sie näherten sich. Elisabeth blieb abrupt stehen und presste die Strandtasche an ihren

Körper. Es war heute zu sonnig für einen Mantel, deshalb ruhte die Makarow in einem kleinen Kulturbeutel in der Tasche. Der Mann ging desinteressiert an ihr vorbei. *Du darfst dich nicht selbst verrückt machen. Wo soll das hinführen?* Sie atmete tief und kontrolliert ein und aus. Ihr Herzschlag beruhigte sich. Während sie das letzte Stück bis zum Strandaufgang in der Nähe des Friedhofs zurücklegte, hielt sie die Tasche noch immer mit beiden Armen umschlossen.

Elisabeth nahm ‚ihren' Strandaufgang, Sand, Wasser und Horizont kamen in Sicht. Diesen Abschnitt mochte sie am allerliebsten, er lag weiter westlich und war nicht so touristisch überlaufen wie in Warnemünde direkt. Sie hatte auch keine Lust auf das Hotel Neptun. Es war durch seine Höhe so präsent, dass man ständig hinschauen musste, wenn man in der Nähe war. Neunzehn Etagen, mitten in der Natur. Andererseits kannte Elisabeth auch Rostocker, die das Hotel in höchsten Tönen lobten. Geschmäcker waren halt verschieden. Eines jedoch wollte selbst sie nicht leugnen. Das 5-Sterne-Haus hatte durch die Nähe zum Strand eine exponierte Lage und es genoss einen erstklassigen Ruf. Wenn man als Urlauber hierherkam, war man dort an der ersten Adresse.

Glück musste man haben, es gab noch Strandkörbe zu mieten. Elisabeth zahlte und nahm den Schlüssel entgegen, an dem ein buntes Seepferdchen als Anhänger hing. Bevor sie den ersten Schritt in den warmen Sand setzte, zog sie die Sandalen aus. Seepferdchen und Schuhwerk baumelten in ihrer linken Hand, die große Strandtasche hing über ihrer rechten Schulter. Eine unerklärliche Unruhe stieg in ihr auf. Sie sah sich um. Niemand folgte ihr. Vermutlich würden die zwei Männer aus der Straßenbahn nach ihr suchen. Aber sicher nicht hier. *Nicht hier! Beruhige dich.*

Der Strandkorb stand dem Meer zugewandt. Sie öffnete das Vorhängeschloss, entfernte die Holzsperre und kippte den Korb in eine gemütliche Schräge. Zu zweit war das besser zu bewerkstelligen, aber auch allein war es kein Problem, da hatte sie Routine. Sie zog eine der Fußstützen heraus und ließ sich im Korb nieder. Das kleine Kissen, das sie mitgebracht hatte, schob sie sich hinter den Kopf, die Tasche stellte sie neben sich. Sie legte die Beine hoch und zog das Sommerkleid bis über die Oberschenkel rauf. Unwillkürlich wanderten ihre Gedanken ein weiteres Mal zurück zu den verhängnisvollen Geschehnissen vom Freitag. Sie versuchte den Film zu stoppen, der aufdringlich in ihrem Kopf ablief. Angestrengt konzentrierte sie sich auf den Tag, an dem Albert ihr die Makarow in die Hand gedrückt hatte.

„Du bist auch selten dämlich. Kannst du nicht besser aufpassen? Wieso präsentierst du deine Tasche auch so, dass jeder Dahergelaufene sie sofort sieht?“

Wie und wo hätte sie die Tasche denn seiner Meinung nach tragen sollen? Unter der Achsel oder vorn unter der Bluse als kantige dritte Brust? Alle Frauen trugen ihre Tasche am Arm oder mit dem Gurt über der Schulter, oder schräg drüber, um sie näher am Körper zu haben.

Sie war damals auf dem Bürgersteig unterwegs gewesen direkt neben dem Radweg. Der Dieb kam von hinten und griff im Vorbeifahren vom Moped aus zu. Sie trug die Tasche am Arm, verfing sich im Taschenhenkel und schlug der Länge nach hin. Der Dieb schleifte sie sogar ein Stück mit, bis er den Bordstein touchierte und selbst stürzte. Das hinderte ihn jedoch nicht daran, ihr die Tasche doch noch abzuringen. Bevor sie sich sein Gesicht einprägen konnte, richtete er seine Maschine auf und machte sich aus dem Staub.

„Hast du dir das Nummernschild gemerkt?"

„Nein, es ging alles so schnell."

„Das war mir klar", grollte er.

Dann hatte sie ihm noch beichten müssen, dass ausgerechnet an diesem Tag die dreihundert Euro Wirtschaftsgeld für den Monat in der Tasche gewesen waren. Ihm fiel nichts ein, um sie zu bestrafen, sie war in dieser Paarbeziehung ohnehin rechtlos. Dann hätte er sie schlagen müssen, aber das wagte er nicht. Sie ertrug sein Gebrüll.

Seine Schimpftiraden folgten ihr, als sie ins Bad ging, um ihre Verletzungen zu versorgen.

„Du bleibst hier, wenn ich mit dir rede!“

Ihre Strumpfhose war zerrissen, beide Knie großflächig abgeschürft und blutig, ebenso der rechte Ellenbogen. Der Arm, an dem sie die Tasche gehalten hatte, war vermutlich gezerrt, die kleinste Bewegung schmerzte. Von Albert erwartete sie kein Mitleid, sie kannte ihn schließlich.

Nachdem sie sich umgezogen hatte, fuhr er sie zur Polizei, um den Diebstahl anzuzeigen. Einen Arztbesuch hielt er nicht für nötig. Auf dem Rückweg sprach er kein Wort.

Am Abend dieses Tages, eines weiteren Tages voller Demütigungen, kam er mit der Makarow aus dem Keller. Sie war die kleinste Waffe aus seiner Sammlung.

„Die nimmst du jetzt mit, wenn du raus gehst. Sowas passiert dir nicht noch einmal, hast du mich verstanden?“

„Was soll ich damit?“

„Was du damit sollst? Wie kann man nur so doof fragen?“

„Ich kann mit einer Waffe nicht umgehen“, antwortete sie ihm, sie würde ein solches Ding sowieso nicht benutzen.

Der Satz musste eine Initialzündung in ihm ausgelöst haben. Ab diesem Tag hatte sie die Wochenenden mit ihm auf dem Schießstand verbringen müssen. Manchmal waren sie auch auf eine Lichtung gefahren, um auf Dosen zu schießen, obwohl es verboten war. Sie musste unter seinen Argusaugen auch lernen die Makarow zu zerlegen, um sie zu reinigen.

Irgendwann hatte es angefangen ihr zu gefallen. Sie hatte Talent, die regelmäßige Übung machte sie versiert. Nach wenigen Monaten traf sie wesentlich präziser als Albert. Die Männer auf dem Schießstand begegneten ihr mit Respekt. Erst recht, nachdem sie bei einem Wettbewerb vier von fünf Schüssen in die Zehn versenkte. Noch gut erinnerte sie sich daran, mit welcher Vehemenz Albert versuchte, diese Leistung kleinzureden. Seine Kameraden bedachten ihn daraufhin mit wenig schmeichelhaften Kommentaren. Das musste mehr an seiner Ehre gekratzt haben, als er verkraften konnte. Da war es auf der Stelle vorbei. Von da an war er wieder ohne sie zum Schießstand gefahren.

Elisabeth blickte auf das rauchblaue Wasser und lauschte dem Rauschen des Meeres und dem Schreien der Möwen. Die leichte Brise umspielte Füße und Beine. Sie schloss die Augen, und mit einem Mal war ihr Kopf frei.

Die alte Kneipe sah von außen heruntergekommen aus, drinnen war sie altmodisch aber aufgeräumt und sauber. Hier saßen stets die gleichen Gesichter und Achim Schneider kannte sie alle. Die Tür knarrte vertraut, als er sie aufzog, Stimmen und gedämpfte Musik waren zu hören. Alte Schlager aus den Siebzigern, präsentiert von einem kleinen, schwarzen CD-Spieler. Einige Männer schauten kurz auf und grüßten. Früher hatte auch sein Vater Abend für Abend auf einem dieser Barhocker gesessen, bis seine Fettleber ihn weggerafft hatte. Wie immer stand Rosalie auch heute trotz ihrer inzwischen zweiundsiebzig Jahre hinter dem Tresen. Sie war die gute Seele der Kneipe und die Männer hier nannte sie „meine Jungs".

Heute trug sie ein T-Shirt mit Hansa-Rostock-Emblem. Es prangte mitten auf ihrer Brust. Alle, die sie kannten, wussten um ihre Leidenschaft für Fußball und für die Mannschaft. Wenn ein Spiel lief, war ihre Kneipe gerappelt voll, es gab hausgemachte Frikadellen mit Bautz'ner Senf und alle starrten gebannt auf den großen Flachbildschirm, der das modernste Teil in ihrem ganzen Laden war.

„Achim, komm rein. Das freut mich, dass du uns mal besuchst."

„Hey, Rosalie!", er ging um den Tresen herum und nahm sie in die Arme. „Wie ist die Lage?"

„Hansa Rostock steht auf nem Abstiegsplatz, das muss noch besser werden."

Schneider lachte. „Ich wollte wissen, wie es dir geht, nicht wie die Tabelle aussieht."

Sie öffnete eine Flasche alkoholfreies Bier, goss ein Glas voll und stellte beide Gefäße auf den Tresen.

„Alles in Ordnung. Die Knie machen hin und wieder Probleme aber die schmiere ich über Nacht dick mit Salbe ein, dann geht's."

„Arbeitest du immer noch durch?"

„Ich mach seit Mai diesen Jahres Montag und Dienstag Ruhetag. Hat ein bisschen gedauert, bis meine Kundschaft sich dran gewöhnt hat. Aber ich bin ja keine vierzig mehr. Aufhören werde ich die nächsten Jahre nicht. Dann müsste ich zum Amt. Das, was ich die letzten fünfzig Jahre zurückgelegt habe, reicht einfach nicht."

„Traurig, ich kenne so einige, die ihr ganzes Leben gearbeitet haben, und dann reicht es nicht für eine anständige Rente. Was ist das dann für ein Lebensabend?"

Sie goss nochmal nach, eine schöne Schaumkrone entstand, und schob Schneider das Bier zu.

„Danke." Er nahm ein paar Schlucke und wischte sich mit dem Handrücken den Schaum von der Oberlippe.

„Ich will nicht jammern, Achim. Und was ist das überhaupt für ein Wort? Lebensabend? So weit sind wir ja wohl noch nicht." Sie grinste. „Aber du willst sicher was, wie ich dich kenne. Seit du bei dem Verein da in der Ulmenstraße bist, tauchst du nur noch auf, wenn du was wissen willst."

Ertappt! Schneider räusperte sich.

„Ich gebe es zu. Du hast recht."

„Macht nichts, Junge. Ich bin froh dich zu sehen. Und wenn es hier mal Probleme geben sollte, dann ruf ich dich an. Du drückst doch meistens ein Auge zu, bist schließlich mein Lieblingsbulle.“ Sie nickte auffordernd.

„Ich muss wissen, ob in den letzten Tagen oder Wochen eine Makarow gehandelt wurde.“

„Waffen? Nee, nee, Junge. Hier nicht, das hätte ich mitbekommen. Aber ich höre mich um und melde mich bei dir.“

„Ja, mach das. Auch wenn es nur Gerüchteküche sein sollte.“ Rosalie wischte mit einem Lappen über die Spüle.

„Oder geh mal ins ‚Dickys‘, Achim, da ist ein neuer Wirt drauf. Der Laden hatte nach ein paar Wochen schon den Ruf, dass sich da eine Menge Pack herumtreibt. Die haben mit Drogen und Waffen zu tun. Aber geh da nicht alleine hin. Im Notfall komm ich selber mit.“

Er konnte sich ein Grinsen nicht verkneifen, während er sich das Top-Team bildlich vorstellte. Der bärtige, große Bulle und ein Meter sechzig Rosalie, maximal.

„Du bist wie immer bestens informiert.“

„Ich habe immer noch gespitzte Ohren. Und meine Gäste verkehren auch in anderen Kneipen, jetzt sogar noch häufiger, seit ich zwei Ruhetage habe. Stille Post und Mund zu Mund.“

„Danke. Du meldest dich, wenn du was hörst?“

Er zog seine Geldbörse aus der Gesäßtasche seiner Jeans.

„Ich melde mich. Und du steckst auf der Stelle das Ding da weg. Das Bier geht aufs Haus."

Schneider öffnete den Mund.

„Keine Widerrede." Wie mit einer Waffe, zielte sie mit dem Zeigefinger auf seinen Brustkorb.

Radek Matschulak lümmelte sich auf die alte Couch, griff das Päckchen mit dem Tabak und begann Zigaretten zu drehen. Timo Baier sah ihm eine Weile schweigend zu. Der gestrige Abend war voll was für den Arsch gewesen. Sie hatten bei dem Haus rumgelungert und nichts hatte sich bewegt. Das Gemäuer war sowieso die absolute Enttäuschung. Die Alte war doch eine ‚von', wieso war das dann ein so kleines, uraltes Haus? Vielleicht hatte sie ihr Geld auch anders angelegt und die Bude war voller Schmuck. Solche Weiber standen ja auf den ganzen Glitzer. Oder es gab einen Tresor im Haus, wo sie ihr ganzes Geld stapelte, oder Goldbarren hortete. Das war schon seit Ewigkeiten ein totaler Hype mit dem Gold. Dann würde sich die Abstrafung der Dreckskuh doch richtiggehend lohnen. Baier sah die Alte bereits wimmernd am Boden liegen, während er sich mit einem Rucksack voller Wertsachen und einer Tasche prallgefüllt mit Geldbündeln verabschiedete. Aber warum hatte das Haus so unbewohnt gewirkt? War die Alte vor den Bullen abgehauen oder einfach nur in Urlaub gefahren? Das mussten sie unbedingt checken.

„Wir fahren heute Abend nochmal hin."

„Bestimmt nicht!", sagte Radek.

„Wir fahren jetzt jeden Abend da hin, bis die Alte zurück ist. Und dann greifen wir uns die blöde Schlampe."

„Da hab ich echt keinen Bock drauf. Ich hab auch noch was anders zu tun."

„Was denn?"

Radek drehte stoisch weiter, ohne zu antworten.

„Das Einzige, was du zu tun hast ist hier herumzuhängen und dich vor den Bullen zu verstecken."

„Mann, halt doch mal die Fresse."

„Halt doch mal die Fresse, halt doch mal die Fresse", äffte Baier ihn nach. Dann vibrierte sein Handy zum wiederholten Male. Genervt ging er in WhatsApp.

„Meine Mutter bombardiert mich mit Nachrichten."

„Und?"

„Mann, was glaubst du denn? Ich spring doch nicht sofort, wenn die Alte was will."

„Vielleicht ist es wichtig."

„Was soll da wichtig sein? Sauf nicht so viel und halt dich von Radek fern. Dauerschleife. Ich mach was ich will."

„Und wenn die Polizei bei ihr war?"

Baier überlief es siedend heiß. Daran hatte er noch gar nicht gedacht. Sofort öffnete er den Chat und die letzte Nachricht sprang ihm ins Gesicht. BIST DU MIT RADEK IN DER DATSCHE? DANN BLEIB DA. DIE POLIZEI SUCHT DICH. DIE WAREN HIER. DIE WOLLTEN MIR ANGST MACHEN, ABER ICH LASS MICH NICHT VERARSCHEN.

„Ja, die Bullen waren bei ihr. So eine Scheiße. Ich werde jetzt auch erst mal hier pennen", kündigte Baier an.

„Ich behalte das Bett", sagte Radek.

Die Selbstverständlichkeit, mit der sein Kumpel Besitzstände anmeldete, ärgerte Baier direkt wieder. Doch er hatte keinen Bock auf Zoff.

„Meinetwegen, ich kann auch auf der Couch schlafen."

Da hatten sie echt Glück, das Frankys Datsche seit Monaten leer stand. Sie war zu heruntergekommen, um sie an Touris zu vermieten. Franky hatte, was das Renovieren anbelangte, nur das Nötigste gemacht. Radek war nicht anspruchsvoll, er lebte hier schon seit etlichen Monaten und hatte sich bislang nicht beschwert. War schließlich alles da, eine kleine Küche, ein großer Wohnraum, ein Schlafzimmer und ein Bad. Die Bude stand mitten im Wald und der Abstand zur nächsten Datsche war groß genug.

Den Film hatte sich das Ermittlerteam gefühlte fünfzigmal angesehen, dann waren sie in den Austausch gegangen. Fakt war, dass es mindestens noch vierzehn Zeugen gab, die sich nicht bei der Polizei gemeldet hatten. Das war ernüchternd. Außerdem war deutlich zu erkennen, dass Matschulak noch versucht hatte, das Tatmesser an sich zu nehmen, nachdem es dem sterbenden Wetzki aus der Hand gefallen war. Doch im Gedränge war es ihm nicht gelungen an die Stichwaffe zu gelangen. Einige Videosequenzen wurden nun in der Technik vergrößert und würden spätestens am Abend als Foto vorliegen.

Die anschließende Pause war nötig gewesen, Kaffee, Mineralwasser, Schweigen, ein Blick aus dem Fenster.

Schneider hatte sich direkt nach der Pause abgeseilt, um an die Recherche zur Herkunft der Makarow zu gehen. Göthefeld war nach der kurzen Entspannungsphase noch einige Zeit in der Teamdiskussion geblieben, bis sie die Nachricht erhalten hatten, dass Vinzenz Jordans Zustand inzwischen so stabil war, dass er befragt werden konnte. Sie war jetzt auf dem Weg zur Uniklinik.

Lambers startete den Film für einen weiteren Durchgang. Kahlberg wusste, dass der Blickwinkel nach einer Pause ein anderer sein konnte. Sie sahen konzentriert auf die Leinwand.

„Wiederholen", bat der Teamchef.

Klappe die erste, Klappe die zweite, Klappe die dritte, Klappe die ...

Imani Krohn rief unvermittelt „stopp" und sprang auf. Es war an der Stelle, an der die Frau die Makarow zog. Krohn schritt an die Leinwand und deutete auf die Manteltasche.

„Es ist schlecht zu erkennen, aber es sieht ganz danach aus, als sei ihr etwas aus der Tasche gefallen, als sie die Waffe gezogen hat. Können wir den Part nochmal sehen? Am besten mehrfach hintereinander."

Lambers nickte.

Wetzki holte ein weiteres Mal mit dem Messer aus. Die Frau griff in ihre rechte Manteltasche und zog die Makarow heraus, sie hielt Wetzki die Waffe an den Kopf, änderte kaum sichtbar den Neigungswinkel und drückte ab. Danach tumultartige Szenen.

Wetzki holte mit dem Messer aus, die Frau zog die Makarow aus der Manteltasche, sie hielt sie Wetzki an den Kopf.

Die Frau zog die Makarow aus der Manteltasche.

Die Frau zog...

„Du hast recht", bestätigte Kahlberg. „Es sieht tatsächlich so aus. Die Waffe verdeckt den Bereich fast vollständig, aber das helle Teil dahinter bewegt sich einen Deut zur Seite und dann nach unten. Während es fällt, ist es kurz vor dem Boden zu sehen. Wir brauchen den Part dann auch noch vergrößert."

„Hoffentlich ist es nicht bloß ein Papiertaschentuch", warf Lambers ein.

„Davon hat die Spurensicherung einige eingesammelt und noch etlichen Unrat mehr", bestätigte Krohn.

„Die Technik muss sich sofort darum kümmern, und Lambers, Sie fragen nochmal in der Zentrale nach, ob sich weitere Zeugen auf unseren Aufruf gemeldet haben."

Göthefeld stellte sich kurz vor, nahm einen Hocker und platzierte ihn neben das Bett von Vinzenz Jordan. Er sah mitgenommen aus, aber nachdem, was da in dem Film abgegangen war, wunderte sie das nicht.

„Wie geht es ihnen?" Blöde Frage, seinen Zustand hatte sie doch direkt vor sich, aber einen Einstiegssatz brauchte sie, um zu beginnen.

„Wird langsam", bekundete er.

„Darf ich unser Gespräch aufzeichnen?"

„Ist okay." Er nickte gleichzeitig.

„Befragung, Uniklinikum, Vinzenz Jordan." Sie nannte Uhrzeit und Datum und begann mit der ersten Frage.

„Sie waren mit der Linie eins in Richtung Lütten Klein Zentrum unterwegs, was hat sich in der Straßenbahn zugetragen?" Das klang amtlich, aber sie wollte auch nicht flapsig rüberkommen.

Jordan schilderte die Ereignisse und sie deckten sich mit den Aussagen der anderen Zeugen, obwohl seine Perspektive eine ganz andere gewesen war. Göthefeld fragte so wenig wie nötig und wartete auf den Moment, in dem er von dem Schuss erzählte. Wenn er dazu aussagte, konnte er zu diesem Zeitpunkt noch nicht bewusstlos gewesen sein. Und wenn er das mitbekommen hatte, musste er auch die Frau gesehen haben, ihr Gesicht. Da gab es kein deuteln, Wetzki und diese Frau waren direkt in seinem Blickfeld gewesen. Der Film bewies das eindeutig.

„Dann fiel der Schuss."

Jetzt würde die Frau Gestalt annehmen.

„Der kam völlig überraschend," fuhr Jordan fort. „Ich habe in dem Moment nur auf diesen Typen geachtet und auf das Messer. Ich habe mich nur darauf konzentriert, wie ich den nächsten Stich abwehren kann. Aus dem Augenwinkel habe ich dann noch die Waffe wahrgenommen, aber erst nach dem Schuss."

Göthefeld atmete hörbar durch die Nase ein, da hatte sie sich zu sicher gefühlt.

„Die Frau, die geschossen hat, wie hat sie ausgesehen?"

„Ich weiß es nicht. Es war auf einmal alles so verschwommen, da war so ein Tumult. Ich habe nichts mehr mitbekommen, bin bewusstlos geworden."

Verschwommen. Na, der hatte Nerven. Göthefeld hätte ihre alte Simson Schwalbe darauf verwettet, dass er mehr gesehen hatte, als er jetzt zugab.

Das war bislang bei allen Zeugen so gewesen. Nur Peer Jegelow hatte ein paar Anhaltspunkte beigetragen. Sie konnte es sogar verstehen. Sicher waren einige Leute in der Straßenbahn froh gewesen, dass die Frau diesen Wetzki außer Gefecht gesetzt hatte, weil sie sich selbst bedroht gefühlt hatten. Aber es wurde ein Mann getötet, und die Staatsanwaltschaft wartete auf Ermittlungsergebnisse. Es war dann Sache des Gerichts festzustellen, ob eine Schuld im Sinne des Strafgesetzbuches vorlag oder ob diese Tat vom Notwehrparagrafen gedeckt war.

Sie erhob sich, stellte den Hocker zurück an seinen Platz und wandte sich dem Verletzen noch kurz zu.

„Vielleicht fallen ihnen im Laufe der Tage noch Informationen zum Sachverhalt ein. Nach so einem Schockerlebnis kommt häufig die Erinnerung bruchstückhaft zurück. Das erleben wir häufiger, wenn es um Details geht." Göthefeld reichte Vinzenz Jordan ihre Karte.

Er griff mit der unverletzten Linken zu und lächelte.

„Das mache ich. Sind denn die anderen zwei schon festgenommen worden?"

„Die Fahndung läuft." Mehr sagte sie nicht. Sie hoffte darauf, dass er sich Gedanken machen würde, vielleicht würde er erkennen, dass diese Situation auch eine latente Gefahr für die Seniorin darstellte.

Als Göthefeld auf dem Korridor stand zog sie den Zettel mit Nora Schewes Telefonnummer aus der Hosentasche. Sie hatte ernsthaft überlegt, der jungen Frau doch noch den Nachnamen dieses Vinzenz zu geben. Sie hätte auch Jordan fragen können, ob sie seine Nummer an Schewe weiterreichen durfte. Aber so wie es jetzt hier gelaufen war, hatte sie keinen Bock, ihm auch noch einen Gefallen zu tun, auch wenn ihr das für Nora leidtat.

Schneider traf Little Meier direkt vor dem Rostocker Bahnhof an. Hier trieb sich der Mittvierziger, der mit richtigem Namen Karl Meier hieß, für gewöhnlich abends herum. Er verkaufte unverzollte Zigaretten, die er aus Polen herüberschmuggelte. Mit seiner Statur von zwei Metern war er alles andere als „little", selbst Schneider kam sich trotz seiner Körpergröße von 1,90 Meter klein vor. Sie schlenderten hintereinander her und hielten ausreichend Abstand. Es musste keiner mit der Nase darauf gestoßen werden, dass Little Meier Kontakt zur Polizei hatte. Sie verkrümelten sich in Nähe der Radstation, um unbeobachtet zu sein.

„Du musst dich für mich umhören, Little."

„Übertreib es nicht Schneider, irgendwann sind wir auch mal quitt."

„Noch nicht."

„Ich soll dir ab und zu einen Gefallen tun. Ab und zu. Das war die Abmachung, nicht andauernd."

„Ist keine große Sache. Ich will wissen, ob in letzter Zeit eine Makarow über den Ladentisch gegangen ist."

„Keine große Sache? Waffen? Da bin ich raus. Das fällt auf, wenn ich da meine Nase reinstecke. Da hatte ich noch nie Aktien drin."

„Dir wird da schon was einfallen. Und hör dich auch bei ´Dickys` um, da soll es einen neuen Umschlagplatz geben."

„Scheiße, Schneider. Ich hab keinen Bock auf diese Sachen."

„Deal. Ich lass dich in Zukunft in Ruhe. Aber dieses eine Mal ziehst du es noch durch."

Little Meier brummelte unverständlich vor sich hin, dann kratzte er sich den Nacken. „Dieses eine Mal noch?"

Schneider nickte.

„Und dann bin ich raus?"

„Dann bist du endgültig raus, Ehrenwort."

„Pff, Ehrenwort von einem Bullen." Er grinste schief.

„Sind wir im Geschäft, Little?" Schneider hielt seine Hand hin. Sein Gegenüber zögerte kurz, bevor er einschlug. Der Hüne ging, ohne sich noch nach ihm umzudrehen. Little war im Grunde genommen ein armes Schwein, hatte seine Frau durch einen Unfall verloren. Alkohol, Depressionen, dann den Job weg. Sein Haus hatte er verkaufen müssen, weil er die Raten nicht mehr zahlen konnte. Seit knapp zwei Jahren war er trocken, lebte in einer winzigen Sozialwohnung, hatte einen schlecht bezahlten Job und den ‚Nebenerwerb' am Bahnhof. Das mit den Zigaretten war Schneider egal, sollte er doch die Glimmstängel unter der Hand verkaufen, es gab wesentlich Schlimmeres. Damals, als Little an die falschen Leute geraten war, hatte Schneider ihn bereits länger gekannt. Er hatte Karl Meier vor einer Festnahme bewahrt, und dafür Beweise verschwinden lassen. Wenn er es darauf angelegte, hätte Little ihn damit ans Kreuz nageln können. Schneider war sich dessen bewusst, aber er war fest davon überzeugt, nichts dergleichen zu befürchten zu haben.

Nora schloss die Tür hinter sich und streifte die Sandalen von den Füßen. Heute war Strandwetter, doch sie hatte nach den Vorlesungen noch einige Stunden im Laden gestanden. Ohne den Studentenjob kam sie nicht über die Runden. Ihre Fußsohlen brannten. Sie öffnete die Balkontür im Wohnzimmer, ging ins Bad und zog sich aus. Der

Freitag war einschneidender gewesen, als sie zunächst geglaubt hatte. Jetzt, wo die Ablenkung fehlte, drängten sich die Geschehnisse aus der Straßenbahn sofort wieder in ihren Kopf. Als das lauwarme Wasser über ihren Körper rieselte, schloss sie die Augen und stellte sich vor, mit Vinzenz unter der Dusche zu stehen. Sie hielten sich nur fest und rührten sich nicht, es fühlte sich tröstlich an. Als das Blut von seinem Körper lief, öffnete Nora abrupt die Augen, dieses Bild war aus dem Nichts gekommen.

Es hatte sich über den Tag in der kleinen Wohnung richtiggehend aufgeheizt, sie entschied sich für ein Top und eine leichte Viskose-Shorts. Im Kühlschrank fand sie nichts, auf das sie Appetit gehabt hätte, sie brühte sich stattdessen einen Früchtetee auf und gab einen Schuss Kirschsaft hinein. Während das Getränk auf dem Wohnzimmertisch abkühlte, öffnete sie ihren Laptop und ging auf Facebook, aktuelle Vorschläge poppten auf. Das aggressive Rot-Schwarz fiel sofort auf. „Killer-Elli". Was war das denn für ein Mist? Die Neugier war größer und sie klickte den Beitrag an. Und dann war Freitagnacht und sie saß mit Vinzenz und all den anderen in der Straßenbahn.

Zur Lagebesprechung war an diesem Abend auch Hauptkommissar Gerd Nabold zu ihnen gestoßen. Der saß augenscheinlich auf heißen Kohlen, deshalb bat Kahlberg den Kollegen zu beginnen. Nabold gehörte zum Präventionsteam der Dienststelle und beschäftige sich schwerpunktmäßig mit Cyberkriminalität. Er war in Schulen unterwegs, organisierte Infoabende für Eltern, beriet Senioren über die Betrugsmaschen im Netz und war überall da unterwegs, wo es Aufklärungsbedarf gab. Kahlberg wusste, dass Nabold sich ständig fortbilden ließ und über die wichtigen Themen informiert war, außerdem war er auch über Rostock hinaus vernetzt.

Nabold platzierte sich vor dem Whiteboard, und räusperte sich. Es wirkte, als wolle er sichergehen, dass alle Anwesenden tatsächlich aufmerksam folgten.

„Das mit dem Film bei Facebook ist ein Problem", begann er. „Die amerikanischen Netzwerke reagieren da nicht schnell genug. Da nützt uns das „notice-and-takedown" Verfahren nichts. Wir gehen jetzt nach dem Netzwerkdurchsetzungsgesetz vor. Das bedeutet, wir stellen einen Antrag auf Löschung des Films binnen 24 Stunden. Begründung: Wir sehen eine Verletzung des höchstpersönlichen Lebensbereichs der dargestellten Personen durch die Bildaufnahmen. Ich halte den Punkt für absolut eindeutig. Außerdem geht es um eine Straftat in Zusammenhang mit Gewaltdarstellung." Er hielt kurz inne und wechselte sein Gewicht für alle sichtbar auf das andere Bein. „Im besten Fall wird nach spätestens vierundzwanzig Stunden gelöscht. Wenn die rechtlichen Verletzungen den Entscheidungsträgern nicht eindeutig genug sind, kann es auch sieben Tage dauern. Das liegt dann leider nicht in unserer Hand. Um denjenigen zu ermitteln, der das Ganze hochgeladen hat, müssen wir uns an das US-Recht halten, die Plattform unterliegt dem US-Bundesgesetz. Für die Offenlegung von einfachen Teilnehmerdatensätzen ist eine gültige Vorladung im Zuge einer offiziellen strafrechtlichen Ermittlung erforderlich. Für die Herausgabe von IP-Adressen brauchen wir einen entsprechenden Gerichtsbeschluss."

Kahlberg zog einen Flunsch, das hatte er sich einfacher vorgestellt.

„Ich kann mich da kümmern", schlug Nabold vor und die Erleichterung ließ Kahlberg hörbar aufatmen.

„Wäre super, ich habe zu wenig Ahnung von der Materie."

„Es gibt ein weiteres Problem, das Netz ist schnell, der Film ist mit Sicherheit bereits auf mehreren Plattformen abrufbar", gab Nabold zu bedenken, „und ich prophezeie, dass er sich rasend schnell verbreiten wird, wenn wir nicht umgehend reagieren."

„Reicht", sagte Kahlberg entnervt. „Manchmal geht mir dieses Internet dermaßen auf den Senkel ..."

„Ich melde mich“, versprach Nabold. „Und jetzt muss ich los, Elternabend in der Borwinschule.“

Der Jugendliche auf der rechten Seite, der musste das Video hochgeladen haben. Zum wiederholten Mal vergrößerte Nora das Foto, auf dem auch die Seniorin zu sehen war. Der hatte ein Smartphone in der Hand und hielt es, als würde er filmen. Die Richtung stimmte, wenn sie umgekehrt dachte. Von seinem Platz aus gesehen würde sich dieser Ablauf ergeben. Er saß vor dem Mann mit dem hellgrünen Pullover und leicht schräg hinter der Frau, die geschossen hatte. Sie hatte mit ihrem Mantel zeitweise das komplette Bild verdeckt. Das musste er sein, wer sonst sollte aus dieser Perspektive gefilmt haben. Nora klickte sich durch einige Kommentare. Einerseits wurde die Frau hochgejubelt, andererseits gab es Beiträge, die nichts Gutes vermuten ließen.

Sie ist eine Heldin!
Elli, wenn du eine Bürgerwehr gründest, bin ich dabei.
Man sollte ihr auch mal ne Waffe an den Kopf halten.
Das war doch eindeutig Notwehr. Sie hat ein Leben gerettet.
Ich finde sie cool. So eine Oma würde ich mir wünschen.
Wo kommen wir denn hin, wenn die alten Teile mit ner Waffe durch die Gegend laufen? Haben womöglich Demenz und ballern dann überall rum.
Sie ist mutig eingeschritten.

Endlich jemand, der sich einmischt und nicht wegguckt.
Killer-Elli for President.
Wer sich so aufschwingt, muss sich nicht wundern, wenn er selbst so endet.
Wenn *sie* so endet.
Hör auf mit dem Gender-Scheiß.
Die Rächerin von Rostock. Fünf Sterne.
Geht's noch? Sie gehört in den Knast.
Da gehören ja wohl eher die drei Kanalratten hin.
Wie kann man nur so verachtend über Menschen reden? Die hatten es bisher sicher nicht leicht in ihrem Leben.
Ich hab es auch nicht leicht. Aber steche ich deshalb Leute ab?
Wer sie zuerst findet, hat gewonnen.
Wer sie zuerst killt hat gewonnen, lach.
Die kriecht ihr nich, nimand hat sie nie nich gesehen.
Lärn Deusch alder.
Es sieht doch eindeutig nach Notwehr aus. Der Typ mit dem Messer hat ja immer wieder zugestochen, der hätte den Mann umgebracht.
Woher willste das wissen?
Ist doch alles Fake, Leute. So eine Scheiße. Ist doch total gestellt. Sieht man doch, dass das in einem Studio aufgenommen wurde.
Liest du Blödmann keine Zeitung? Das war am Freitag in der Linie eins.
Das sowas überhaupt gepostet wird, da sind doch auch Kinder vor dem PC.
Dann pass halt besser auf deine Blagen auf.

Sie hat das Richtige getan. Wahrscheinlich hat sie sich nicht anders zu helfen gewusst.
Aufknüpfen.
Wo hat die Alte die Knarre her?
Die werden heutzutage im Altenheim verteilt, lach.

Nora nahm einen Schluck aus der Tasse, der Tee war lauwarm. Es gab noch hunderte Kommentare mehr. War diese Frau tatsächlich in Gefahr oder kotzten sich die Leute einfach nur verbal aus? Sie hatte der Polizei das Bild auf ihrem Handy verschwiegen. Was, wenn der Seniorin tatsächlich etwas passierte? Das würde sie sich nie verzeihen können. Nora ging auf den Balkon und sah auf die Straße. Sie musste nachdenken. Niemand würde die Frau erkennen, sie war schließlich nur von hinten zu sehen. Halt, die Einschätzung stimmte so nicht. Das galt nur für das Video. Nora atmete hörbar aus. Die Leute in der Bahn hatten sie gesehen, auch die beiden Typen, die entkommen waren, wussten wie sie aussah. Alle die im hinteren Bereich des Abteils gewesen waren, hätten ihr Gesicht sehen können, als sie auf den Messerstecher zugegangen war. Aber anscheinend hatte sie bisher niemand verraten. Wenn sie mit dem Foto zur Polizei ging, dann würde diese Frau vielleicht ins Gefängnis müssen. Und Vinzenz? Wenn er erfuhr, dass sie seine Retterin ans Messer geliefert hatte, was würde er dann von ihr denken?

Inmitten der Woche

Als Elisabeth am frühen Morgen mit einem Kürbiskernbrötchen und einem Milchbrötchen vom Bäcker zurückkam und die Zeitung aus ihrem Briefkasten zog, war alles so, wie sie es gewohnt war. Sie stieg die Stufen zu ihrer Etage hoch und schloss die Wohnungstür auf. Der Kaffee war durch, sie hatte die Kaffeemaschine vor Verlassen der Wohnung angeschaltet, das war ein perfektes Timing, nach dem Morgenspaziergang empfing sie appetitlicher Kaffeeduft. Sie hängte den blauen Sommermantel an die Garderobe und ging ins Bad, um sich die Hände zu waschen. Für den späten Abend war Gewitter gemeldet, bis dahin war noch ein langer Tag. Beim letzten Mal, als Regen gemeldet war, hatten sich die Wolken verzogen, ohne auch nur einen Tropfen auf Rostock fallen zu lassen. Vielleicht sollte sie heute wieder an den Strand fahren.

Sie schnitt das Kürbiskernbrötchen in zwei Hälften, belegte beide mit Käse und bestrich die

Scheiben mit der Erdbeer-Heidelbeer-Marmelade, die Gerda im letzten Jahr eingemacht hatte. Den Kaffee nahm sie mit einem ordentlichen Schuss Vollmilch. Sie legte sich die Zeitung zurecht und begann zu Frühstücken.

Beinahe blieb ihr der zweite Bissen im Hals stecken. Auf der Seite „Rostock und Umgebung“ prangte ein großes Farbfoto. Da war ein volles Straßenbahnabteil zu sehen, und inmitten der Menschen sie selbst, von hinten aufgenommen in ihrem hellen Mantel, die Makarow in der rechten Hand. Die Überschrift war fettgedruckt und nicht zu übersehen.

Seniorin rettet jungen Mann vor Messerstecher – Internet-Video aufgetaucht

Knapp fünf Tage nach dem Todesschuss in einem Straßenbahnabteil fehlt von der Seniorin, die geschossen haben soll, noch jede Spur. Zeugen berichteten von Notwehr. Drei Männer hatten mehrere Fahrgäste bedrängt und einen durch Messerstiche schwer verletzt, bis die Seniorin einschritt. Auch zwei der Angreifer sind bislang verschwunden. Die Polizei teilte mit, dass die Fahndung läuft, sie wollte aus ermittlungstaktischen Gründen aber keine weiteren Angaben machen. Es kursiert ein Video von den Vorfällen im Internet, es scheint die Notwehrsituation zu bestätigen. Kritische Stimmen sehen jedoch in dem Kopfschuss, der ohne Vorwarnung erfolgte, eine strafrechtlich relevante Tat. Die Polizei ermittelt jetzt wegen der Veröffentlichung

des Videos aufgrund der Verletzung von Persönlichkeitsrechten gegen Unbekannt.

Elisabeth starrte den Artikel an, ihr Herz schlug überall, nur nicht da, wo sie es normalerweise verortete. Ein Kopfschuss ohne Vorwarnung, das war es tatsächlich gewesen. Sie erinnerte sich, noch einen Satz gesagt zu haben, als sie die Waffe gezogen hatte. Aber der genaue Wortlaut war wie ausgelöscht. Das kann ich nicht mitansehen? So etwas in der Art. Aber ‚aufhören oder ich schieße' hatte sie mit Sicherheit nicht gesagt, daran hätte sie sich erinnert. Allein, weil man so einen Satz doch eher selten von sich gab. Das der Schuss nicht als Notwehr durchging, damit musste sie rechnen. Sie konnte sich jetzt bereits damit abfinden, mit einem Bein im Gefängnis zu stehen. Es gab lediglich einen Ausweg. Die Polizei durfte niemals herausfinden, dass sie die Frau mit der Makarow war.

„Zeitung, Internet, Radio, es geht überall richtig zur Sache", sagte Kahlberg. Er eröffnete die Lagebesprechung mit dieser für dic Ermittlungen unangenehmen Nachricht. „Das fehlte uns noch, dass sich da draußen zwei Lager entwickeln und sich gegenseitig aufstacheln."

„Es sieht definitiv bei Facebook schon nach verhärteten Fronten aus, wird höchste Zeit, dass wir unsere ‚Elli' aus dem Verkehr ziehen", sagte Krohn.

„Ich will die Frau nicht irgendwo zusammengeschlagen auffinden."

„Ein Großteil der User will sich nur wichtigmachen, die fühlen sich in der Anonymität richtig stark. Die sind der King, wenn sie verbal auf die Kacke hauen können", beschwichtigte Schneider.

„Da magst du recht haben, Achim. Aber es reicht, wenn nur einer dabei ist, der es ernst meint", gab Krohn zu bedenken.

„Ich hatte gehofft, das Video würde uns weiterbringen. Da sind eine Menge Zeugen, die sich vom Tatort entfernt haben. Wir könnten versuchen, die zu ermitteln. Aber das alles kostet uns Zeit ohne Ende, und ich bekomme langsam das Gefühl, dass wir diese Zeit nicht haben."

Kahlberg heftete den Zeitungsartikel an das Whiteboard, in das Feld, in dem noch ein Foto fehlte. Neben den Eintrag „unbekannte Täterin, weibliche Person, ca. 70 Jahre alt, Mantel, im Besitz einer Schusswaffe" schrieb er ‚Killer-Elli'. Direkt unter den Presseartikel befestigte er die extreme Vergrößerung des hellen Gegenstandes, der der Frau aus der Tasche gefallen war.

„Papier, das ist vermutlich ein Briefumschlag, der da aus der Tasche gerutscht ist, und der Teil einer Adresszeile ist zu erkennen. **isch Gmü.** Könnte ‚Schwäbisch Gmünd' sein, eventuell ein Brief an eine Krankenkasse. Die Barmer hat dort ihren Sitz. Kann auch an jemand anders in dieser

Stadt adressiert sein."

„Okay, die Gesuchte könnte bei dieser Krankenkasse versichert sein. Wenn wir wüssten, ob sie tatsächlich Elli heißt, dann könnten wir alle Ellis aus Rostock, die dort versichert sind aufs Korn nehmen." Schneider grinste schief, augenscheinlich schien er seinen Vorschlag selbst nicht ganz ernst zu nehmen.

„Mach du dich mal lustig", sagte Göthefeld. „Der Gedanke ist doch nicht schlecht."

„Da brauchen wir einen richterlichen Beschluss und den werden wir mit der dünnen Indizienlage nicht bekommen. Schon gar nicht wenn es um Daten einer Krankenkasse geht. Wenn sich allerdings herausstellt, dass diese Frau tatsächlich Elli heißt, dann sehe ich da eine Chance. Und da wären wir bei der Person, die den Namen Killer-Elli ins Leben gerufen hat", sagte Kahlberg. „Diese Person weiß entweder den Vornamen der Frau, oder hat den Namen erfunden."

„Mag sein. Aber wie kommen wir an denjenigen ran?" Schneider runzelte die Stirn.

„Ich werde Nabold darauf ansetzen. Das Netz hinterlässt immer Spuren", erklärte Kahlberg. „Und was den Gebrauch von Handys angeht - ich kann mir vorstellen, dass es noch weiteres Bildmaterial gibt, Fotos oder Videos. Das Straßenbahnabteil war voll und beinahe jeder hat heutzutage ein Smartphone dabei. Wir müssen versuchen, weitere

Zeugen aufzutreiben. Es muss doch möglich sein, die Leute aus der Reserve zu locken."

Baier stand breitbeinig im Blumenbeet und lauerte ins Fenster.

„Du Penner kannst doch nicht mitten am Tag in das Haus einbrechen." Matschulak wartete Kaugummi kauend vor dem Zaun und schob seine Hände in die Hosentaschen.

„Siehst du hier einen, der uns sehen könnte? Hier is keine Sau."

„Aber da vorn sind Häuser."

„Die sind doch weit genug weg. Ich geh hintenrum."

Baier hatte keine Ahnung, was mit Radek los war, der war doch sonst für alles zu gebrauchen. Ob der Schiss vor der Alten hatte, nur weil die bewaffnet war? Das hieß noch lange nicht, dass sie auch mit dem Ding umgehen konnte. Die war nichts als ein altes Weib, das nur getroffen hatte, weil kein Blatt zwischen Knarre und Kopf gepasst hatte. Wenn die Waffe im Haus lag, konnten sie das Ding doch problemlos einkassieren. Dann stand die Schlampe ohne da und würde sich vor Angst bepissen.

Baier ließ seinen Kumpel vor dem Haus stehen. Hinten gab es einen kleinen Garten, der an ein Waldstück grenzte, drei Steinstufen führten zu einer überdachten Terrasse hoch, auf der Gartenmöbel aus Korbgeflecht standen. Baier ließ sich in einen der Sessel fallen und legte die Füße auf den Tisch. Jetzt noch ein paar Dosen Bier, was zu futtern und der Tag war gerettet. Er lehnte sich zur Seite, zog das Päckchen Tabak aus der Gesäßtasche und begann Zigaretten zu drehen. Es dauerte nicht lange, bis sein Kumpan um die Hausecke gestiefelt kam.

„Geht doch." Baier grinste.

Matschulak sagte keinen Ton und setzte sich zu ihm.

„Wir warten hier auf die Alte."

„Die is die letzten Abende auch nicht gekommen", maulte Matschulak. „Ich sitzt hier doch nicht jeden Tag stundenlang rum. Die is bestimmt in Urlaub gefahren."

„So ein Schwachsinn. Die knallt einen ab und fährt dann in Urlaub? Das glaubst du doch wohl selbst nicht. Und außerdem ist es sowas von Scheißegel, ob wir in der Datsche oder hier sitzen, ist doch ein Dach drüber. Wir holen uns noch nen Döner und zwei Träger Bier und hängen hier ab."

„Und wenn sie nicht da ist, weil sie untergetaucht is? Und wenn die Polizei hier aufläuft? Na? Was dann?" Matschulak war ungehalten.

„Dann verdrücken wir uns in den Wald. Man, was ist denn mit dir los? Hast du Schiss vor der Alten?"

„Spinnst du? Die krieg ich doch mit einer Hand durch die Bude geschmissen. Mir geht die Warterei auf den Sack."

„Mir auch", bestätigte Baier. „Genau darum geh ich da jetzt rein."

Nach den Tagen der Anspannung hätte Elisabeth beinahe ihre Verabredung mit Karla und Lore vergessen. Jetzt saßen die drei Frauen in der Nähe der Marienkirche vor einem der schönen, historischen Giebelhäuser, die den neuen Markt mit ihren zartfarbigen Fassaden schmückten, und ließen sich Kaffee und Kuchen schmecken.

„Ich mochte das silberne Haar", sagte Lore, „aber die neue Farbe steht dir auch. Du hast es anders frisiert, oder?"

„Ich brauchte eine neue Optik", antwortete Elisabeth. Das war verständlicherweise nicht ihr favorisiertes Thema.

„Wir hätten unseren Café-Tag ausnahmsweise auf den Donnerstag schieben können. Gerda kommt heute Abend zurück, sie wäre sicher auch gern dabei gewesen", fügte sie hinzu. Hoffentlich brachte dieser Denkanstoß die Freundinnen auf ein anderes Thema.

„Ich hätte nichts dagegen gehabt, du hättest doch was sagen können, Elli. Ihr steckt ja viel häufiger die Köpfe zusammen", entgegnete Lore. Augenscheinlich reserviert verschränkte sie die Arme und lehnte sich in ihren Korbsessel zurück.

„Mmh. Stimmt, da hast du recht", entschuldigte Elisabeth sich.

„Das hatten wir doch letzten Freitag schon geklärt.“ Jetzt klinkte sich auch Karla ein. „Gerda hat doch ausdrücklich gesagt, dass wir heute zu dritt machen können.“

Elisabeth zuckte mit den Schultern. „Das habe ich nicht mitbekommen.“

„Brauchst du jetzt auch ein Hörgerät?“, feixte Karla.

„Nu hör aber auf.“

„Wie bitte?“, hakte Lore nach. Sie hielt sich demonstrativ die Hand hinters Ohr.

Sie lachten.

„In der Zeitung stand heute ein Foto der Frau, die den Mann in der Straßenbahn erschossen hat.“

Elisabeth zuckte innerlich zusammen. Sie hatte damit gerechnet, dass der Vorfall zur Sprache kommen würde, doch in diesem Moment war sie nicht darauf vorbereitet. Das war typisch Lore, zusammenhanglos auf ein neues Thema kommen.

„Habe ich gesehen“, bestätigte Karla. „Hätte Elli sein können mit dem hellen Mantel und der Frisur.“

„Ja, was dachtet ihr denn?“, konterte sie. Ihre Freundinnen kannten ihren schrägen Humor, und wenn sie jetzt derart vorpreschte, war sie vermutlich aus dem Schneider. „Natürlich war ich das.“

Lore und Karla reagierten gelassen auf Elisabeths Einwurf, dass beste Zeichen dafür, dass sie angebissen hatten und ihren Kommentar nicht ernst nahmen.

„Ich habe noch an dich gedacht, Elli“, sagte Karla. „Das ist schließlich deine Linie. Aber du hättest dich doch sofort gemeldet, wenn du was mitbekommen hättest.“

„Ich bin froh, dass ich nichts mitbekommen habe. Ich habe Gott sei Dank in der Straßenbahn davor gesessen“, log sie.

„Mal ehrlich. Das ist schon ein starkes Stück, dass da eine Frau in unserem Alter mit einer scharfen Waffe in der Bahn unterwegs ist“, bemerkte Lore.

„Das stimmt, ich kann mir das nicht vorstellen. Aber ein starkes Stück finde ich eher diese jungen Männer, die aus purer Langeweile Fahrgäste angreifen. Ich habe keine Ahnung, warum diese Frau mit einer Waffe unterwegs war, aber in dem Moment hat sie doch aus der Not heraus gehandelt.“

„Kann sein, kann nicht sein“, wandte Lore sich an Karla. „Wo kommen wir denn hin, wenn alle mit einem Schießeisen durch die Gegend rennen. Wir sind doch nicht in Amerika. Da sieht man doch ständig, was dabei rumkommt. Nichts Gutes jedenfalls.“

„Was hätte sie denn tun sollen?“, fragte Karla.

„Sitzen bleiben. Es waren doch genug junge Männer da, die hätten doch einschreiten können.“

„Haben sie aber nicht.“

„Woher willst du das wissen?“

„Und woher willst du wissen, dass es anders

war?", hakte Karla nach. „Außerdem sagt sich das alles so leicht, wenn man gemütlich zu Hause sitzt. Der Kerl hat schließlich bedenkenlos mit dem Messer zugestochen. Und die andern zwei sollen doch auch Kriminelle gewesen sein."

„Klara, die Leute haben heute alle Handys, wir schließlich auch. Da kann man doch die 110 anrufen."

„Bestimmt haben das auch einige getan. Aber bis die Polizei da ist, wäre der junge Mann tot gewesen. Es stand doch auch in der Zeitung, dass es vermutlich Notwehr war."

„Eben nicht, weil sie ihm ohne Vorwarnung in den Kopf geschossen hat", entgegnete Lore. „Das stand auch in der Zeitung."

„In dem Moment denkt man nicht darüber nach."

„Braucht man auch nicht, wenn man von vornherein, wie jeder Normalbürger, ohne Pistole in die Straßenbahn steigt.

„Elli, was denkst du denn darüber?"

„Nichts." Elisabeth nahm einen Schluck Kaffee. „Der Apfelkuchen ist heute wieder hervorragend."

Nora hatte das Foto auf den PC gezogen und zugeschnitten, jetzt betrachtete sie das Ergebnis kritisch. Das Gesicht der Seniorin im hellen Mantel war nicht mehr zu sehen, lediglich Schulter und Arm waren noch im Bild. Der filmende Jugendliche mit dem Smartphone war gut zu erkennen. Einige Sekunden betrachtete sie das Bild, dann nickte sie das Resultat innerlich ab. Nachdem sie das zugeschnittene Foto auf ein gewöhnliches DINA4 Blatt gedruckt hatte, schob sie es gefaltet in einen Umschlag. Sie schrieb die Adresse der Polizeidienststelle Ulmenstraße auf den Brief und beklebte ihn mit einer Briefmarke, auf der Schloss Ludwigsburg abgebildet war. Wenn sie ihn sofort einwarf, war er morgen bei der Polizei, der Postkasten am Kiosk wurde um siebzehn Uhr geleert.

Nora griff ihren Haustürschlüssel, verließ die Wohnung und lief mit federnden Schritten die Treppe hinunter. Schwere Luft schlug ihr entgegen, als sie den Wohnblock verließ, Regen war absolut nötig, doch es fühlte sich eher nach einem nahenden Unwetter an. Nora war sich sicher, dass sie das Richtige tat. Es war schließlich nicht strafbar einen Tipp anonym abzugeben. Sie hätte mit dem bearbeiteten Bild auch direkt zu dieser Kommissarin Göthefeld gehen können. Aber wie hätte sie erklären sollen, weshalb sie sich erst jetzt mit dem Foto meldete? Und dann musste die Polizistin ihr auch noch abnehmen, dass sie nur dieses eine Foto aus der Straßenbahn auf ihrem Handy hatte. Das war allerdings die reine Wahrheit, es gab lediglich das eine Bild. Nora seufzte. Vermutlich machte ihr die Manipulation an dem Foto das schlechte Gewissen. Trotzdem war es einen Versuch wert. Wenn die Ermittler herausfanden, wer dieser Jugendliche war, dann würde vermutlich der Film aus dem Netz verschwinden und mit ihm all diese furchtbaren Kommentare. Nora fühlte sich hin und hergerissen. War es nicht doch besser, das Original zu liefern? Wahrscheinlich war die Frau in Gefahr, nicht nur durch die Hetze im Internet. Die zwei Typen suchten womöglich nach ihr, um sich für ihren Kumpel zu rächen. Da war es doch besser, wenn die Polizei sie vor diesen Männern fand. Oder war das zu abenteuerlich gedacht? Sie befanden sich schließlich in der Realität und nicht in einem zweitklassigen Fernsehkrimi. Sie konnte es drehen, wie sie wollte, das mulmige Gefühl steckte so richtig tief.

Gerdas Tochter winkte vom Bahnsteig, als der Intercity anfuhr, die Enkelin trabte ein Stück neben dem Zug her. Dann sah Gerda noch den kurzen Sprint, den die sportliche junge Frau hinlegte, bevor sie aus dem Blickfeld verschwand. Nach wenigen Minuten dünnte sich das Bild von Wohnblocks und Straßen aus, der Intercity passierte eine Schrebergartenkolonie, danach ein Wohngebiet mit kleineren Blocks und Einfamilienhäusern. Gerda sah entspannt aus dem Fenster, jetzt rauschte grüne Landschaft an ihr vorbei. Am Horizont zogen dichte Wolken auf, für den späten Abend war Regen gemeldet. Vielleicht hatten sie Glück und es kam tatsächlich was runter. Sie dachte an ihren Garten und daran, wie durstig er die letzten Tage ausgesehen hatte. Der Rasen war bereits mehr gelb als grün. So viel wie nötig gewesen wäre, hätte man die Grünfläche nicht bewässern können. Auch ein vertrockneter Rasen schlug bei Nässe irgendwann wieder aus, die Erfahrung hatte Gerda schon mehrfach gemacht. Deshalb war sie bei dem Thema doch recht gelassen. Dort, wo der Wald seinen Schatten warf, gab es mehr Moos als Gras, auch das hatte sie akzeptiert. Wenn man sich stets bewusst machte, dass die Lebenszeit begrenzt war, sah man vieles gelassener. Gerda wollte ihre Zeit für die wichtigen Dinge nutzen, Besuche bei ihrer Tochter und der Enkelin, Kultur und Lesen, Spaziergänge am Strand, Entspannung in ihrem kleinen Garten, Treffen mit ihren Freundinnen.

Sie blickte auf ihre Armbanduhr. Ob die drei noch zusammen im Café saßen? Bei diesem Wetter war es doch ideal, draußen unter einem Sonnenschirm. Im letzten Jahr hatten sie sich häufiger bis zum Abend festgesetzt und spontan entschlossen, noch essen zu gehen. Sie hatten sich oft erst nach Mitternacht getrennt. Es war ein geniales Grüppchen. Die Zeitungsanzeige damals war eine Idee gewesen, die sie nie bereut hatte. Gerda huschte ein Lächeln über das Gesicht. Sie wäre heute gern mitgegangen, doch man konnte nicht alles haben. Ihre Tochter hatte Urlaub, da war es selbstverständlich, länger zu bleiben als ein knappes Wochenende. Es war die richtige Entscheidung gewesen. Morgens mit einem ausgiebigen Frühstück zu dritt zu beginnen, allein dafür hatte sich die Reise gelohnt. Jetzt noch einige Stunden Fahrt, in Hamburg umsteigen, und im Anschluss vom Bahnhof Rostock mit dem Taxi weiter. Mit etwas Glück kam sie noch trocken über.

Der Hinweis kam am Abend, nachdem Schneider und Göthefeld Feierabend gemacht hatten. Auch Lambers war bereits auf dem Weg nach Hause. Kahlberg und Krohn entschieden gemeinsam, noch loszufahren. Matschulak und Baier waren in einem Wohngebiet gesehen worden. Auch die Streifenpolizisten, die in der Nähe unterwegs waren, würden die Augen offenhalten. Kahlberg fragte sich, was die beiden dort zu suchen hatten. Waren sie auf Einbruchstour? Oder glaubten sie, eine Spur dieser Elli gefunden zu haben? Dann waren sie der Polizei definitiv einen Schritt voraus.

„Der Anwohner hat die beiden anhand des Zeitungsfotos erkannt?“, hakte Krohn nach.

„Er hat den Fahndungsaufruf gesehen, auf den Bildern erkennt man Baier nicht einwandfrei. Das Zeitungsfoto aus der Straßenbahn hat dann tatsächlich den Ausschlag gegeben.“

Krohn fuhr entspannt, aber zügig, eine dunkle Wolkenwand türmte sich vor ihnen auf, darunter war ein schmaler Streifen zu sehen, leuchtender Ocker.

„Das da vorne verschluckt uns, wenn ich weiterfahre.“ Krohn warf Kahlberg ein flüchtiges Lächeln zu.

„Da könntest du nicht Unrecht haben.“

„Mit dir würde ich es riskieren“, sagte sie.

Ihr ernster Tonfall versetzte ihm einen Stich. *Ich würde es auch mit dir riskieren Imani. Ich würde alles Mögliche mit dir riskieren.*

„Dann weiter geradeaus“, sagte er nur.

Sie verließen die City, überquerten die Warnow auf dem Mühlendamm, der in die Tessiner Straße mündete. Nach einigen hundert Metern bog Krohn links in den Riekdahler Weg ab, der das riesige Landschaftsschutzgebiet ‚Riekdahler Wiese‘ im Südosten begrenzte. Kahlberg hätte es logischer gefunden, wenn die Gesuchten hier in der Kleingartenanlage untergeschlüpft wären, die im Südwesten der Wiese lag, aber der Zeuge hatte sich aus dem Wohngebiet auf der entgegengesetzten Seite des Naturschutzgebietes gemeldet. Es lag einsam, direkt an der Riekdahler Wiese, ganz im Norden von Brinkmannsdorf. Als sie die Straße ‚Vor der Wiese‘ erreichten, hielt Krohn bei Hausnummer 14b. Sie brauchten nicht zu klingeln. In dem Moment, als sie das Gartentor passierten, öffnete bereits ein Mann, ungefähr in Kahlbergs Alter, die Haustür.

„Karsten Gruber?“ Krohn hielt ihren Ausweis hin und stellte sich vor, Kahlberg tat es ihr gleich. „Der bin ich. Ich habe jetzt die ganze Zeit hinter der Tür gestanden, und aufgepasst.“ Er zeigte auf den Fensterausschnitt. „Falls die beiden Männer zurückkommen. Die müssen da noch irgendwo sein.“ Er wies mit dem Finger die Straße entlang. „Ich war vorhin draußen, die Garage war noch offen, die wollte ich noch dicht machen, sie steht zur Schlagseite. Das ist besser, bei dem was da gleich noch runterkommen soll. Jedenfalls sind die beiden Männer vorbeigekommen. Die hatten Einkaufstüten dabei.“

„Sind Sie sicher, dass es die beiden Männer aus der Straßenbahn sind?“, hakte Krohn nach.

„Ich würde es glatt beschwören. Wenn ich nur einen von ihnen gesehen hätte, wären mir da Zweifel gekommen. Aber die beiden in Kombination, die sind schon recht auffällig.“

„Wo geht es da hin?“, fragte Kahlberg.

„Da kommen noch ein paar Häuser, zwei kleine Straßen gehen rechts ab. Das sind Sackgassen, die grenzen an ein kleines Waldstück. Hinter dem Gebiet geht's in die Riekdahler Wiese.“

„Gibt es da in der Nähe eine Hütte oder Unterstände?“, erkundigte sich Kahlberg.

„Nein, nicht hier in der Nähe, nicht dass ich wüsste.“

Kahlberg und Krohn sahen sich an. Er konnte

an ihrem Blick ablesen, dass ihr die Information reichte. Er nickte.

„Und was passiert jetzt?“, fragte Gruber.

„Wir sehen uns hier um“, erklärte Kahlberg. „Danke für die Information, und gehen Sie jetzt besser rein.“

„Ich kann auf dem Posten bleiben und Sie anrufen, wenn ich noch was sehe“, schlug er vor.

„Aber von drinnen.“ Kahlberg reichte dem Hinweisgeber seine Karte.

Gruber war hinter seiner Haustür verschwunden. Sie ließen den Dienstwagen bei 14b stehen und folgten dem Straßenverlauf hundert Meter zu Fuß, bis sich die Straße im Nichts verlor. Alles sah unauffällig aus, die Fenster waren zum Teil erleuchtet, alles wirkte bewohnt. Als sie zurückgingen, war entferntes Donnergrollen zu hören. Ihnen kam ein Taxi entgegen, es bog in die letzte Sackgasse. Die war ihnen nun am nächsten und sie folgten dem Wagen. Zur linken gab es zwei Häuser, dann folgte hohes Gesträuch, rechts waren es vier Gebäude, dann war eine Wiese zu sehen. Die Bremslichter des Taxis leuchteten im Halbdunkel, weiter hinten. Kahlberg konnte erkennen, dass der Taxifahrer ausstieg und den Kofferraum öffnete. Eine Person stieg aus, als sie näher kamen, erkannte er, dass es eine Frau war. Das Haus, vor dem der Wagen hielt, war das letzte in der Sackgasse. Es stand allein, durch die Wiese abgetrennt und direkt vor einem kleinen Waldstück. Der Taxifahrer stieg ein und wendete. Die Frau ging auf das Haus zu und zog einen kompakten Rollkoffer hinter sich her.

„Die hat Glück, noch vor dem Gewitter zu Hause zu sein", sagte Imani.

Das Taxi fuhr an ihnen vorbei. Alles war ruhig, keine Spur von Baier und Matschulak. Sie liefen auch die zweite Sackgasse ab, auch hier war alles unauffällig.

„Und wenn sie doch in den Wiesen sind? Wir könnten noch eine Weile im Wagen warten, sie müssten an uns vorbei, wenn sie zurückkommen", schlug Krohn vor.

„Machen wir. Ich hatte heute eh nichts mehr vor."

Elisabeth nahm das Telefon ab, es war Gerda.

„Oh, bist du zurück?"

„Ja, gerade erst. Warst du in meinem Haus?"

„Nein. Du hattest mir doch gesagt, dass deine Topfblumen ein paar Tage ohne dich aushalten."

„Ich bin noch vorne im Flur." Gerdas Stimme war von einem auf den anderen Moment ungewöhnlich leise, sie klang verängstigt. „Hier liegt alles herum. Ich habe das Gefühl, hier ist eingebrochen worden."

Elisabeth glaubte, ihr Herz würde einen Schlag aussetzten, im Bruchteil einer Sekunde verknüpften sich ihre Gedanken und schlossen sich zu einer Befürchtung zusammen, die ihr siedend heiß durch den Magen schoss.

„Ruf sofort die Polizei, Gerda."

„Hast du die Nummer von der Ulmenstraße?"

„Nicht die Ulmenstraße. Ruf 110 an. Sofort!"

„Wenn du meinst."

„Mach jetzt!"

„Ja, ist ja gut. Ich melde mich nachher nochmal." Dann legte sie auf.

Es lief alles wie automatisiert ab, das Anziehen der Schuhe, der Griff zum Mantel, das Umhängen der Tasche, Elisabeth stand nach kaum einer Minute zum Aufbruch bereit. Was sie antrieb, war mehr als innere Unruhe, sie hätte diesen Zustand nicht benennen können, es zog, nein es riss an ihr. Den Schirm ließ sie liegen, wenn es gleich regnete, würde es auch stürmen, da konnte sie mit dem Ding nichts anfangen. Mit den Händen in den Manteltaschen eilte sie zur nächsten Straßenbahnhaltestelle, rechts die Waffe, links Gerdas Schlüsselbund fest umklammert. Der Wind kam in Böen und hatte sich noch für keine Richtung entschieden. Dieser blöde Brief! Hatten ihn doch diese verdammten Kerle mitgenommen? Gerda wusste noch nicht, dass ihre Freundin den Antrag verloren hatte. Aber das war das kleinste Problem. Wenn es mit der Bahn nicht schnell genug ging, würde sie ein Taxi nehmen, das musste sie sowieso für das letzte Stück. Für einen ausgedehnten Spaziergang, wie sie es sonst tat, war keine Zeit, es war für nichts mehr Zeit.

Als Elisabeth die Haltestelle erreichte, war sie außer Atem. Sie hatte eine stabile Kondition, aber die Angst nahm ihr die Luft. Da waren schreckliche Bilder in ihrem Kopf, gegen die sie sich nicht wehren konnte. Jetzt war es ihr auch egal, sollte sie dort auf die Polizei treffen. Sie hätte sich ohne mit der Wimper zu zucken Handschellen anlegen lassen, wenn nur Gerda nichts passierte.

Der Schreck fuhr ihr derart in die Glieder, dass ihre Beine unkontrolliert zitterten. Plötzlich stand der Riese vor ihr im Flur, just in dem Moment, als sie das Gespräch mit Elli beendet hatte. Er riss ihr das Handy aus der Hand und brüllte herum. In seiner offensichtlichen Wut schleuderte er das Smartphone an die Wand. Der alkoholisierte Atem des Mannes schlug ihr entgegen. Dann kam noch ein hagerer Kapuzenmann aus ihrem Wohnzimmer.

„Spinnst du? Das Teil hätten wir noch verkaufen können."

Jetzt schubsten die Kerle sie grob den Flur entlang Richtung Wohnzimmer.

„Wo ist die Schlampe?", fragte der Kapuzenmann.

Gerda wusste nicht, was er meinte. Eine heftige Ohrfeige beförderte sie zu Boden. Sie stürzte auf ihren Arm und der Schmerz war heftig. Da lag sie jetzt, das Gesicht brannte und sie hatte keine Ahnung, was diese Männer von ihr wollten. Sie mussten schon länger in ihrem Haus gewesen sein, das Wohnzimmer sah aus wie ein Saustall, anscheinend hatten sie sich hier häuslich niedergelassen.

„Ich habe Schmuck, den können Sie haben", wimmerte sie. Der Arm tat so weh, womöglich war er gebrochen.

„Den nehmen wir sowieso, du blöde Dreckskuh." Er stieß ihr mit dem Fuß in die Rippen. „Wo ist der Schmuck?"

Sie rang nach Luft und er trat ein weiteres Mal zu. Gerda japste, es war die gleiche Stelle. „In einem kleinen Tresor im Schlafzimmerschrank."

Der größere von beiden verschwand im Flur. Er würde den Tresor sofort finden, um dann festzustellen, dass er verschlossen war. Ganz helle war der nicht. Gerda spürte, wie sich Tränen in ihren Augen sammelten, doch sie wollte auf keinen Fall weinen, nicht vor diesen Kerlen. „Meine beiden Söhne kommen gleich", schwindelte sie. In Wahrheit gab es nur eine Tochter, aber vielleicht konnten die imaginären Stammhalter zu ihrer Rettung beitragen.

„Denkst du wir sind blöd? Da sind doch überall nur Weiber auf deinen Fotos."

Gerda hob unauffällig den Blick, er hatte leider recht. Das alte schwarz-weiße Familienfoto, das an der Wand über dem Sideboard hing, da war sie erst drei und saß auf dem Schoß ihres Vaters. Auf dem Hochzeitsbild war sie mit ihrem Mann zu sehen, das waren die einzigen Männer, die ihr wichtig gewesen waren. Ansonsten gab es viele Frauen, die eine Rolle in ihrem Leben spielten, ihre Mutter und die drei Schwestern, ihre Tochter, die von ihrem Mann getrennt lebte und die Enkelin Paula. Ihre Cousine Cäcilia, ihre Kurbekanntschaft Roberta und ihre Rostocker Runde, Elli, Lore und Karla. Doch das Bild mit der Viererclique stand seltsamerweise nicht mehr auf dem Sideboard.

Der Kapuzenmann war seinem Kumpel ins Schlafzimmer gefolgt, Gerda versuchte vom Boden hochzukommen. Sie stützte sich auf den linken Arm, der rechte tat so weh, dass sie ihn nicht bewegen mochte. Vielleicht konnte sie die Haustür erreichen, aber dann musste sie durch den Flur am Schlafzimmer vorbei. Sie entschied sich für die Terrassentür. Über den Jägerzaun und ungefähr fünfzig Meter bis zum Nachbarhaus, das würde sie schaffen. Sie legte den Griff um und zog die Tür auf. Weiter kam sie nicht, jemand riss sie an den Haaren zurück, sie ging das zweite Mal zu Boden.

„So nicht!" Der Kapuzenmann brüllte auf sie hinab. „So nicht. Mach das nie wieder!" Er schob die Tür zu. Dann ließ er die Jalousien herunter. „Bring Klebeband mit. Die Alte will türmen."

Er blieb neben ihr stehen und Gerda konnte hören, wie der andere die Schubladen in der Küche durchsuchte. Sie würde ausnahmslos alles spülen, waschen und putzen müssen, zumindest, wenn sie das hier überlebte. Die Kerle wühlten überall herum und fassten jedes Teil an, das ihnen in die Quere kam. Ekel kroch in ihr hoch.

„Ich hab was“, hörte sie. Vermutlich hatte er das Paketband gefunden. Das brauchte sie hin und wieder, wenn sie ihrer Enkelin ein Überraschungspaket schickte.

„Steh auf“, kommandierte der Kapuzenmann. Sein Sweatshirt hatte ausgefranste kurze Ärmel, die hatte er vermutlich selbst abgeschnitten, war auch sonst zu warm bei dem Wetter. Weshalb er dann freiwillig unter der Kapuze schwitzte, war ihr ein Rätsel.

„Hoch jetzt!“

Gerda erhob sich schwerfällig. Der linke Rippenbogen pulsierte schmerzhaft. Der Mann fasste sie am Kragen ihrer Bluse, sie konnte seine schwitzige Hand im Nacken spüren, und zerrte sie zum Sessel. Er stieß sie hinein, ihr verletzter Arm schlug gegen die Lehne, der Schmerz war kaum auszuhalten. Beinahe hätte sie sich übergeben. Sie saß jetzt mit dem Rücken zum Flur, den Blick auf das ‚Gelbe Nirvana‘ von Claude Monet gerichtet.

„Nicht so fest“, jammerte sie. Doch ihre Bitte half nicht. Ohne Rücksicht auf ihre Verletzungen wurde sie mit dem Klebeband an die Rücklehne gewickelt.

„Nicht so fest“, äffte der Kapuzenmann nach und zog absichtlich strammer. Der größere schaute dem Schauspiel zu. Gerda hatte das Gefühl, dieses Gesicht oder zumindest diese Bürstenfrisur schon gesehen zu haben. Aber wo sollte das gewesen sein? Sie konnte sich auch irren. Jetzt verschwanden sie hinter ihr. Die Angst folgte und kroch ihr den Rücken hoch. Es rumpelte, vermutlich rissen sie im Schlafzimmer alles aus den Schränken. Gerda versuchte ihre Fesseln zu lösen, aber sie musste feststellen, dass dieses Klebeband unnachgiebig war.

Und dann standen die Kerle wieder vor ihr.

„Wie geht der Tresor auf?“, fragte der Kapuzenmann.

„Ich weiß die Kombination nicht auswendig, ich habe sie im Smartphone hinterlegt.

„Scheiße, hab ich’s dir nicht gesagt, Radek? Aber du musstest ja das scheiß Handy gegen die Wand knallen.“

„Mann, die will uns doch verarschen, die weiß mit Sicherheit, wie der Tresor aufgeht.“

„Ich habe die Kombination nicht im Kopf, ehrlich.“

„Wer ‚ehrlich‘ sagt, der lügt“, zischte der Kapuzenmann. Ohne Vorwarnung schlug er ihr ins Gesicht.

„Und, weißt du’s jetzt?“

Es war vorbei, sie konnte sich nicht mehr zusammennehmen und begann zu schluchzen.

„Sie ... Sie ... können ihn doch ausbauen. Er ... er ... ist nicht so schwer.“

Die beiden ließen von ihr ab. Sie konnte hören, wie sie sich im Schlafzimmer zu schaffen machten. Von Flüchen begleitet klang die Aktion wie ein Abrisskommando.

Gerda stöhnte innerlich auf, die Männer waren viel zu schnell zurück.

„Den Tresor bauen wir später aus“, sagte der mit dem Bürstenschnitt.

„Wieso hatte die Dreckskuh den Brief?“, wollte der Kapuzenmann wissen.

„Welchen Brief?“ Was war das jetzt für eine Frage?

„Du weißt, welcher Brief.“

Er schlug ihr nochmal ins Gesicht. Dann zog er einen verknüllten Umschlag aus der Gesäßtasche seiner grauen Jeans, faltete ihn auseinander und wedelte damit vor ihrem Gesicht. Gerda verstand nicht. Das war doch der Antrag an die Krankenkasse, den Brief hatte sie doch Elli mitgegeben. Wie kamen die Männer an ihren Brief? Und weshalb machten die einen solchen Aufstand? Es war doch nur ein Antrag für den Aquafitness-Kurs. Was war daran denn schlimm?

„Was ist denn mit dem Brief?“, fragte sie vorsichtig und musste schniefen.

„Den hatte deine Freundin dabei.“

Gerda verstand nicht, weshalb das wichtig war.

„Sie wollte ihn für mich einwerfen“, erklärte sie. „Sonst nichts.“

Der Große entfernte sich kurz, als er zurückkam, hatte er das fehlende Bild in der Hand, das Bild mit ihren Freundinnen. Er legte seinen Zeigefinger auf Elli, sein Nagel sah abgekaut und dreckig aus. „Die da.“

„Die? Die wollte meinen Brief unterwegs einwerfen.“

„Scheiße auch!“, schrie der Kapuzenmann. „Die Dreckskuh hat unseren Kumpel erschossen!“

Gerda merkte, wie ihr sämtliche Gedankenfäden entglitten. Diese Behauptung konnte nicht stimmen. Die Männer mussten sich irren, es handelte sich schlicht um eine Verwechslung.

Sie fegte ihre letzten Krümel Courage zusammen. „Das kann nicht sein. Was sie da behaupten, ist Unsinn. Nehmen Sie meinetwegen den Schmuck mit und gehen Sie.“

Es verwunderte sie selbst, wie fest ihre Stimme in diesem Moment klang.

„Reißen Sie den verdammten Tresor aus dem Schrank und verschwinden Sie gefälligst.“

„Das ist ja geil“, sagte der Schmächtige. Dann grinste er breit. „Sie hält uns für völlig verblödet. Weißt du was? Du wirst uns jetzt verraten, wo diese Tussi wohnt, ist das klar?“

Die glaubten tatsächlich, Elli hätte diesen Kumpel erschossen? Wie kamen die auf solch absurde Ideen?

Und selbst wenn diese Absurdität der Wahrheit entsprach, sie konnte doch Elli nicht an diese zwei Irren verraten.

„Wir treffen uns regelmäßig im Café auf dem Neuen Markt. Ich weiß nicht, wo sie wohnt."

„Das glaubst du doch wohl selbst nicht."

Eine Ohrfeige mit dem Handrücken landete in Gerdas Gesicht. Der Schlag hinterließ einen durchdringenden Piepton in ihrem rechten Ohr.

„Du kapierst nicht. Wir haben so richtig viel Zeit. Wir haben heute nichts mehr vor, stimmt's, Radek?"

„Ganz genau", bestätigte der Hüne. „Darum gehen wir auch erst, wenn wir den Namen wissen."

Dann hielt er ihr nochmal das Foto vor die Nase und tippte mit seinem schmierigen Zeigefinger auf Ellis Gesicht.

„Jetzt", flüsterte Krohn. Erste Tropfen fielen auf die Windschutzscheibe. Es grollte durchgängig, hin und wieder war ein heftiges Donnern zu hören. Blitze zogen quer über den dunklen Himmel oder schlugen in Zickzacklinien Richtung Erde.

Kahlberg hatte seinen Kopf zur Seite geneigt, er konnte nicht leugnen, dass er müde war. Er betrachtete Imani, die das Naturschauspiel beobachtete. Ihr langes pechschwarzes Haar trug sie zusammengebunden, nicht ordentlich, sondern ein bisschen nachlässig. Sie schien zu merken, dass er sie fixierte.

„Glaubst du, hier bewegt sich noch was?“

„Schwer zu sagen. Sollen wir abbrechen?“, war Kahlbergs Gegenfrage. „Es ist fast Mitternacht.“

„Okay, lass uns abbrechen. Meinst du, der Anwohner hat sich geirrt?“

„Denke ich nicht. Aber wo sollen die beiden jetzt noch sein? Vielleicht sind sie an den Wiesen entlang zurückgelaufen“, sagte Kahlberg.

„Ich frage mich, was sie hier wollten.“

„Die sind nicht wegen der schönen Natur hier gewesen.“

„Glaubst du, sie planen einen Einbruch?“

„Davon können wir wohl ausgehen.“ Kahlberg nickte.

Von einer auf die andere Sekunde ging der leichte Regen in heftiges Prasseln über. Krohn schnallte sich an und startete den Wagen. Von hinten kamen Scheinwerfer, ein Taxi fuhr an ihnen vorbei und bog in die hintere Sackgasse ein. Krohn wendete, die schmale Straße ‚Vor der Wiese‘ sah jetzt, nach nur wenigen Sekunden, wie ein kleiner Bach aus. Als sie den Riekdahler Weg erreichten, konnten die Scheibenwischer des Dienstwagens den Starkregen kaum noch bewältigen.

Die Rücklichter des Taxis waren hinter der Einmündung verschwunden. Elisabeth stand verlassen unter der Straßenlaterne im Regen, als würde sie unter einer beleuchteten Dusche ausharren. Es brauchte nur wenige Sekunden, dann war sie bis auf die Haut durchnässt. Sie wunderte sich, hier keinen Polizeiwagen zu sehen. Die hätten doch mit ihrem Blaulicht wesentlich schneller sein müssen als sie mit Straßenbahn und Taxi. Die Jalousien von Gerdas Haus waren heruntergelassen, Licht drang durch die oberen Ritzen. Hatte Gerda ihren Rat, den Notruf zu wählen, womöglich in den Wind geschlagen? Zumindest hatte sie sich melden wollen, auch das hatte sie nicht getan. Elisabeth befürchtete das Schlimmste. Ihre Freundin machte doch nicht einen solchen Anruf und dann war Funkstille. Elisabeth betrat das Grundstück durch die kleine Gartenpforte und ging um das Haus herum zur Terrasse. Von hier aus würde sie sich ein Bild von der Lage machen. Ihre Augen gewöhnten sich langsam an das Dunkel, sie griff das Geländer und stieg vorsichtig die glatten, regennassen Stufen hoch. Ein Blitz erhellte den Garten, auf dem Tisch lagen Getränkedosen und allerlei anderer Unrat. Auch das passte nicht zu Gerda. Hier hinten waren die Jalousien ebenfalls unten. Elisabeth versuchte durch die schmalen Ritzen an der Terrassentür einen Blick ins Innere des Hauses zu erhaschen. So war nichts zu erkennen, sie musste nachhelfen. Mit den Fingern schob sie die alten Lamellen der Jalousie ein wenig auseinander. Jetzt hatte sie einen guten Blick ins Wohnzimmer. Unwillkürlich drückte sie sich die freie

Hand auf den Mund. Da waren die Kerle aus der Straßenbahn, beide. Die waren tatsächlich im Haus ihrer Freundin. Gerda saß in ihrem Lesesessel, nein, sie war mit Klebeband an ihren Sessel gefesselt. Ihr Gesicht war blutig und geschwollen, es war ihr anzusehen, dass sie starke Schmerzen hatte. Der hagere hatte seine Kapuze auf und fuchtelte aufgeregt mit den Armen herum. Der große Kerl mit dem Bürstenhaarschnitt drehte sich um und kam auf die Terrassentür zu. Vor Schreck wich Elisabeth zurück, stolperte und fing sich im letzten Moment. Wie paralysiert wartete sie darauf, dass der Mann die Jalousie hochzog, doch nichts geschah. Ihr Puls beruhigte sich nicht, obwohl sie noch einige Sekunden ausharrte. Darauf konnte sie also nicht warten. Entschlossen trat sie wieder auf die Terrassentür zu, schob die Lamellen ein weiteres Mal auseinander, drückte ihre Stirn an die Scheibe und lugte durch die Ritze. Der Mann stand ihr direkt gegenüber, nur durch Fensterglas und Rollläden getrennt. Die winzige Bewegung der Jalousie schien er nicht bemerkt zu haben. Er machte sich an der Gardine zu schaffen und dann nahm er die Kordel in die Hand, mit der Gerda den Stoff hübsch zur Seite gerafft hatte. Jetzt konnte Elisabeth den Sessel zur Hälfte sehen, auch den Hünen, der mit der Kordel auf ihre Freundin zuging. Sein massiger Körper verdeckte Gerda, aber es sah aus, als würde er ihr die Kordel um den Hals legen. Vor Schreck entfuhr Elisabeth ein kehliger Laut, sie wandte sich ab und schnappte nach Luft. Unwillkürlich schob sie die rechte Hand in ihre Manteltasche, der Stoff legte sich nasskalt an ihre Hand, aber die Makarow wartete brav.

Drei Schritte, dann griff Elisabeth das Geländer, alle Vorsicht war vergessen, sie eilte die nassen Treppenstufen herunter. Von oben klatschte der Regen auf sie hinab. Es blitzte, ein heftiger Donnerschlag erfüllte das Dunkel. Sie umrundete hastig das Haus und nahm die Stufen zur vorderen Haustür. Sie hatte Mühe, den Schlüssel ins Schloss zu schieben, ihre Hand zitterte vor Aufregung, vielleicht auch vor Kälte. Sie musste geräuschlos in den Flur gelangen, je später die Männer sie bemerkten, umso besser.

Das Schloss klickte leise. Sie schob die Tür einen Spalt auf, nur so weit, dass sie den Flur im Blick hatte. Dort lag Gerdas geöffneter Koffer, der Inhalt auf dem Fußboden verstreut. Die Wohnzimmertür stand sperrangelweit offen, sie konnte die Rückseite des Lesesessels erkennen. Der große Kerl stand über den Sessel gebeugt, sein Kopf war zu sehen, von oben, das bürstige Haar. Elisabeth zwängte sich durch den Spalt und schob die Tür leise ins Schloss, es roch nach Alkohol und Schweiß. Vorsichtig zog sie die Waffe aus ihrer Manteltasche und entsicherte sie. Das Wasser tropfte aus ihren Haaren und sie wischte sich mit der linken Hand über die Augen. Die Männer waren laut, unbemerkt machte Elisabeth drei Schritte auf das Wohnzimmer zu. Jetzt hörte sie das Röcheln, ihre schlimmsten Befürchtungen bestätigten sich.

„Wo wohnt diese Schlampe?“, brüllte der Dünne.

Elisabeth konnte rechts im Türrahmen deutlich seine fuchtelnden Arme sehen.

„Ich bin hier“, sagte Elisabeth. Ihre Stimme klang fest, und mit ebensolcher Sicherheit nahm sie ihr Ziel ins Visier. Der Große hob seinen Blick und starrte sie entgeistert an.

„Was ist denn?“, fragte der andere. Er wirkte genervt. Der Hüne nickte wortlos Richtung Flur.

Nun blickte sein Kumpan um die Ecke, er sah mit seiner Kapuze aus wie eine Legierung aus Rapper und Mönch.

„Lass sie sofort los“, befahl Elisabeth. Sie sprach fest und beherrscht, mit einer Konzentration, die keinen Widerspruch duldete.

„Ich glaub, das is sie.“ Der Bürstentyp klang nach Panik, seine Stimme war schrill und heiser zugleich. Das passte so gar nicht zu seiner massigen Statur.

„Ja man, das ist sie. Bepiss dich nicht, die Alte blufft. Die trifft doch von da hinten nicht.“

„Ja, scheiße, auf dich zielt sie ja auch nicht.“

„Weg von dem Sessel.“ Elisabeth gab jedem Wort genügend Zeit, seine Wirkung zu entfalten.

„Leg die Knarre weg, Alte. Sonst dreht mein Kumpel deiner Freundin den Saft ab."

„Ich sag es kein weiteres Mal, weg von meiner Freundin."

Ein surrealer Moment der Stille entstand, bis ein heftiger Donnerschlag daran erinnerte, dass die Verhandlungen noch nicht beendet waren.

„Leg die Knarre auf den Boden, sonst..."

„Auf keinen Fall", unterbrach ihn Elisabeth. Ihre Hände waren jetzt vollkommen ruhig, sie war bis in die letzte Faser konzentriert.

„Knarre weg, sonst murks ich die Alte ab", brüllte der bullige Kerl. Er beugte sich über Gerda und schien wie ein Irrer an der Kordel zu zerren. Die hohe Rückenlehne des Sessels verdeckte seinen vornübergebeugten Körper fast komplett. Die Lehne versperrte auch die Sicht auf Gerdas Körper. Elisabeth konnte nicht sehen, was der Mann tat, doch sie war sich trotzdem sicher. Sie durfte nicht mehr warten, wenn Gerda noch eine Chance haben sollte. Nur der Kopf des Mannes war zu sehen. Ab und an auch einer seiner Ellenbogen, der tauchte seitlich auf und verschwand ebenso schnell wieder. Sein Arm war ein unruhiges und uneffektives Ziel, außerdem viel zu dicht dran an ihrer Freundin. Gerda röchelte fürchterlich, auf der rechten Sessellehne war ihre zuckende Hand zu sehen.

„Sofort loslassen!", rief Elisabeth.

Der Kerl machte weiter, er schien sie nicht einmal mehr wahrzunehmen.

„Weg da, oder ich schieße! Drei, zwei, eins!"

Elisabeth drückte ab.

Den Bruchteil einer Sekunde geschah nichts, dann brach der Kerl zur Seite und fiel wie ein Klotz zu Boden. Einen Moment lang herrschte Stille. Elisabeth hörte ihren eigenen Atem und das durchdringende Piepen in den Ohren. Ihr Körper fühlte sich an, als sei er gelähmt, zu keiner Bewegung mehr fähig, wie in einem Wachtraum. Erst das ratternde Geräusch beim Hochziehen der altersschwachen Jalousie holte sie aus der Erstarrung. Sie zwang sich, langsam Richtung Wohnzimmer zu gehen. Dabei hielt sie die Waffe dicht am Körper. Als Elisabeth die Tür erreichte riss der Typ mit der Kapuze gerade die Terrassentür auf und türmte.

Morgengrauen

Auf dem Rückweg zur Dienststelle war Kahlberg beinahe im Wagen eingenickt, jetzt war er über den toten Punkt hinweg und hellwach. Es regnete noch immer heftig, aber das Gewitter schien weitergezogen zu sein, aus der Ferne war nur noch leises Grollen zu hören. Er lag mit geschlossenen Augen auf seinem Bett und konzentrierte sich auf das gleichmäßige Rauschen, um zur Ruhe zu kommen. Die Tür zur Dachterrasse stand sperrangelweit auf und das Fenster im Schlafzimmer war gekippt, feuchte Nachtluft strömte durch die Wohnung, es roch undefinierbar nach Erde und Grünzeug. Das dieser Geruch Petrichor hieß, hatte Imani ihm erklärt. Kahlbergs Gedanken schwebten zu diesem Moment zurück, zu dem Tag im letzten Jahr, als sich ganz Mecklenburg-Vorpommern wochenlang nach Regen gesehnt hatte, als alles knochentrocken und verbrannt gewesen war. Als der Platzregen kam, waren sie zusammen aus dem Wagen gestiegen, an einer Haltebuchte, irgendwo an einer Landstraße. Imani hatte sich mit ausgebreiteten Armen auf der Stelle gedreht, den Kopf im Nacken, den Regen im Gesicht. Dann hatte sie tief und hörbar durch die Nase eingeatmet. „Petrichor."

„Was?"

„Der Geruch von Regen, wenn er auf trockene Erde fällt."

Er hatte nie vorher davon gehört. Der Geruch war ihm nie aufgefallen bis zu diesem besonderen Augenblick, in dem ihm auch seine Gefühle für Imani bewusst geworden waren.

Der Mann mit der Kapuze war über die Terrasse in den Garten verschwunden. Elisabeth schloss hastig die Tür und ließ die Jalousie wieder herunter. Von Gerdas Festnetztelefon aus wählte sie den Notruf. Dann begann das Warten auf den Rettungsdienst. Gerda war bewusstlos, ihr Atem beängstigend schwach. Das Gesicht blutig von zwei Platzwunden an Stirn und Nase, die rechte Gesichtshälfte geschwollen. An ihrem Hals waren die Drosselungsmale deutlich zu erkennen. Elisabeth fühlte immer wieder nach dem Puls ihrer Freundin, ihr eigenes Herz hämmerte schmerzhaft.

Beinahe geriet sie in Panik, als es klingelte. Der Gedanke, dieser Mann könnte zurückgekommen sein, ließ sie zusammenzucken. Sie musste sich richtiggehend zwingen zur Haustür zu gehen. Erleichtert registrierte sie, dass es tatsächlich der Rettungsdienst war, der vor der Tür wartete.

Ohne ein Wort ging sie voraus ins Wohnzimmer, ganz so, als sei es die normalste Sache der Welt, dass dort auch noch ein Toter in seinem Blut lag.

„Was ist denn hier passiert?"

„Das weiß ich nicht. Ich habe alles so vorgefunden."

„Haben Sie die Polizei informiert?"

„Nein. Daran habe ich nicht gedacht. Ich musste mich doch erst um die Verletzte kümmern."

„Alles richtig gemacht. Setzen Sie sich mal in die Küche. Wir kümmern uns hier um alles weitere."

„Und die Polizei?"

„Das erledigen wir."

Elisabeth nickte. Sie war unendlich erleichtert, dass jetzt professionelle Hilfe für Gerda da war. Einen Augenblick lang sah sie Sanitätern und Notarzt bei ihrer Arbeit zu. Sie wirkten aufeinander eingespielt und routiniert, ihre Freundin war in guten Händen. Sie konnte hier nichts mehr tun. Ohne ein Wort verließ sie das Wohnzimmer. Im Flur nahm sie Gerdas kleines Adressbuch aus der Schublade des antiken Schränkchens an sich, hob das beschädigte Handy vom Boden auf und steckte es ein. Dann verließ sie das Haus und zog die Haustür leise hinter sich zu. Die Helfer hatten alle Hände voll zu tun, sicher hatte niemand registriert, dass sie einfach gegangen war.

Das Gewitter war weitergezogen, doch es regnete noch immer. Elisabeth war jetzt weit genug von dem kleinen Wohngebiet im Osten der ‚Riekdahler Wiesen' entfernt. Gefühlt hatte sie einen Marathon im strömenden Regen zurückgelegt, aber sie kannte sich hier aus, es waren nicht mehr als drei Kilometer gewesen. Der Bahnhof Rostock Kassebohm lag einsam, Züge fuhren um diese Zeit nicht mehr. Vor ein paar Minuten war ein Nachtbus abgefahren, leider nicht in ihre Richtung. Sie hatte während ihrer Flucht die Kälte nicht registriert. Nun, da sie bis auf die Haut durchnässt reglos im Bushäuschen saß, begann sie zu frieren. Sie zitterte, jeder Atemzug tat weh, sie war viel zu schnell gelaufen. Ihre Kleidung war triefend nass, sie stand allein in der Dunkelheit und hatte wieder einen Mann erschossen. Sie fühlte sich nur noch erschöpft. Wie sehr wünschte sie sich , einfach nur aus einem bösen Traum zu erwachen. Sie dachte fest an ihre Freundin. Ohne ihr Eingreifen wäre Gerda sicher nicht mehr am Leben. Ihr ‚Ausflug' hatte seinen Zweck erfüllt. Aber hätte es nicht anders laufen können? Hätte sie ihr Gefühl nicht einfach trügen können? Stattdessen hatten sich ihre schlimmsten Befürchtungen bewahrheitet. Sie hätte ihrer Vorahnung eher nachgeben müssen, Gerda warnen, sie am Bahnhof abfangen. Doch sie war untätig geblieben und das musste sie erst einmal verdauen. Zumindest hatte sie noch gehandelt, gehandelt, als es fast zu spät war. Wenn sie sich auf die Polizei verlassen hätte – nicht auszudenken. Gerda hatte es wohl nicht mehr geschafft einen Notruf abzusetzen. Aber sie selbst hätte es tun können. Der Gedanke kam ihr erst jetzt, hier im Bushäuschen. Das war nicht der einzige Fehler auf ihrem Konto. Keine ihrer Fehlentscheidungen konnte sie rückgängig machen. Und auch diesmal gab es Zeugen. Der Taxifahrer, er hatte sie vor Gerdas Haus abgesetzt, und da lag jetzt ein Toter. Ein Mann, niedergestreckt durch einen präzisen Kopfschuss. Sie war auf dem Hinweg erst am Bahnhof in das Taxi umgestiegen, zumindest wusste er nicht, wo sie wohnte. Gleich würde wieder ein Taxi kommen und sie in diesem desolaten Zustand einsammeln. Gott Dank war sie weit genug weg von dem Ort, an dem sich jetzt Sanitäter und ein Notarzt um Gerda kümmerten. Weit genug weg. War das nicht völlig egal? Sie war kein anonymes Gesicht mehr, auch Notarzt und Sanitäter hatten sie in Gerdas Haus gesehen. Sie sträubte sich gegen den Gedanken und jegliche Logik und hoffte, weder der Taxifahrer noch irgendjemand anderes würde sie wiedererkennen. Zumindest die Entscheidung, bei Gerda zu bleiben, war richtig gewesen. Sie hätte ihre Freundin in diesem Zustand niemals allein zurückgelassen.

Baier hatte keine fünfzehn Minuten im Carport ausgeharrt, als der Rettungswagen kam. Kurz danach war dann diese hirnverbrannte Alte an ihm vorbeimarschiert. Er hatte sich hinter dem Auto weggeduckt. Nicht auszudenken, was passiert wäre, wenn sie ihn entdeckt hätte. Welche Lügengeschichte sie den Sanitätern wohl aufgetischt hatte? Oder war sie rechtzeitig abgehauen? Das war wahrscheinlicher bei dem, was sie getan hatte.

Baier war ihr gefolgt, auf Abstand, bis zum Bahnhof Rostock Kassebohm. Es war inzwischen rattenkalt, durch das Gewitter hatte es ich merklich abgekühlt. Er war bis auf die Haut durchnässt, doch das war ihm scheißegal. Aus sicherer Entfernung behielt er sie jetzt im Auge, sie saß im Bushäuschen und telefonierte. Was wollte die hier? Richtung Bahnhof fuhr die nächsten Stunden nichts. Am liebsten wäre er sofort zu ihr rübergegangen, um sie in Grund und Boden zu treten, aber sie hatte ja die Wumme. Stattdessen stand er von Gesträuch verborgen in der Nähe des Parkplatzes. Aber sie sollte sich nicht zu sicher fühlen, er würde die Sache regeln, das war er Pascal und Radek schuldig. Am besten war es, gleich morgen Franky anzurufen. Sein Cousin saß zwar noch eine Weile, aber das war das geringste Problem. Er konnte Krake fragen, der wusste, ob Franky ein Handy in seiner Zelle hatte und welche Nummer man wählen musste. Wahrscheinlich kannte Franky jemanden, der ihm noch einen Gefallen schuldig war, am besten 'nen Typen, der nicht zimperlich war und der mit Schusswaffen umgehen konnte. *Die Drecksalte wird sich wundern, die wird um Gnade winseln.* Aber Gnade kannte er dann auch nicht mehr.

Ein Taxi hielt neben dem Parkplatz, die Frau erhob sich, ging darauf zu und stieg ein. Baier schluckte schwer, jetzt konnte er ihr nicht mehr folgen, wie sollte er dann herausfinden, wo sie wohnte? Im Licht der Straßenlaterne gelang es ihm die Aufschrift zu erkennen, Taxi Löbbe. Der Wagen fuhr los - und in dem Moment hatte er eine Idee.

Nachdem Kahlberg endlich weggedämmert war, hatte ihn sein Smartphone gleich wieder an die Oberfläche geklingelt. Es war kurz vor zwei, als er die Wohnung verließ und in den Wagen stieg. Die Straßen waren nachtleer, glänzend schwarz, es hatte aufgehört zu regnen. Er brauchte zehn Minuten bis zu Krohns Wohnung. Als sie zu ihm ins Auto stieg, sah sie so frisch aus, als habe sie ein freies Wochenende hinter sich.

„Wie kannst du so unverschämt gut aussehen? Ich glaube ich bin zu alt für sowas", maulte er.

„Zu alt für sowas?", wiederholte sie und lachte. „Du hast noch ein paar Jährchen bis zur Pension."

„Beinahe siebzehn", präzisierte Kahlberg. „In deinem Alter hat mir der Schlafentzug auch nicht so viel ausgemacht."

„Und? Wo geht's jetzt hin?"

„Vor den Wiesen."

„Was?", fragte sie. Sie klang ungläubig und ihre Stimme war gerade eindeutig zu laut.

„So habe ich auch reagiert."

„Da kommen wir gerade her, Rune."

„Ja, ich weiß."

„Was ist passiert?"

„Eine schwerverletzte Seniorin und ein Toter durch Kopfschuss."

Sie schwieg betreten. In ihrem Hirn lief vermutlich derselbe Film ab, der sich auch bei ihm abgespulte. Wahrscheinlich dachte er zu weit, die Umstände konnten anders sein als letzte Woche an der Straßenbahnhaltestelle. Aber wenn in einer Stadt wie Rostock zwei Menschen innerhalb einer Woche durch einen Kopfschuss zu Tode kamen, drängte sich doch der Verdacht an ein und dieselbe Täterin auf, sie waren schließlich nicht in Chicago.

„Mehr weißt du noch nicht?"

„Eine unbekannte Frau hat die Sanitäter reingelassen. Sie ist dann unbemerkt gegangen", antwortete Kahlberg.

„Elli?", fragte Krohn.

Kahlberg konnte problemlos ihren zweifelnden Unterton herauszuhören.

„Ich weiß nicht, was ich denken soll."

„Ich schließe mich an."

„Hier ist Peter Schmidt“, sagte Timo Baier. Er sprach so freundlich er konnte in sein Handy. „Ist da Taxi Löbbe?“

„Korrekt. Was kann ich für Sie tun.“

„Ich hab da ein Problem. Ich kümmere mich um meine Oma, die ist allerdings schon ziemlich durcheinander. Heute ist sie mal wieder abgehauen. Das macht sie dauernd. Demenz und so. Ich hab sie schon stundenlang gesucht. Hab es jetzt aufgegeben und bin nach Hause. Vorhin hab ich sie endlich auf dem Handy erreicht. Sie hat gemeint, dass sie jetzt mit Taxi Löbbe nach Hause fährt.“

„Und?“ Die Frage bestand nur aus einem Wort, trotzdem konnte Baier die Ungeduld heraushören. Vielleicht war es nicht so optimal gewesen mit einer derart langen Bandansage zu kommen.

„Ich bin mir nicht sicher, ob sie tatsächlich nach Hause unterwegs ist. Sie hat vorhin gesagt, sie wäre am Bahnhof Rostock Kassebohm. Vielleicht könnten Sie mir sagen ...“

„Ich darf ihnen da leider keine Auskunft geben.“

„Das weiß ich doch. Aber es ist ein absoluter Notfall. Ich mach mir total Sorgen. Sie rennt ja schon die halbe Nacht da draußen bei dem Gewitter herum. Ich würde ja selbst hinfahren, wenn ich ein Auto hätte.“

„Ich darf das wirklich nicht.“

„Oh Mann. Was soll ich denn nur tun?“

„Okay. Ganz große Ausnahme. Wir hatten vor kurzem tatsächlich eine Fahrt ab Bahnhof Kassebohm."

„Oh super, da bin ich total erleichtert. Echt jetzt. Ich hoffe, sie lässt sich auch zur richtigen Straße fahren. Letzten Monat hat sie sich nachts zum Zoo bringen lassen. Wir haben sie morgens erst gefunden, das war der Horror."

„Melden Sie sich in fünf Minuten nochmal, ich frage beim Fahrer nach."

„Vielen Dank, echt jetzt."

Die Verbindung wurde unterbrochen. Baier trat aus dem Bushäuschen, der Regen hatte aufgehört. Er setzte sich in Bewegung, bis zur nächsten Straßenbahnhaltestelle hatte er noch einiges an Fußweg. Nach einer Weile wählte er das Taxiunternehmen abermals an.

„Ich wollte mich ja wegen meiner Oma nochmal melden."

„Ich habe den Kollegen erreichen können, er fährt zum Falkenweg 27c."

„Oh, super. Danke. Dann fährt sie tatsächlich nach Hause." Baier freute sich ehrlich, da brauchte er sich nicht verstellen. „Echt Danke! War echt nett von ihnen."

„Gern."

Er beendete das Gespräch. Er hatte nicht damit gerechnet, dass es so problemlos gehen würde. Straße und Hausnummer wusste er jetzt, die Ecke kannte er, das waren bis auf wenige Ausnahmen alles große Wohnblocks. In welche der Wohnungen sich die Alte verkrümelt hatte, das würde er auch noch herausbekommen.

Im Wendehammer vor dem Haus standen die Wagen der Spurensicherung, Benno Sievermanns Volvo, ein Streifenwagen und noch einige Autos mehr. Etliche Leute standen in der Nähe der Straßenlaterne, einige mit Kamera bewaffnet.

„Ich frage mich, woher die Presse so schnell Wind bekommen hat", sagte Kahlberg. „Die sind noch vor uns da, das darf doch echt nicht wahr sein."

„Ignorier sie", schlug Krohn vor. „Das ist besser für den Blutdruck, können wir eh nicht ändern."

Er parkte neben der Wiese auf dem Grünstreifen. Als sie ausstiegen, fuhr ein Leichenwagen an ihnen vorbei. Am Wagen der Spurensicherung versorgten sie sich mit Einweganzügen, an der Gartenpforte wurden sie von zwei Presseleuten bedrängt. Sie bahnten sich kommentarlos den Weg und zogen sich vor dem Eingang die Schutzkleidung über. Im Flur lag ein geöffneter Koffer, der Inhalt achtlos auf dem Fußboden verstreut.

„Mein Gott", sagte Krohn. Mehr kam ihr nicht über die Lippen als sie im Wohnzimmer standen. Der Ausruf galt nicht dem Toten und auch nicht dem blutigen Gesamtbild des Tatorts. Krohn wusste jetzt, dass es kein Zufall gewesen sein konnte.

Die Leiche lag neben einem hellen, blutverschmierten Sessel mit hoher Rückenlehne, der Tote sah verdächtig nach Radek Matschulak aus. „Mein Gott“, wiederholte sie. Der Gedanke, die alte Dame könnte auch für dessen Tod verantwortlich sein, machte sie beinahe fassungslos. „Denkst du das gleiche wie ich, Rune?“

„Das war bestimmt diese ‚Killer-Elli‘ aus der Straßenbahn.“ Ein Kollege mischte sich so ungefragt wie unqualifiziert ein.

Sie ignorierte seine Einschätzung. Auch wenn sie selbst diesen Gedanken hatte, gab es noch keinerlei konkrete Anhaltspunkte. Außerdem mochte sie die Bezeichnung ‚Killer-Elli‘ nicht. Dieser Name implizierte Kalkül und Krohn wollte nicht glauben, dass die Seniorin eine kaltschnäuzige Mörderin war. Dennoch, hier lag ein Toter, niedergestreckt durch einen Kopfschuss. Und ebendieser Mann war vor nicht einmal einer Woche dabei gewesen, als sein Kumpan von einer Seniorin erschossen wurde. Die Tatsache, dass es hier eine schwerverletzte Seniorin gab, deutete allerdings darauf hin, dass auch in dieser Nacht eine Notsituation vorgelegen haben könnte. Von den Vorkommnissen in dem Haus am Ende der Sackgasse gab es diesmal kein Video und vermutlich auch keine Zeugen. Aber wie passte das alles zusammen? Sie schaute Kahlberg hinterher, der schweigend durch das Wohnzimmer schritt und alles in

Augenschein nahm. Eine Kollegin von der Spurensicherung verstaute ihre Fotoausrüstung. Jetzt standen Kahlberg und Sievermann zusammen, die sahen beide nicht besonders frisch aus.

Krohn gesellte sich zu ihnen.

„Die Patronenhülse haben wir im Flur gefunden, außerdem kleine Glasfragmente“, erklärte der Leiter der Spurensicherung. „Im Schlafzimmerschrank gibt es einen Einbautresor, der ist allerdings nicht geöffnet worden. Aber es wurde versucht, das Ding auszubauen. Überall gibt es Fingerabdrücke. Es wurde alles durchwühlt, was an Schränken und Schubladen da ist, einschließlich Küche und Bad. Sieht schwer nach einem Einbruch aus.“

„Das könnte es auch gewesen sein“, sagte Kahlberg. „Aber den Verlauf, den das Ganze genommen hat, kann ich mir nicht erklären. Wir waren am Abend bereits hier, zwischen einundzwanzig Uhr und Mitternacht. Ein Anwohner hatte zwei verdächtige Personen gesehen, er glaubte Matschulak und Baier erkannt zu haben.“

„Heute Abend?“, hakte Sievermann nach. „Hier im Haus?“ Er konnte sein Erstaunen nicht verbergen.

„Nein,“ winkte Krohn ab. „Nicht hier im Haus. Wir sind die Gegend abgelaufen und haben dann eine Weile vom Wagen aus, die Straße beobachtet.“

„Wir haben nichts Verdächtiges bemerkt und sind kurz vor Mitternacht zur Wache zurückgefahren", bestätigte Kahlberg. „Und jetzt frage ich mich: Wieso ist Matschulak ausgerechnet in dieses Haus eingestiegen?"

„Jede Wette, dass auch Baier mit im Haus war und nicht nur Schmiere gestanden hat. Wir werden Spuren von ihm finden", sagte Krohn.

„Dann ist er vermutlich Tatzeuge. Matschulak wurde wie Pascal Wetzki durch einen Kopfschuss getötet. Und wenn es tatsächlich diese Elli war, woher wusste sie, was Baier und Matschulak vorhatten?"

Wahrscheinlich hatte sie sich eine Erkältung eingefangen, sie war die ganze Zeit in den nassen Sachen herumgelaufen. Der Temperatursturz hatte es nicht besser gemacht. Er war wie vorhergesagt eingetroffen, doch sie hätte in dieser Nacht auf eine solche Abkühlung gern verzichtet. Elisabeth erschauderte, die Kälte war ihr bis auf die Knochen gezogen. Der nette Taxifahrer hatte für sie noch die Heizung aufgedreht, das hatte nur leidlich geholfen. Diese nette Geste war ihr dennoch ein ordentliches Trinkgeld wert gewesen. Die triefnasse Kleidung legte sie in eine Wäschewanne aus Plastik, darum würde sie sich morgen kümmern. Auch um die Waffe, die noch gereinigt werden musste. Sie ging unter die Dusche. Nachts war das wegen der Ruhestörung nicht erlaubt, und sie hielt sich sonst an die Regeln. Aber Menschen zu erschießen war auch nicht wirklich statthaft, da war ein bisschen Duschen das kleinere Übel. Die letzten Nächte waren so warm gewesen, dass sie in Unterwäsche geschlafen hatte. Sie frottierte sich ab und schlüpfte in einen Shorty, mit dem Haartrockner bearbeitete sie nicht nur ihr Haar, sondern hielt ihn auch an ihre noch immer kalten Füße. Sie entschied sich, noch einen Roggensack zu erwärmen, um ihn mit ins Bett zu nehmen, die Decke zog sie bis ans Kinn. Als sie erschöpft die Augen schloss, war sofort das Bild von Gerda in ihrem Kopf, bewusstlos, mit Blut im Gesicht und den Striemen am Hals. Ihre Freundin Gerda, freundlich, nichtsahnend, an den Sessel gebunden und misshandelt. Und sie, Elisabeth, trug die Schuld daran. Sie hätte die Straßenbahn nicht verlassen dürfen, sie hätte der Polizei bereits da alles erklären müssen.

Der Schuss in der Bahn hat die Katastrophe ausgelöst. Mit meinem Schweigen habe ich die weiteren Ereignisse in Gang gebracht. Ich selbst habe das Ganze ermöglicht.

Ihre eigene Situation hatte sich heute Nacht auch nicht verbessert. Letzten Freitag hätten viele Menschen die Gefahr bezeugen können, dafür, dass sie auch Gerdas Kopf im wahrsten Sinne des Wortes aus der Schlinge gezogen hatte, dafür gab es keine Zeugen. Und so war sie auch heute vom Tatort verschwunden, nicht unter Schock und wie ferngesteuert, sondern ganz bewusst. Der verdammte Brief an die Krankenkasse, er war *doch* diesen Kerlen in die Hände gefallen. Weshalb hatte sie ihre Befürchtungen so leichtsinnig beiseite gewischt? Vermutlich hatten die auch ihr Halstuch, damit musste sie zumindest rechnen. Aber mit dem Schriftzug „Elli" konnten Dritte nichts anfangen. Die größten Sorgen machte sie sich um Gerda. Auch wenn die Verletzungen heilten, unter dem seelischen Schaden würde sie den Rest ihres Lebens leiden. Unwillkürlich überkamen Elisabeth die Tränen, sie setzte sich im Bett auf und schluchzte. Mit dieser Schuld musste sie für immer leben. Gerda würde ihr das nie verzeihen können, wenn sie erfuhr, dass ihre eigene Freundin dieses Desaster verschuldet hatte. Es wäre besser, sie würde es niemals erfahren. Doch die beste Freundin bis ans Lebensende belügen? Nein, das funktionierte auch nicht.

Vier Stunden Schlaf hatte Imani Krohn bekommen, das musste reichen. Momentan fühlte sie sich fit, aber sie kannte sich, der Durchhänger nach solchen Nächten würde am frühen Nachmittag folgen. Kahlberg sah noch genauso fertig aus wie in der Nacht. Nachdem er das Team über die Geschehnisse in der Straße ‚Vor der Wiese' in Kenntnis gesetzt hatte, stand er am Whiteboard und ergänzte Informationen. Auf der rechten Seite, auf der in gerader Reihe untereinander die Fotos von Pascal Wetzki, Timo Baier und Radek Matschulak angebracht waren, schrieb er das Todesdatum von Matschulak, der bereits in der Früh eindeutig anhand seiner Fingerabdrücke identifiziert worden war. Das Feld ohne Foto mit dem Eintrag unbekannte Täterin, das bereits durch einen Strich mit Pascal Wetzki verbunden war, verband er auch mit Radek Matschulak, fügte jedoch ein Fragezeichen hinzu und ergänzte ein leeres Feld direkt darunter. Die Spalte links mit den Geschädigten und Zeugen aus der Straßenbahn, blieb unberührt. Mittig unterhalb der drei Männer und der unbekannten Täterin eröffnete er einen weiteren Bereich, in den er Gerda von Langerdess eintrug, die Seniorin, die in der Nacht in ihrem Haus überfallen und beinahe erdrosselt worden war. In diesem Bereich haftete auch ein Fotoabzug, auf dem vier Frauen zu sehen waren. Das Original hatte im Haus von Gerda von Langerdess gelegen, in einem hellen Bilderrahmen, achtlos auf dem Couchtisch abgelegt. Dabei hatten alle anderen Fotos sorgsam arrangiert auf dem Sideboard gestanden. Den Zeitstrahl am oberen Rand des Boards ergänzte Kahlberg durch das gestrige und heutige Datum und notierte ‚Vor der Wiese 11'. Er drehte sich zu seinem Team um. „Habe ich alles, Imani?", fragte er.

„Du könntest noch die Rettungssanitäter und den Notarzt eintragen. Sie waren als erste vor Ort und haben die Frau gesehen, die sich um die Verletzte gekümmert hat. Wir sollten die Mannschaft des RTW zeitnah befragen."

Kahlberg nickte und trat an das Bord.

„Du wolltest wohl sagen, die Frau, die Matschulak erschossen hat", verbesserte Göthefeld.

„Nein, Elisa. Das wollte ich nicht sagen. Es gibt bislang keine Anhaltspunkte dafür, dass die Ersthelferin auch geschossen hat", widersprach Krohn energisch.

„Bei Matschulak konnte bei der ersten Inaugenscheinnahme keine Austrittswunde gefunden werden. Ich gehe davon aus, das Dr. Jessen ihn am Samstag obduzieren wird und das Projektil dann sofort in die Ballistik geht. Danach wissen wir mehr."

„Ob es die Makarow war", warf Fiona Lambers ein.

„Selbst dann wissen wir nicht, ob die Frau aus der Straßenbahn mit dieser Makarow geschossen hat", erklärte Krohn.

„Das können wir doch annehmen. Außerdem ist es unwahrscheinlich, dass Baier seinen Komplizen erschossen hat, oder der große Unbekannte. Weshalb nimmst du die Frau in Schutz, Imani? Sie ist doch nicht deine Oma", ätzte Göthefeld.

„Bleib sachlich, Elisa." Krohn bremste ihre Kollegin umgehend aus. „Ich halte mir alle Denkrichtungen offen. Wenn die Indizien tatsächlich auf die Frau in der Bahn hinweisen, klinke ich mich gern mit ein. Aber nicht jetzt, wir haben nichts Handfestes."

„Wer kümmert sich um die Befragung von Frau von Langerdess?“, fragte Kahlberg. Dadurch setzte er auch der Diskussion ein Ende.

„Da kann ich hinfahren“, erklärte sich Göthefeld bereit. „Uniklinikum?“

Kahlberg nickte. „Ruf vorher an. Ich hatte um Meldung gebeten, sobald sie vernehmungsfähig ist, hab aber noch nichts vom Klinikum gehört.“

„Okay. Womöglich haben die vergessen, uns zu informieren. Ich kläre das vorher ab.“

„Frau Lambers, würden Sie die Kollegin begleiten?“

Das ‚Ja‘ auf Kahlbergs Frage kam deutlich, sie nickte eifrig, als sei eine zusätzliche Bestätigung notwendig. „Mach ich“, schob sie noch hinterher.

Die muss noch deutlich lockerer werden, befand Krohn. Das Mädchen hatte sich bisher ordentlich geschlagen, sie hatte einen überdurchschnittlichen Abschluss, brachte sich ein, und im Schießtraining war sie überzeugend. Es gab keinen Grund für Lambers, sich so klein zu machen. Krohn dachte kurz an ihre Zeit als Anwärterin. War sie da auch so unsicher und schüchtern gewesen?

„Imani, übernimmst du zusammen mit Achim die Zeugenbefragungen RTW?“, fragte Kahlberg. Seine Stimme holte sie aus ihren Gedanken.

„Ja klar. Wir versuchen das heute noch hinzukriegen.“

„Jep“, sagte Schneider.

Baier hatte bis nach Mittag fest geschlafen. Irgendeine Scheiße hatte er geträumt, aber er konnte sich nicht erinnern. Er rutschte von der Couch und schlurfte zur Tür. Draußen neben der Datsche pinkelte er ins nasse Gras. In den Kiefern lärmten Krähen, Baier deutete mit der Hand eine Waffe an und richtete sie nach oben. Das Desaster der letzten Nacht waberte wie Brei in seinem Kopf. Er hatte das Gefühl, das alles ein schlechter Film war und nicht wirklich geschehen sein konnte. Zurück in der Datsche steuerte er auf die Anrichte zu. Einige Schlucke von dem billigen Whiskey nahm er direkt aus der Flasche, dann goss er noch ein fleckiges Glas voll, das auf dem Tisch stand und ließ sich auf die Couch sinken. Er steckte sich eine Zigarette an und seine rechte Hand zitterte leicht, als er den ersten Zug nahm. Seine zwei besten Kumpels, nein, seine einzigen Kumpels waren tot. Das ging nicht in seinen Schädel. Vor einer Woche hatten sie noch gemeinsam hier gesessen, gesoffen und geraucht, laut Faschobands gehört, blöde Witze gemacht und beschlossen, Rostock am Wochenende mal wieder so richtig aufzumischen. Sie waren natürlich keine Nazis, aber die Mukke war halt geil. Die Texte, die waren voller Wahrheit, da kriegte jeder, was er verdiente, die Schlampen, die Bullen und die Kanacken. Letzte Woche, da war alles noch im grünen Bereich gewesen. Jetzt hing er hier alleine ab, und er hätte nicht geglaubt, wie ätzend sich das anfühlte. Radek würde nicht polternd durch die Tür kommen und auch Pascal würde er nie wieder sehen. Nie!

Während draußen noch immer die Krähen lärmten, starrte er bewegungslos vor sich hin. Eine halbe Ewigkeit. Ein unsichtbarer Betonklotz senkte sich langsam auf ihn herab. Da sprang er unvermittelt auf und schrie mit aller Gewalt die Wand an. Das war gut!

Er trank das Glas leer und schenkte nochmal nach. Kurzentschlossen griff er zum Handy und wählte. Es dauerte lange, bis sich jemand meldete, die Stimme klang genervt.

„Was willst du, Timo?"

„Hey, Krake! Ich brauch ne Info."

„Kannste vergessen."

„Ist wichtig."

„Nicht für mich."

„Ich will nur wissen, ob Franky ein Handy hat."

„Ich krieg noch nen Hunni von dir, du Pisser."

„Weiß ich." So ein Mist, daran hatte er gar nicht mehr gedacht.

„Was ist mit der Kohle?"

Baier fiel ein, dass Pascal noch ein paar Scheine deponiert hatte, vielleicht reichte das. „Die Kohle hab ich zusammen, kannste sofort kriegen."

„Bist du in Frankys Datsche?"

„Ja, wo sonst?"

„Halbe Stunde, dann bin ich da."

Baier hatte nicht damit gerechnet, dass Krake

gleich rüberkommen würde. Der konnte echt unangenehm werden, wenn ihm was nicht passte. Wo hatte Pascal das verdammte Geld hin gepackt? Baier begann zu suchen, das hatte ihm noch gefehlt. Ob Krake von Pascals Tod wusste? Da konnte er von ausgehen, sowas sprach sich in Windeseile rum. Aber von Radek wusste er mit Sicherheit noch nicht. Da war vor kurzem erst was im Radio gekommen, ohne Namen. Ein erschossener Einbrecher, eine schwerverletzte Seniorin.

Die blöde Tante hätte doch bloß den Mund aufmachen müssen. Die war doch selbst schuld. War alles scheiße gelaufen. Die Alte hatte die Tür aufgeschlossen und im Flur telefoniert. Aber dummerweise war es die falsche Frau. Das hatte er sofort bemerkt. Im Wohnzimmer hatte das Foto gestanden, mit den vier Frauen. Da war diese Frau aus der Straßenbahn mit drauf gewesen. Die nannten jetzt alle Killer-Elli, zumindest im Internet. Baier hatte so richtig die Hasskappe, da wurde die Dreckschlampe von einigen noch abgefeiert. „Mann“, brüllte er. Er schlug die Tür der Anrichte mit Wucht zu. Das Geschirr mit den angetrockneten Essensresten schepperte. Wo war das verdammte Geld? Er begann damit, die kleine Küche systematisch zu durchsuchen. Leere Pizzakartons stapelten sich in einem Wäschekorb neben dem Kühlschrank. Unter einer Tüte Nudeln ganz hinten im Hängeschrank wurde er fündig. Hastig zählte er die Scheine durch und fluchte. Sechzig Euro, das reichte nicht. In seiner Winterjacke, die in dem eintürigen Kiefernschrank im Eingangsbereich lag, fand er noch zehn Euro zerknüllt in der Innentasche. In der Reservetasse lag etwas Kleingeld, insgesamt kam er damit auf sechsundachtzig fünfzig. Das Kupfergeld brauchte er nicht erst anzubieten, das würde ihm Krake vor Wut in den Rachen stopfen.

Göthefeld steckte den Kopf in den Befragungsraum, der Sanitäter war gegangen. „Sollen Fiona und ich den anderen Sani übernehmen? Die Seniorin liegt weiterhin auf Intensiv, das wird die nächsten Tage noch nichts. Wir hätten Zeit."

„Gern, danke", sagte Krohn. Sie hatte keine Ahnung, ob sie den Vorschlag auch als Friedensangebot werten konnte. „Dann kümmern wir uns um den Notarzt. Der war schon ungehalten, als er erfahren hat, dass er heute noch hierherkommen muss."

„Na, dann viel Spaß", sagte Göthefeld.

Krohn hatte Kaffee angesetzt, eine Tasse vor sich zu haben konnte helfen, eine Befragung geschmeidiger zu starten. Als sie in die Teeküche kam, war die Kanne leer. Sie seufzte, war doch ständig das Gleiche mit den Koffeinjunkies. Also nochmal das Ganze. Schneider war für eine kurze Raucherpause nach draußen gegangen. Jetzt, wo Göthefeld den zweiten Sanitäter übernahm, hatten sie ein wenig Luft. Von weitem konnte sie Kahlberg sehen, wie er mit Kriminaldirektor Reisicke diskutierte, auch das war ständig das Gleiche. Vermutlich kamen sie direkt aus der Pressekonferenz. Es gesellte sich noch Staatsanwalt Druschke zu den beiden, schlechtes Setting für Kahlberg. Krohn hatte den Ehrgeiz, in einigen Jahren eine Teamleitung zu übernehmen, das konnte sie sich durchaus vorstellen. Aber in der letzten Zeit schreckte sie das ganze unerfreuliche Nebenher doch eher ab. KD Reisicke war ehrgeizig und ungeduldig, was im Prinzip kein Problem darstellte, doch er war ebenso cholerisch. Und Druschke war die Sorte Staatsanwalt, den man nicht als Weisungsbefugten brauchte. Die Zusammenarbeit mit ihm war anstrengend, und das hatte seinen Grund. Er lastete eigene Fehlentscheidungen gern den Ermittlern an, es war ein ständiges Gefühl fehlender Rückendeckung. Krohn war froh über jeden Fall, den sie für einen andern Staatsanwalt ermittelten. Aber Druschke und KD Reisicke waren nun mal da und Kahlberg versuchte, so reibungslos wie möglich mit ihnen klarzukommen. Er stellte sich auch mit breiter Brust vor sein Team, wenn Angriffe von oben drohten.

Schneider kam zügigen Schrittes auf die Teeküche zu, er sog hörbar die Luft durch die Zähne ein.

„Sieht nach Ärger aus, da hinten“, kommentierte er.

„Habe ich gesehen. Mit denen wird Rune schon fertig."

„Ich hätte da keinen Bock drauf, ständig dieses Theater für ein paar Kröten mehr."

„Die beruhigen sich auch wieder. Ist der Arzt inzwischen da?"

„Ne. Ich hoffe, der kommt noch."

Als Schneider und Krohn auf den Korridor traten, drückte sich ein Mann Mitte Vierzig an der Dreiergruppe vor dem Treppenhaus vorbei und kam auf sie zu. „Bin ich hier richtig? Ich sollte zu einer Befragung kommen."

„Dr. Möller?"

„Ja. Ich bin ein bisschen zu früh, ich bin direkt nach meiner Schicht hier rübergefahren."

„Danke, dass sie trotz ihrer Arbeitsbelastung noch kommen konnten", sagte Krohn. Joining, das Gespräch durch Empathie auf einer positiven Ebene starten. Das hatte sie in Workshops zur Gesprächsführung gelernt. „Ich habe einen Heidenrespekt vor dem, was sie leisten."

„Na ja. Der Job, den sie hier machen, ist ja auch nicht ohne", erwiderte er.

Sie betraten den Besprechungsraum und Schneider bot dem Mann einen Platz an.

„Kaffee?", fragte er.

„Gern, der hält mich vielleicht noch in der Spur. Ich bin schon dreißig Stunden auf den Beinen und hätte jetzt dringend Schlaf gebraucht."

„Verstehe ich“, bestätigte Krohn. „Umso besser, dass sie es noch einrichten konnten.“

Schneider schob jedem einen gefüllten Kaffeebecher zu und setzte sich.

„Milch oder Zucker?“

„Danke, schwarz.“ Unvermittelt schaute der Arzt zu Krohn und wirkte dann peinlich berührt.

„Können wir das Gespräch aufzeichnen?“, fragte Schneider. Er rettete den Moment, ob bewusst oder unbewusst, mochte Krohn nicht entscheiden. Das heutzutage jedes Wort auf die Waagschale gelegt wurde ging ihr dermaßen auf den Senkel! Das führte dann zu solch unsinnigen Momenten. Es stand außer Frage, dass man seine Worte bedacht wählen musste, aber man konnte es auch übertreiben. Sie selbst trank den Kaffee auch schwarz, und als Jugendliche war sie mit ihrer Clique von „Bleichgesichtern“ mehr als nur einmal „schwarzgefahren“. Schwarz war für sie gleichbedeutend mit Dunkel, nachts war auch das Meer dunkel, dann hatte es einen edlen Glanz und war geheimnisvoll, es war doch nichts Schlimmes daran. Herablassung und Boshaftigkeit entstand in den Köpfen der Menschen, da konnten selbst neutrale Begriffe ihre Unschuld verlieren. Bei solchen Leuten musste man aufpassen, in dem Moment musste man Stellung beziehen.

„Befragt wird Dr. Erik Möller“, sagte Schneider und sprach die weiteren Personalien auf das Band.

„Sie haben gestern den Einsatz um 0.30 Uhr in der Straße ‚Vor der Wiese' in Haus Nummer elf gefahren. Schildern Sie uns bitte die Vorkommnisse."

„Der Notruf kam um 0.18 Uhr rein, das habe ich vorhin nachgesehen. Ich bin dann mit den diensthabenden Sanitätern Werner Paulmann und Kilian Grave los. Wir waren dann um 0.32 Uhr an besagtem Haus. Grave hat geklingelt und eine ältere Dame hat geöffnet. Ich würde sagen so um die siebzig, dunkel gefärbte Haare. Die Frau war klitschnass, sie sah aus, als sei sie eben erst von draußen reingekommen. Zuerst hat sie keinen Ton von sich gegeben, sie hat uns nur reingewinkt."

Möller nahm einen Schluck Kaffee, bevor er fortfuhr.

„Sie hat uns reingelassen, und bereits im Flur roch es deutlich nach Alkohol. Ich bin trotzdem nicht davon ausgegangen, dass sie getrunken hatte. Sie machte einen absolut nüchternen Eindruck. Wir sind ihr in Richtung Wohnzimmer gefolgt. Schon vom Flur aus konnte ich sehen, dass da jemand am Boden liegt. Ich habe zuerst gedacht, dass es um den Mann geht, obwohl beim Notruf von einer Frau die Rede war. Ich war baff, der Mann, der da lag, war tot. Der lag mit dem Kopf in einer Blutlache und hatte ein Loch im Schädel, es sah nach einer Schussverletzung aus."

„Hat sich die Frau dazu geäußert?", schaltete sich Krohn ein.

„Ich habe sie gefragt, was passiert ist. Sie hat erklärt, dass sie es nicht weiß. Sie hat die Situation wohl so vorgefunden. Ich habe mich dann noch erkundigt, ob sie bereits die Polizei informiert hat. Das war nicht der Fall. Sie hatte sich um die Verletzte gekümmert, und das war auch eine gute Entscheidung."

„Wie war der Zustand der Verletzten, als Sie eintrafen?", hakte Schneider nach.

„Die Frau im Sessel war bewusstlos, das Gesicht war blutig und geschwollen und am Hals waren Drosselungsspuren zu erkennen. Es war nicht zu übersehen, dass auch der rechte Arm gebrochen war. Wir haben sie stabilisiert und unverzüglich in den RTW gebracht. Sie war in kritischem Zustand."

„Und die andere Frau? Welchen Eindruck hatten Sie?"

„Es ist durchaus möglich, dass sie unter Schock stand. Aber wir hatten ja schon alle Hände voll zu tun. Ich habe sie gebeten sich in der Küche hinzusetzen. Als wir die Verletzte im RTW hatten, habe ich nach der Ersthelferin gesehen. Ein Schockzustand darf auf keinen Fall unterschätzt werden. Aber sie war nicht mehr im Haus."

„Hat sie ihren Namen genannt?" fragte Krohn.

„Nein. Daran würde ich mich erinnern. Kollege Paulmann hat dann die Polizei informiert und Grave ist sogar noch in den Garten gegangen, um nach der Frau zu sehen. Wir konnten nicht ausschließen, dass auch sie ärztliche Hilfe benötigt."

„Sie haben also nicht mitbekommen, wann sie gegangen ist?"

„So ist es."

„Okay", sagte Schneider. „Dann wars das erst mal. Sie melden sich ..."

„... falls mir noch etwas einfällt", beendete der Arzt den Satz.

„Willst du mich verarschen, Timo?"

„Ich hab's nicht richtig gezählt, Manno. Ich dachte es wäre mehr. Du kriegst den Rest."

„Klar krieg ich den Rest, wäre ja noch schöner." Krake griff den Laptop vom Tisch und klemmte ihn sich unter den Arm.

„Hey, den brauch ich", protestierte Baier.

„Den nehme ich mit, bis du das Geld hast."

„Ist doch Scheiße."

„Ja, isses auch. Schieb die Kohle rüber, dann kriegste das Ding zurück."

„Aber ich brauch Frankys Handynummer."

„Kann ich dir geben, aber nur die ersten neun Ziffern, das passt dann für Achtzig Euro." Krake grinste.

„Sechsundachtzig fünfzig."

„Die sechs fünfzig sind Zinsen, ich krieg noch zwanzig, glatter Betrag."

„Du spinnst wohl total. Du hast doch jetzt den Laptop als Pfand. Verdammt, ich brauch die Nummer! Pascal ist tot und Radek auch."

Krake wusste noch nichts von Radeks Ableben, das war seinem Blick deutlich anzusehen.

„Wie jetzt?"

„Die Alte hat Radek das Hirn weggeblasen. Den hat sie auch auf dem Gewissen, genau wie Pascal."

„Woher weißt du das?"

„Ich war dabei, Mann. Wir wollten sie aufmischen, aber es war die Falsche. Dann war da auf einmal die Richtige im Flur."

„Was laberst du? Wen aufmischen? Welche Falsche?"

„Wir sind bei ihr eingestiegen, bei der Alten aus der Straßenbahn, die Pascal erschossen hat. Aber das war gar nicht ihr Haus."

Es erschien ein Hauch von Erkenntnis in Krakes Gesicht. „Die Sache bei der Riekdahler Wiese?"

Baier nickte. „Sie ist da aufgetaucht und hat Radek erschossen. Wir waren dabei, die Frau, die da wohnt, zu verhören."

„Verhören?" Krake lachte. „Hauptkommissar Matschulak und sein Kollege. Baier, hol schon mal den Wagen."

„Das ist nicht witzig. Verdammte Scheiße, Radek ist tot."

„Ich hab nicht über ihn gelacht."

„Ich will die Alte drankriegen. Aber das kann

ich nicht alleine. Die ist total abgebrüht."

„Die heißt nicht umsonst Killer-Elli." Krake grinste spöttisch.

„Du gehst mir sowas von aufn Sack. Kapierst du's nicht? Die drückt einfach ab, da kennt die nichts."

„Und unser Franky soll dir Verstärkung organisieren?"

Baier nickte. „Am besten einer, der ne Knarre hat und damit umgehen kann. Einer der nicht zimperlich ist."

„Du willst sie umlegen?"

„Was sonst. Und sie soll bezahlen, vorher brech ich ihr alle Knochen einzeln."

„Macht euch einen guten Plan, nicht dass du im Bau landest, Wand an Wand mit Franky-Boy."

„Glaub mir, Krake, ich hab alles im Griff."

Der Brief war an die Dienststelle Ulmenstraße adressiert und war am Morgen per Post gekommen. Kahlberg hatte ihn erst jetzt, gegen Abend erhalten. Als die Verwaltungskraft gemutmaßt hatte, der Jugendliche auf dem Foto könne im Inneren einer Straßenbahn sitzen, war der liegengebliebene Brief doch noch bei ihm gelandet. Das Foto war mit Sicherheit zugeschnitten, so nah hatte niemand vor dem jungen Mann gestanden und unbehelligt fotografiert. Es war ein schmaler Rand zu sehen und an einer Seite war eine verdächtig helle Stelle, womöglich vom Kleidungsstück eines weiteren Fahrgastes. Knapp über der Rückenlehne des vorderen Sitzes war ein Smartphone zu erkennen. Sollte dieses Foto ein Hinweis auf denjenigen sein, der die Tat in der Straßenbahn gefilmt hatte? Kahlberg seufzte, selbst in seinem Kopf war der Name Killer-Elli bereits Programm, obwohl es keinen Hinweis darauf gab, wer die Frau tatsächlich war. Sie hatte in der Bank vor dem Jugendlichen gesessen, und die helle Stelle auf dem Foto war vermutlich ihr Mantel. Kahlberg versuchte in die andere Richtung zu denken, derjenige, der für diesen Schnappschuss verantwortlich war, musste auf dem Video zu sehen sein, das Bild war aus der Richtung aufgenommen. Das mussten sie übersehen haben. Den Film hatten sie sich zigmal angesehen, vermutlich waren sie zu intensiv auf die Frau mit der Schusswaffe konzentriert gewesen. Er fuhr den Rechner hoch, den er vor einer viertel Stunde erst heruntergefahren hatte. Er hätte ein oder zwei Kollegen brauchen können, doch er selbst hatte sein Team vor zehn Minuten in den Feierabend geschickt. Die Woche war für alle belastend gewesen. Es war durchweg spät geworden, seit sie den Fall übernommen hatten. Wenigstens hin und wieder mussten seine Leute die Chance haben, ihren Speicher leidlich aufzufüllen.

Als der Film lief, lehnte sich Kahlberg in seinem Schreibtischstuhl zurück und versuchte den Szenen zu folgen. Er konzentrierte sich weder auf die drei Männer noch auf die Frau mit der Waffe. Es brauchte einige Durchläufe, bis er sich sicher war. Der anonyme Hinweis kam von Nora Schewe.

Freitag der Vierzehnte

Auf dem Rückweg vom Bäcker rauchte Achim Schneider noch eine Zigarette. Der kurze Fußweg war Wellness für ihn, er konnte den Kopf freibekommen, während er entspannt die Straße entlanglief, und sich auf die Wolken konzentrierte. Der Verkehr rauschte gleichmütig an ihm vorbei, bis Schneider in das ruhige Wohngebiet abbog. Seine Beine kannten den Weg zwischen Reihenhaus und Bäckerei auswendig, das Frühstück lag in seiner Zuständigkeit, auch dann, wenn Margitta zu Hause war. Er war auch der „Bevollmächtigte" für Staubsauger, Waschmaschine und Bügeleisen, aber das brauchte von den Kollegen niemand zu wissen. Womöglich hielten sie ihn dann für ein Weichei. Er selbst wusste es besser, sie teilten sich die Aufgaben so auf, dass sie beide halbwegs zufrieden waren. Als er die Haustür aufschloss, waren Linus und Emma lautstark zu hören. Sie stritten oben und einer von beiden schlug eine Tür zu.

„Macht mal so weiter“, rief Schneider nach oben. „Dann könnt ihr mit dem Rad zur Schule fahren.“ Er schüttelte den Kopf, legte die frischen Brötchen in den Korb auf dem Küchentisch und schaltete die Kaffeemaschine ein. Er gönnte Margitta die Kur, er hatte sie sogar dazu überredet. Er hatte nur nicht damit gerechnet, dass sie noch eine Verlängerung bekommen würde. Aber die letzten zehn Tage würde er auch noch mit Würde überstehen. Morgens war es anstrengend, das musste er unumwunden zugeben, danach waren die Zwillinge in der Ganztagsschule und gingen anschließend zur Oma. Nach der Arbeit holte er sie dort ab. Die Wochenenden waren entspannt abgelaufen, besonders dann, wenn er keinen Dienst gehabt hatte. Der Tumult in der oberen Etage des Reihenhauses legte sich und Schneider griff zur Zeitung. Auf der Seite „Rostock und Umgebung“ fiel ihm sofort ein Foto ins Auge. Er sog die Luft langsam durch die Nase ein und kniff die Augen zusammen. Ein Notarztwagen stand vor einem Haus, eine Straßenlaterne warf leidlich Licht auf die Szenerie.

Einbrecher getötet – Seniorin in Lebensgefahr

In einem Wohngebiet nahe der Riekdahler Wiese wurde in der Nacht auf Donnerstag eine Seniorin in ihrem Haus überfallen und lebensgefährlich verletzt. Nach unbestätigten Berichten geht die Polizei von zwei Tätern aus, von denen einer tot im Haus

der Seniorin aufgefunden wurde. Zum Tathergang und den Todesumständen wurde aus ermittlungstaktischen Gründen keine Angabe gemacht. Nach Berichten von Anwohnern könnte es sich bei den Einbrechern um die zwei Männer handeln, die am Messerüberfall in der Straßenbahn vor einer Woche beteiligt waren. Ob es tatsächlich einen Zusammenhang mit diesem Geschehen gibt, ist noch unklar. Gesucht wird nach einer unbekannten Zeugin, die das Haus nach Eintreffen der Rettungskräfte verlassen hat.

Da hatten die Anwohner mit der Presse gequatscht, vielleicht sogar die Sanis. Woher sonst sollte die Zeitung von der Zeugin wissen? Aber das Blatt hatte zumindest neutral berichtet, nichts aufgebauscht und keine Gerüchte geschürt. Hätte schlimmer kommen können. Trotzdem machten bestimmt die wildesten Spekulationen die Runde. Wenn durchsickerte, dass es sich auch hier um einen Kopfschuss handelte, würde die ganze Geschichte hochkochen. Schneider mochte sich nicht vorstellen, was sich aktuell im Internet abspielte, es reichte ihm, diese Hiobsbotschaften in der Dienststelle zu bekommen. Eine Seite weiter gab es einen Zeugenaufruf mit Bild, der den letzten Freitag betraf. Schneider stutzte. Waren da gestern nach Feierabend noch Anhaltspunkte reingekommen? Wenn man den äußersten Bildrand betrachtete, konnte man erkennen, dass der Jugendliche in einer Straßenbahn abgelichtet wurde. Da musste Kahlberg diesen Zeugen für so wichtig gehalten haben, dass er für eine umgehende Veröffentlichung des Fotos gesorgt hatte. Schneider fragte sich, wie sein Chef das auf die Schnelle noch hinbekommen hatte. Es reichte nicht, das Bild an die Presse zu geben, er brauchte auch die entsprechende Rückendeckung für einen solchen Vorgang. Aber war es nicht seit Ewigkeiten so gewesen? Wenn sich ein Anhaltspunkt in einer stockenden Ermittlung auftat, hängte sich Kahlberg sofort da rein. Schneider war gespannt darauf, was es mit diesem Jugendlichen auf sich hatte. Als seine Kinder die Treppe herunter gepoltert kamen, legte er die Zeitung beiseite und goss sich einen Kaffee ein.

Während Vinzenz Jordan frühstückte, schoben zwei Krankenpflegerinnen ein zweites Bett in das Zimmer. Es war ein Kommen und Gehen, Vinzenz hoffte darauf, am Montag entlassen zu werden. Zumindest hatte ihm die Oberärztin in dieser Hinsicht Hoffnungen gemacht. Der Heilungsprozess schritt merkbar voran, Komplikationen waren ausgeblieben und auch sein Gesicht sah wieder halbwegs normal aus. Die Hand machte ihm die größte Sorge, die schmerzte bei jeder Bewegung und er hatte wenig Kraft in den Fingern. Aber auch das würde sich mit der Zeit geben. Sein neuer Zimmergenosse stand noch am Anfang der Genesung, ein Beutel für Wundflüssigkeit hing am Bett und eine der Krankenpflegerinnen schloss eine frische Infusionsflasche an.

Sobald er hier raus war, musste er versuchen, diese Nora ausfindig zu machen. Die Frau ging ihm nicht mehr aus dem Kopf. Er hatte keine Ahnung, ob das an der extremen Situation lag, in der sie aufeinandergetroffen waren. Vermutlich nicht, sie war ihm bereits vorher aufgefallen. Vinzenz nahm den letzten Schluck Kaffee und reckte sich nach seinem Smartphone. Er griff es bewusst mit der verletzten Hand, er durfte sich nicht erst daran gewöhnen sie zu schonen. Kein Empfang. Er rutschte auf die Bettkante und zog sich die Jogginghose über, die am Fußende lag. Auf dem Korridor herrschte die alltägliche Morgenhektik. Er ließ die Aufzüge links liegen und nahm die Treppe, jedes Training war ihm willkommen. In der Cafeteria war noch wenig los, an der Theke bestellte er sich eine Cola Light und setzte sich ans Fenster. Als er auf sein Handy sah, hatte er zwei neue WhatsApp-Nachrichten. Bea! Er öffnete den Chat widerwillig.

ICH HABE VON JOEL GEHÖRT WAS DIR PASSIERT IST. MELDE DICH KURZ, ICH WILL NUR WISSEN, WIE ES DIR GEHT.

Vinzenz atmete hörbar ein.

DANKE DER NACHFRAGE, ES WIRD.

Er schickte die Nachricht ab, die so förmlich

war, als würden sie sich nur flüchtig kennen. Sie sollte sich keine Hoffnungen machen.

Die zweite Nachricht kam von seinem Arbeitskollegen Leonard, er hatte einen Link mitgeschickt.

SIEH DIR MAL AN, WAS HIER LOS IST.

Der Beitrag begann mit einem roten Schriftzug auf schwarzem Hintergrund und endete mit dem Satz: SIE RÄUMT AUF IN ROSTOCK www.Killer-Elli.com.

Little Meier wartete wie verabredet am Kiosk. Schneider kaufte ein Päckchen teure Zigarillos und drückte es seinem Informanten in die Hand.

„Ist doch mal was anderes, oder?“

Karl Meier drehte die Schachtel prüfend in der Hand und nickte anerkennend.

Meier steckte sich eine Zigarette an und hielt Schneider die Schachtel hin. Es war nicht seine Marke, aber er zog sich eine heraus. Die ersten Züge nahmen sie schweigend, jeder in sich versunken.

„Und?“

„Nichts.“

„Wie, nichts?“

„Da, wo ich mich umhören konnte, hab‘ ich‘s getan. Von einer Makarow weiß keiner was.“

„Oder will keiner was wissen“, erwiderte Schneider.

„Kann ich nicht garantieren. Ich kann nur sagen, was ich gehört habe."

„Ist nicht viel."

„Pff. Ich hab dir von vornherein gesagt, dass ich da keine Aktien drin habe. Mit Waffen will ich nichts zu tun haben. Da gibt's ein paar Typen, die ballern ab und zu in der Bleicherstraße rum."

„Die Ruine? Heinkel-Werke?"

„Ja. Aber die meisten von denen sind harmlos."

„Sicher?"

„Sicher."

„Die meisten? Und was ist mit den anderen?"

„Goggo, Krake und Italo. Mit Vorsicht zu genießen."

Die Namen sagten Schneider sofort was, die drei waren allen Polizisten in Rostock bekannt. Italo war seit Monaten auf der Fahndungsliste, er war für seine kurze Lunte bekannt und stand unter dem Verdacht, im Januar zwei Drogendealer erschossen zu haben. Den Tipp mit der Bleicherstraße würde Schneider an die Kollegen geben. Womöglich konnten sie Italo dort auftreiben, wenn er mit dem Schießeisen Wildwest spielte. Krake hingegen war ein Typ, der inzwischen so aalglatt war, dass man ihm selbst die größten Schweinereien nicht nachweisen konnte. Er hatte bereits mehrfach gesessen. Irgendwie musste er nun den Dreh raushaben und sich schlauer anstellen. In den letzten zwei Jahren war er unbehelligt auf freiem Fuß. Und Goggo? Der war ein Mitläufer, ein armes Schwein im Schlepptau von Krake.

„Und die handeln mit Waffen?", hakte Schneider nach.

„Hab' ich so nicht gesagt. Die reagieren sich gern bleihaltig ab."

Schneider brummte unzufrieden. „Warst du im Dickys?"

Little Meier verschränkte die Arme und reckte sich, so dass Schneider zu ihm aufsehen musste. „In den Laden geh ich nicht."

„Darum hatte ich dich aber gebeten, Little, den Laden solltest ..."

„Geh da doch selbst hin", unterbrach ihn sein Informant. „Weißt du, was da für ein Pack rumläuft? Mir geht's besser, ich komme so langsam auf die Füße. Jetzt will ich meine Zähne behalten und auch noch ein paar Jahre leben. Ist das so schwer zu kapieren?"

„Ich hab es ja verstanden", beschwichtigte Schneider. „Mach dich vom Acker." Er klopfte Karl Meier freundschaftlich auf die Schulter.

„Mach ich auch. Kommt nichts Vernünftiges dabei heraus, wenn man sich mit Leuten wie dir abgibt." Er zwinkerte, drehte sich mit einem Grinsen um und schlurfte davon.

Obwohl sie gezielt auf der Suche danach gewesen war, hatte Nora nicht wirklich damit gerechnet, dass es einen weiteren Beitrag zu Killer-Elli gab. Der Name prangte rot auf schwarzem Grund, genau wie beim letzten Video. Alles sträubte sich in ihr, den Beitrag anzuklicken, aber sie tat es doch. Dieser Film startete sofort mit der finalen Sequenz. Die Frau ging auf den Messerstecher zu, griff in ihre Manteltasche und zog eine Pistole heraus. Sie hielt dem Mann die Waffe an den Kopf und drückte ab. Schädelstaub, Panik, Gedränge, Schnitt. Dann erschien ein Bild, vermutlich aus einer Zeitung abfotografiert, ein Rettungswagen vor einem Haus. Die Kamera schwenkte flüchtig über einen Text und verlor sich auf einer dunklen Oberfläche. Schwarzer Hintergrund, rote Schrift: HAT SIE WIEDER ZUGESCHLAGEN? www.Killer-Elli.com.

Nora klickte den Beitrag ein weiters Mal an. Sie konnte nicht einordnen, was da vor sich ging. Was sollte das bedeuten, wieder zugeschlagen? Die Frau war doch keine Killerin, die loszog, um Menschen umzubringen. Das konnte doch nicht sein. Auch die Kommentare vermehrten sich wieder wie die Fliegen.

Wenn der Tote im Haus kein Hirn mehr hat, war es Killer-Elli.
Immer diese saublöden Spekulationen. Das weiß doch keiner, wie der zu Tode gekommen ist.
Zähl mal eins und eins zusammen.
Die hat wieder ein Leben gerettet.
Die macht Jagd auf die Typen, noch eine Woche, dann ist der dritte auch tot. Lol.

Der Typ hat es verdient, scheiß Einbrecher!
Die Bullen sollten ihr dankbar sein, die macht deren Job und das richtig gut!
Selbstjustiz loben, das ist ja wohl total arm.
Wahrscheinlich wurde die vom FBI ausgebildet und hier eingeschleust.
Ja, wahrscheinlich. Und deine Eier sind pink und dreieckig.
Irgendwann macht sie einen Fehler und dann ist sie dran.
Ihr labert und labert, dabei weiß keiner was da gelaufen ist.
Die Zeugin ist abgehauen. Wie beim letzten Mal. Also ist sie keine Zeugin. Sie ist die Frau aus der Straßenbahn. Sie hat den Typen im Haus erschossen. Und jetzt ist sie auf der Flucht. Ist doch logisch.
Hat einer was von erschossen gesagt? Vielleicht hatte der tote Typ ja nur ne Männergrippe.
Müder Witz. HA HA HA!
Wenn die Typen sie finden, ist Schluss mit lustig.
Dann ist sie selbst schuld. Da hab‘ ich null Mitleid. Sowas gehört weggesperrt.
Ich geh sie suchen.
Echt jetzt?
Kommste mit?
Und wenn wir sie finden?
Mach ich eine Ausbildung bei ihr.
Echt?
Lach!

Am Whiteboard gab es eine weitere Ergänzung. In der Spalte ‚Zeugen, die den Tatort verlassen haben' war unter dem Namen Peer Jegelow nun ein Foto angebracht, neben dem ‚unbekannter Zeuge' stand.

„Woher kommt das?", fragte Krohn. Sie konnte den anderen ansehen, dass sie ebenso unwissend waren.

Kahlberg räusperte sich, bevor er eine Erklärung abgab.

„Wir haben gestern einen anonymen Brief erhalten, der lag leider bis abends im zentralen Posteingang. Inhalt war lediglich das Foto. Das Original wird in der Spurensicherung auf Fingerabdrücke untersucht. Morgen werden wir auch wissen, auf welchem Drucker der Ausdruck erstellt wurde."

„Das kann man herausfinden?", fragte Göthefeld.

„Während des Druckes wird ein Code auf dem Papier hinterlassen, der beinahe unsichtbar ist. Aber eben nur beinahe. Ob uns das weiterhilft, müssen wir dann sehen. Ich habe mir gestern das Video aus der Straßenbahn nochmal angesehen und einen Verdacht, wer dieses Foto gemacht haben könnte. Wir werden uns den Film zum Ende der Lagebesprechung gemeinsam ansehen, ich will eure Meinung dazu wissen."

„Das Foto sieht aus, als ob es zugeschnitten wurde", bemerkte Krohn. Es stellte sich niemand so nah vor einen fremden Menschen, um ihn dann auch noch abzulichten.

„Das war auch mein Eindruck“, bestätigte Kahlberg.

„Es könnte aber auch mit Zoom aufgenommen worden sein“, gab sie dann zu bedenken. „Die Zoomfunktion ist heutzutage bei Smartphones leistungsstark, das wirkt sich auch positiv auf die Schärfe aus. Aber man muss das Phone ruhig halten, ob das in einer Straßenbahn möglich ist?“

„Wenn ich stark zoome, ist das Bild in der Vergrößerung oft leicht unscharf“, warf Lambers ein. „Das da sieht gestochen scharf aus.“

„Ich habe die Vermutung, dass es beschnitten wurde, weil diese Elli auf dem Bild zu sehen war“, sagte Kahlberg. Er ging an das Whiteboard und hielt seinen Finger auf die helle Stelle. „Das hier könnte zu ihrem Mantel gehören. Die Technik wird diesen Teil des Fotos und einen Ausschnitt aus dem Video vergrößern und die Strukturen vergleichen. Dann wissen wir, ob sie in der Nähe des Jugendlichen gesessen hat.“

„Du warst ganz schön flott“, meldete sich Schneider zu Wort. „Das Bild war heute Morgen bereits in der Ostseezeitung.“

„Das habe ich gestern noch mit Staatsanwalt Druschke abgeklärt und sofort veranlasst. Sonst hätten wir, was diese Spur betrifft, einen kompletten Tag verloren. Auf einigen Plattformen kursiert ein zweites Video, der Druck steigt."

„Vom Tatort ‚Vor der Wiese'?", fragte Göthefeld.

„Nein. Es wurde das Zeitungsfoto und der Artikel gefilmt, vermutlich war derjenige, der das aufgenommen hat, nicht vor Ort. Es könnte auch jemand anderes das Schema des ersten Videos kopiert haben. Es muss nicht zwingend ein und dieselbe Person für die Filme verantwortlich sein."

„Wann hast du das denn entdeckt?", wollte Schneider wissen.

„Gestern, nachdem ich den Pressevorgang mit Druschke in trockenen Tüchern hatte. Mich hat interessiert, ob da nach dem Überfall auf Frau von Langerdess noch irgendwas kommt und habe mich im Internet rumgetrieben."

„Du hast dir die halbe Nacht um die Ohren geschlagen", konstatierte Krohn.

Kahlberg zuckte kurz mit den Schultern.

Die Heizung lief nicht, dafür war es draußen zu warm. Elisabeth hatte sich bereits eine Strickjacke über den Pullover gezogen, aber sie fror noch immer. Das war ihre Strafe, die Kälte der Regennacht würde sie nie mehr loswerden. Sie erschauderte, vielleicht sollte sie sich direkt mit einem heißen Roggensack wieder ins Bett legen. Lust zu Kochen hatte sie nicht. Was hätte es auch gebracht? Sie hatte sowieso keinen Appetit. Die ganze Geschichte mit Gerda war ihr dermaßen auf den Magen geschlagen. Am schlimmsten war die Ungewissheit. Sie konnte nicht in der Klinik auftauchen und nach Gerda fragen, das machte sie doch gleich verdächtig. Sie traute sich auch nicht, Gerdas Tochter in Köln anzurufen. Lore und Karla hatten das Haus ihrer Freundin mit Sicherheit in der Zeitung erkannt. Sie hatten beide bereits angerufen, aber Elisabeth war nicht ans Handy gegangen. Vier verpasste Anrufe ihrer Freundinnen. Die zwei dachten wohl, dass sie mehr wusste. Natürlich wusste sie mehr, aber anders als Lore und Karla es je für möglich halten würden. Doch wie es Gerda ging, das wusste auch sie nicht. Elisabeth schlurfte ins Bad, ihre Beine waren bleischwer, damit hatte sie sonst nie Probleme. Der Mantel hing zum Trocknen auf einem Bügel in der Dusche, sie befühlte ihn, aber die Nähte waren noch feucht. Zurück im Wohnzimmer ließ sie sich in den Sessel sinken. Die Sonne kämpfte sich durch die Wolken, für heute war noch Strandwetter gemeldet. Vielleicht hätte ein Ausflug ans Wasser geholfen, den Kopf zu sortieren, doch sie konnte sich zu nichts aufraffen.

Sie schloss die Augen, sofort tauchte das Bild ihrer blutbesudelten Freundin vor ihr auf und ihre Gedanken begannen sich wieder in einer Endlosschleife zu drehen. *Es ist allein meine Schuld, ich hätte zur Polizei gehen müssen.* Weshalb hatte sie das nicht getan, als noch Zeit dafür war? Das Verschwinden aus der Straßenbahn hätte sie doch erklären können. Sie war nach dem Schuss doch total durcheinander gewesen. Und dieser Brief, hätte sie nicht sofort reagieren müssen, als sie den Verlust bemerkt hatte? Nein, Gerda konnte ihr das sicher nicht verzeihen. Ihre Freundin würde bis an ihr Lebensende unter den Folgen dieses schrecklichen Überfalls leiden. Elisabeth krümmte sich im Sessel zusammen und zog die Strickjacke vorn übereinander. Die schöne Zeit mit ihren wundervollen Freundinnen war vorbei. Was machte es da noch aus, wenn sie tatsächlich ins Gefängnis musste.

„Ich bin's, Timo."

„Woher hast du diese Nummer?"

„Von Krake."

„Halt dich von dem fern. Das hab ich dir schon tausendmal gesagt."

„Ging nicht anders. Ich muss mit dir sprechen."

„Kann ich mir denken. Was läuft da bei euch für eine Scheiße?"

Sein Cousin Franky hatte also schon Wind davon gekriegt. Die wussten im Knast schneller Bescheid als alle anderen und angeblich waren sie informiert, bevor die Polizei überhaupt eine Ahnung hatte.

„Da sind wir so reingeraten. Pascal und Radek sind tot."

„Weiß ich, oder denkst du, wir haben draußen keine Ohren? Ihr lasst euch von einer Rentnerin fertig machen?"

„Die ist ne Killer-Maschine, die zieht ihre Knarre und schießt, ohne mit der Wimper zu zucken."

„Und?"

„Ich brauch jemanden, der mir hilft."

„Wobei?"

„Ich will sie fertig machen."

„Lass es. Oder willst du im Knast landen? Son kleiner Arsch wie du ist da heiß begehrt. Muss man nicht haben."

„Mann, kapierst du's nicht, die hat meine Freunde erschossen."

„Lass das die Bullen machen, die ziehen die Alte sowieso aus dem Verkehr. Oder willst du dir auch noch ne Kugel von ihr einfangen?"

„Das wird nicht passieren."

„So wie bei Radek und Pascal?"

Ein paar Sekunden herrschte Funkstille. Baier hatte geglaubt Franky würde schneller darauf anspringen. Er war davon ausgegangen, dass sein Cousin von den Racheplänen begeistert sein würde."

„Du willst sie also fertig machen", kam Franky zum Gespräch zurück. „Umlegen?"

„Ja. Umlegen."

„Wie willst du das denn fertigbringen?"

„Mit ner Knarre, und vorher drehen wir sie durch die Mangel."

„Mmh."

„Kennst du einen, der mir hilft? Der muss sich mit Waffen auskennen. Am besten jemand, der sowas schon mal gemacht hat."

„Was gemacht?"

„Einen erschossen."

„Du Pisser willst es also gar nicht selbst machen. Glaub mir, ist auch besser so."

„Aber ich will dabei sein."

„Okay, du willst es nicht anders. Aber beschwer dich später nicht. Ich hab versucht, es dir auszureden, aber es geht ja wieder mal nichts in dein Hirn. Bevor du da alleine irgendeinen Mist baust, besorg ich dir jemanden. Ich denke, Italo ist der richtige Mann für sowas, der ist Profi und er schuldet mir was. Ich pass hier im Knast auf seinen kleinen Bruder auf. Da kann er mir auch einen Gefallen tun."

„Italo?"

„Ja."

„Der Italo?", fragte Baier. Der Typ war in der Szene stadtbekannt, sah aus wie ein gefährlicher Mafioso aus Kalabrien, kam aber aus Rostock und hieß Thorsten Kaperski. Baier schnalzte anerkennend mit der Zunge, das imponierte ihm, dass sein Cousin Franky auf Italos Bruder aufpasste.

„Ich klär das mit ihm."

„Okay, danke Franky, ich revanchier mich."

„Sieh zu, dass du da heile rauskommst. Ich schicke dir ne SMS mit Treffpunkt und Uhrzeit."

„Okay. Nochmal danke."

„Ich muss Schluss machen."

Als das Gespräch beendet war, stand Baier mitten im Raum. Er hatte nicht bemerkt, dass er aufgestanden und sich dahin bewegt hatte. Jetzt, wo er nochmal über seinen Plan nachdachte, begann sein Herz zu rasen, der Schweiß brach ihm aus. Der erste Schritt war gemacht und deshalb gab es kein Zurück mehr.

Der Mann schob den Jugendlichen mehr vor sich her, als dass der sich selbst vorwärtsbewegte, vermutlich Vater und Sohn. Der Senior sah wütend aus, befand Kahlberg. Dann erkannte er das Gesicht des Jungen und sog die Luft durch die Zähne.

„Ihre Kollegen da unten haben mich raufgeschickt, sind Sie für diese Killer-Elli zuständig?"

Kahlberg bejahte. Er kam nicht dazu, noch ein weiteres Wort anzuschließen.

„Berthold Mehringer, mein Sohn Florian. Der Junge hat Ihnen was zu sagen", erklärte der Mann. Sein Ton war barsch, er griff den Jugendlichen am Ärmel seines T-Shirts und zerrte ihn ein Stück nach vorn.

„Ich sehe kurz nach, welcher Raum frei ist. Wir sollten das hier nicht auf dem Korridor besprechen", erklärte Kahlberg. „Warten Sie hier einen Moment."

Diese Befragung hätte er gern mit Krohn gemacht, doch sie war mit Schneider in der Rechtsmedizin, Dr. Jessen hatte die Obduktion von Radek Matschulak auf den heutigen Freitag vorverlegt. Göthefeld war zu Nora Schewe unterwegs, um deren Smartphone zu beschlagnahmen. Und wenn es dort einen Drucker gab, würde sie auch den mit in die Dienststelle bringen. Einen Beschluss hatten sie auf die Schnelle nicht bekommen, aber die Sicherstellung dieser Beweismittel konnte aufgrund von „Gefahr im Verzug" auch ohne die richterliche Anordnung erfolgen. Kahlberg entschied sich, Lambers zur Befragung dazu zu holen.

Die Anwärterin saß an Krohns Schreibtisch und tippte Berichte, sie war so konzentriert, dass sie nicht aufsah, als er das Büro betrat.

„Frau Lambers?"

Sie schreckte hoch.

„Tschuldigung."

„Kein Problem. Ich habe Sie nicht kommen hören."

„Ich werde noch einen weiteren Zeugen aus der Straßenbahn befragen. Es wäre wichtig, dass Sie dazukommen."

„Wann denn?"

„Sofort."

„Oh. Ja okay." Sie erhob sich, ohne zu zögern.

„Bitte noch den Rechner sperren."

„Ja klar." Ihre Wangen röteten sich und sie machte sich hektisch an der Maus zu schaffen.

„Ich wollte Sie nicht so überfallen, aber ich

würde die Befragung ungern allein machen."

Sie nickte.

Als sie zu viert im kleinen Besprechungsraum Platz nahmen, schwebte die Spannung zwischen Vater und Sohn spürbar im Raum. Kahlberg nahm die Personalien des Jugendlichen auf und formulierte seine erste Frage im Kopf, doch Berthold Mehringer kam ihm zuvor.

„Sag ihnen, was du gemacht hast."

Mehringer Junior saß mit hängenden Schultern neben seinem Vater und brachte kein Wort heraus, sein gesenkter Blick wanderte kurz zu Lambers, die vertrauenerweckend lächelte.

„Ständig dieser Mist mit dem Internet, musste ja so weit kommen. Der Computer kommt weg. Dürfen Sie das überhaupt? Meinen Sohn in der Zeitung ablichten?"

„Das ist durch die Staatanwaltschaft abgesegnet", erwiderte Kahlberg. Es war eine sachliche Antwort, die es erübrigte, sich weiter rechtfertigen zu müssen. „Wir würden Sie gern zu den Vorkommnissen vom letzten Freitag befragen", fuhr er fort. Er wandte seinen Blick dabei eindeutig dem Jugendlichen zu.

„Florian hatte Hausarrest, der hätte gar nicht unterwegs sein sollen", mischte sich Mehringer ein. „Haut unerlaubt ab und treibt sich rum."

„Ich hab mich nicht rumgetrieben", sagte der Junge. Seine Stimme war leise, aber er schaffte gerade sein erstes Widerwort. „Ich war bei Joel und wir haben ein bisschen am Rechner gezockt."

„Was anderes kannst du auch nicht. Ständig vor der Kiste hocken."

„Vielleicht könnten Sie ihre unterschiedlichen Meinungen zum Thema Computer zu Hause erörtern", mischte sich Lambers ins Gespräch. „Uns interessieren die Vorgänge in der Straßenbahn."

Kahlberg verbuchte ein Plus auf dem Konto der Anwärterin, sie konnte mehr, als es den Anschein machte. Hatte Lambers hier die besseren Karten? Sie war kaum älter als Florian Mehringer und eher auf der Wellenlänge eines Jugendlichen.

„Am besten der Reihe nach, okay?", sagte sie. Ein freundlicher Versuch ihn aus der Reserve zu locken. Gleichzeitig signalisierte sie dem Vater mit einer beschwichtigenden Handbewegung, dass er sich raushalten sollte.

„Ich bin mit der Linie eins nach Hause gefahren, das war so halb zwölf, kann auch ein paar Minuten später gewesen sein, weiß ich nicht mehr ganz exakt. Da sind dann drei Typen eingestiegen und haben Ärger gemacht. Einer ist dann in unsere Ecke gekommen, der hatte die Arme voller Totenköpfe. Der hat den Mann, der hinter mir saß, als schwule Sau beschimpft."

„Danach haben Sie angefangen, mit dem Smartphone zu filmen." Lambers sagte das so feststellend, als sei es erwiesen.

Der Jugendliche blickte schnell auf seine Hände herab und nickte dann schwach.

„Wie kann man nur so blöd ...“, hob Mehringer Senior an.

Jetzt stoppte ihn Kahlberg mit einer eindeutigen Handbewegung.

„Den Film haben Sie später geschnitten, mit dem Vorspann „Killer-Elli“ versehen und hochgeladen?“, fragte Lambers.

Der Jugendliche nickte den Satz zögerlich ab.

„Oder war es anders?“

„Nein, war schon so.“

„Gab es einen Grund, das zu tun?“

Er zuckte mit den Schultern. „Keine Ahnung, fand ich irgendwie cool.“

„Cool? Ich fass es nicht!“, wetterte sein Vater dazwischen.

„Herr Mehringer!“, mahnte Lambers.

„Wieso Killer-Elli?“

„Los, zeig ihnen das Ding“, drängte Berthold Mehringer.

Allmählich nervte es, dass sich dieser Mann nicht zurücknehmen konnte. Kahlberg machte einen tiefen Atemzug.

Der Jugendliche nestelte ein hellblaues Halstuch aus seinem Rucksack und legte es vor den Ermittlern auf den Tisch. Der gestickte Schriftzug war eindeutig zu erkennen: ‚Elli‘.

„Woher haben Sie das?“, fragte Lambers.

„Sie hat es in der Straßenbahn verloren."

„Die Frau, die geschossen hat?"

„Ja."

„Das haben Sie gesehen?"

„Sie hat auch einen Brief verloren, aber den hat sich einer von den Typen gegriffen."

Lambers teilte einen schnellen Blick mit Kahlberg. Dann konzentrierte sie sich auf den Jugendlichen. Kahlberg schwante Böses und die junge Kollegin schien den gleichen Gedanken zu haben.

„Wie sind Sie an das Tuch herangekommen? Sie haben aus mehreren Metern Entfernung gefilmt. Das Halstuch lag weit von ihnen entfernt."

„Als alle aus der Straßenbahn rausgerannt sind, wollte ich dahin, wo der Tote lag. Die waren alle weg, die Typen und Killer-Elli. Da wars ja ungefährlich."

Kahlberg lief ein Schauder über den Rücken, als der Jugendliche diese Wortschöpfung so selbstverständlich aussprach.

„Und dann?"

„Dann bin ich an dem Opa vorbei, der am Boden lag, eine Frau hat neben dem gehockt. Ich wollte den Toten filmen und den Mann, der abgestochen wurde."

„Ich fass es nicht", ätzte sein Vater.

Lambers gab ein zischendes „Pscht" von sich.

„Das haben Sie dann aber nicht gemacht", fuhr Lambers fort.

„Hab ich mir anders überlegt, ist ja auch verboten. Da haben sich auch gleich zwei Männer um den Verletzten gekümmert und die Freundin von dem saß auch noch da rum. Wäre sowieso schwierig geworden mit dem Filmen."

„Und das Halstuch?"

„Das Tuch lag da noch, hat keiner drauf geachtet. Ich hab's dann aufgehoben, weil ich gesehen habe, dass da ein Name drauf war."

„Ihnen ist nicht in den Sinn gekommen, dass das wichtig für uns sein könnte?"

Florian Mehringer zuckte mit den Schultern. „In dem Moment nicht. Ich fand es so detektiv-mäßig."

„Detektiv-mäßig?" Sein Vater brauste auf.

„Jetzt reicht es, Herr Mehringer!" Kahlberg war es inzwischen absolut egal, wie schroff seine Stimmlage rüberkam. „Halten Sie sich bitte zurück."

Er warf Lambers einen Blick zu und sie stellte die nächste Frage.

„Sie haben dann ‚Killer-Elli' ins Leben gerufen und den Film hochgeladen?"

Er nickte. „Das hatte ich aber nicht vor. Ich wollte den Film Joel zeigen. Die Idee, den hochzuladen, hatte ich erst später."

„Der zweite Film mit dem Ausschnitt aus der Zeitung ist auch von Ihnen", mutmaßte Lambers.

„Ja. Wäre echt cooler gewesen, wenn ich direkt beim Haus gefilmt hätte. Aber das habe ich auch erst aus der Zeitung erfahren."

Berthold Mehringer schnappte nach Luft.

„Wir werden ihre vorhandenen Datenträger beschlagnahmen, Handy, PC, Laptop, externe Festplatte, alles, was Sie so haben. Die Filme müssen umgehend von den Internetplattformen verschwinden. Sie haben die Zugänge und werden diese unseren Kollegen aus der technischen Abteilung zur Verfügung stellen."

„Muss ich jetzt deswegen vor Gericht", fragte Florian Mehringer.

„Der Staatanwalt entscheidet, ob ein Ermittlungsverfahren eingeleitet wird. Wir haben es mit der Unterschlagung von Beweismitteln und der Missachtung des Persönlichkeitsrechts zu tun."

„Aber ich hab jetzt alles erzählt, was ich weiß."

„Das wird sich auch positiv auswirken." Lambers nickte freundlich. „Vielleicht kommen Sie mit einem blauen Auge davon."

Bekommt er womöglich vom eigenen Vater verpasst, dachte Kahlberg dunkel.

Hier wohnt diese Mistziege. Der Bürgersteig war wie geleckt und die Fassade des Wohnblocks war so ebenmäßig, die war wohl erst vor kurzem frisch gestrichen worden. Neben der Haustür stand ein bepflanzter Kübel, das Grünzeug war in voller Blüte und wurde vermutlich wie bescheuert gegossen. Baier spuckte auf den Boden. Scheiß-Spießer-Wohnblock. Er inspizierte die Namensschilder neben den

Klingelknöpfen und fluchte. Teilweise war der Nachname angebracht, und bei fast allen Schildern war vom Vornamen lediglich der erste Buchstabe angegeben. Den vollständigen Namen fand er auf vier Plaketten und die gehörten eindeutig zu männlichen Bewohnern. Er zog sein Smartphone aus der Hosentasche, ein schneller Blick, noch keine SMS von Franky. Dann wurde die Tür von innen aufgezogen, er war nicht darauf gefasst und wich erschrocken zurück.

„Wen suchen Sie denn?“, fragte der Mann. Er lief gekrümmt, schob einen Rollator vor sich her und sein rechtes Auge war von einem Mullverband verdeckt.

„Elli“, rutschte es ihm heraus. Mit dem unguten Gefühl, hier mit jemandem zu reden, der ihn später erkennen konnte, wandte sich Baier zum Gehen, ohne eine Antwort abzuwarten.

„Ich kenne alle Mitbewohner von meiner Etage. Eine Elli kenne ich nicht. Aber fragen Sie doch den Hausmeister.“

Baier stoppte abrupt und wandte sich um. Den Hausmeister fragen? Das war ja noch auffälliger.

„Sie wohnen bestimmt ganz unten“, sagte er. Sein Blick streifte den Rollator.

Der Mann schüttelte den Kopf. „Ne, ne, dritte Etage, das Haus hat einen Aufzug.“

„Ah, okay. Ich glaub, ich ruf dann doch vorher an.“ Baier drehte sich weg. Als er schnellen Schrittes den Wohnblock hinter sich ließ, begann sein Herz zu rasen. *Dritte Etage wohnt sie also nicht.*

Die Dienststelle war fast ausgestorben, als sich Kahlbergs Team gegen Abend zum zweiten Mal an diesem Freitag zusammenfand. Die Besprechungen hatten keinen festgelegten Rhythmus, der Ermittlungsfortschritt gab den Takt vor und Kahlberg entschied das oft kurzfristig. Am Nachmittag hatte sich einiges bewegt, auch die Obduktion von Matschulak war entgegen der ursprünglichen Terminplanung bereits abgeschlossen. Alle setzten sich und eine Wasserflasche machte die Runde. Krohn kam als letzte in den Raum, sie hatte sich noch einen Tee aufgegossen und setzte sich mit dem dampfenden Getränk zu den anderen.

„Ich denke, wir beginnen mit den ersten Ergebnissen aus der Rechtmedizin", schlug Kahlberg vor.

Schneider nickte, er hatte einen Zettel mit Stichpunkten vor sich liegen, warf aber keinen Blick darauf. „Das Projektil steckte in Matschulaks Halswirbelsäule, zwischen dem zweiten und dritten Wirbel. Er muss tief gebückt gestanden haben, der Schuss ging direkt von oben in den Kopf", berichtete Schneider.

„Seltsame Haltung, wenn man einem Menschen mit Waffe gegenübersteht. Ich würde alles tun, aber nicht den Kopf hinhalten", bemerkte Göthefeld. „Wenn es diese Elli war, muss sie ihn in dieser Situation überrascht haben. Das scheint ihre Spezialität zu sein, ohne jegliche Vorwarnung in den Kopf zu schießen."

Nicht schon wieder, ging es Krohn durch den Kopf. „Das Projektil ist jetzt in der Ballistik", sagte sie. Es war wichtig, hier sachlich zu bleiben. „Die Kollegen werden sich so schnell wie möglich kümmern. Wir können zum jetzigen Zeitpunkt nichts über die Waffe sagen, mit der geschossen wurde. Es war kein aufgesetzter Schuss, das steht fest."

„Gesetzt den Fall, Matschulak hat in diesem Moment vor dem Sessel gestanden und Frau von Langerdess gedrosselt, dann muss er sich zu ihr heruntergebeugt haben. Wir sollten das mit einem Kollegen gleicher Größe vor Ort nachstellen. Das erklärt womöglich den Eintrittswinkel", schlug Kahlberg vor.

Krohn nickte. Lediglich mit klaren Fakten kamen sie hier weiter.

„Hast du etwas über die Makarow herausfinden können?" Kahlberg wandte sich an Schneider. „Danach wollte ich dich heute Morgen schon gefragt haben."

„Fehlanzeige. Allerdings habe ich läuten hören, dass einige polizeibekannte Typen hin und wieder in der Bleicherstraße rumballern. Ich habe die Info an die entsprechende Abteilung weitergegeben."

„Mmh, dann bleibt die Herkunft der Makarow zunächst noch ungeklärt. Da kommen wir dann leider nicht weiter.“

„Ich könnte mich noch im ‚Dickys‘ umhören“, schlug Schneider vor.

„Da bleibst du fein weg“, sagte Kahlberg. Das war unmissverständlich. „Seit der Laden neu verpachtet ist, läuft da eine Menge an kriminellem Potenzial auf. Die riechen einen Polizisten zehn Kilometer gegen den Wind. Ohne komplettes Einsatzkommando und Order von ganz oben wird der Laden nicht betreten.“ Er warf einen Blick in die Runde. „Das gilt für jeden von euch, verstanden?“

„Wir könnten mit den Kollegen der Drogenfahndung sprechen. Die haben doch den Laden im Blick“, schlug Göthefeld vor.

„Ich weiß nicht, ob da im Moment verdeckt was läuft oder ob die demnächst eine Razzia planen. Aber du kannst gern nachhaken“, sagte Kahlberg. Danach erteilte er Lambers das Wort, um kurz über die Befragung des Jugendlichen zu berichten.

„Heute hat sich ein Vater mit seinem sechzehnjährigen Sohn bei uns gemeldet“, begann sie. „Dieser Jugendliche, Florian Mehringer, hat mit dem Handy in der Straßenbahn gefilmt und das Video hochgeladen. Der zweite Beitrag kommt auch von ihm. Die Frau, die geschossen hat, heißt tatsächlich Elli. Zumindest ist ihr ein Halstuch aus der Manteltasche gerutscht, in das dieser Name gestickt war. Florian Mehringer hatte es an sich genommen. Er hat auch gesehen, dass sie einen Brief verloren hat, den haben die Männer eingesteckt."

„Das Tuch kommt tatsächlich von ihr?" Göthefeld reckte sich auf ihrem Stuhl.

„Er hat gesehen, dass es ihr heruntergefallen ist", antwortete Lambers. „Und der Brief ist vermutlich das Teil, das wir auf dem Video erkennen konnten, dieses Schreiben an die Krankenkasse."

Einige Sekunden lang sprach niemand, Kahlberg griff zum Handy und wirkte dabei, als sei er mit sich allein. Krohn kannte diesen Augenblick, der Moment, wenn ein unwillkürlicher Gedanke ihn von allem abschnitt. Vermutlich rief er jetzt Sievermann an.

Und so war es. „Ich muss dich leider stören, Benno. Habt ihr im Haus ‚Vor der Weide' einen Brief sichergestellt, eventuell an eine Krankenkasse?"

Er lauschte.

„Okay. Ich weiß. Mein Fehler, hätte ich dran denken müssen. Schönen Abend noch." Kahlberg legte auf. „Ich fahre anschließend noch in das Haus. Die Spurensicherung hat nicht explizit auf einen Brief geachtet. Das habe ich versäumt, ich hätte Sievermann darauf hinweisen müssen."

„Man kann nicht ständig an alles denken", winkte Schneider ab. „Womöglich hat der Brief keine Bedeutung. Was soll an einem Schrieb an die

Krankenkasse besonderes sein?“ fügte er an. Er griff nach dem Mineralwasser und goss den Rest aus der Flasche in sein Glas.

„Er könnte ein Indiz dafür sein, dass diese Elli und Gerda von Langerdess sich kennen. Wenn der verlorene Brief die zwei Männer in das Haus geführt hat, dann stände außerdem der Einbruch in Zusammenhang mit dem Vorfall in der Straßenbahn.“

„Okay, so betrachtet ...“ Schneider brachte den Satz nicht zu Ende.

Eine beinahe kunstvolle Pause entstand.

„Die Spurensicherung hat bei Gerda von Langerdess weder Handy noch Adressbuch gefunden“, fuhr Kahlberg fort. „Daher hat es gedauert, aber wir konnten eine Angehörige ermitteln. Die Tochter, Felizitas Brenner, lebt in Köln. Ich habe vorhin mit ihr telefoniert und sie über die Vorfälle in Kenntnis gesetzt. Frau von Langerdess ist erst am Abend des Überfalls von einem Besuch bei ihrer Tochter zurückgekommen.“

„Haben die zwei an dem Abend noch telefoniert? Hat die Tochter noch was mitbekommen?“, fragte Göthefeld.

„Frau von Langerdess hat noch eine Nachricht geschickt, dass sie im Taxi sitzt und gleich zu Hause ist. Daher hat sich Frau Brenner keine Sorgen gemacht.“

„Vielleicht haben die Täter im Haus gewartet?“,

überlegte Schneider. „Sie sind doch vorab von Anwohnern gesehen worden."

„Sieht ganz danach aus", bestätigte Kahlberg. „Und es sieht danach aus, als habe Baier, falls er dabei war, das Smartphone der Seniorin mitgenommen. Frau von Langerdess hat nach Angaben ihrer Tochter ein dunkelrotes Adressbuch besessen, das war auch nicht auffindbar."

„Wieso sollte Baier ein Interesse an einem Adressbuch haben?", fragte Lambers.

„Um an diese Elli heranzukommen", warf Göthefeld ein. „Auch wenn sich da einige aus diesem Team querstellen, die mysteriöse Frau im Haus kann nur diese Elli gewesen sein und sie setzt ihren mörderischen Feldzug unbeirrt fort."

Krohn ließ den Wink mit dem Zaunpfahl ungerührt an sich abprallen. Feldzug, so ein Schwachsinn. Elisa konnte richtig liegen, die beiden Frauen waren womöglich Bekannte oder Freundinnen. Dennoch war es nicht im Sinne des Gesetzes, diese Elli bereits jetzt als Mörderin zu verurteilen. Schließlich entschied erst der Urteilsspruch, wie ein Tötungsdelikt zu werten war.

„Bevor sich die Gemüter weiter erhitzen, komme ich auf eine weitere Verbindung zwischen Elli und Gerda von Langerdess zurück. Ich habe Frau Brenner nach dem sichergestellten Foto gefragt."

„Sie ist drauf", preschte Göthefeld vor.

„Es handelt sich um enge Freundinnen von Gerda

von Langerdess und eine von ihnen heißt tatsächlich Elli“, erklärte Kahlberg. „Die anderen beiden heißen mit Vornamen Karla und Lore. Frau Brenner konnte leider nichts über die Nachnamen der Frauen sagen.“

„Welche ist Elli?“, fragte Göthefeld. Sie sprang aufgeregt vom Stuhl hoch.

„Die Frau ganz links.“

Krohn wunderte das nicht, wenn jemand aus dieser Gruppe tatsächlich die Täterin aus der Straßenbahn sein sollte, dann kam am ehesten die Frau links im Bild in Frage. Die Frisur, die Peer Jegelow mit der von Helen Mirren verglichen hatte, und die sie durch das Video aus der Rückansicht kannten, stimmte am ehesten mit dem Haarschnitt dieser Frau überein. Gerda von Langerdess hatte dunkelblond gefärbte Locken, Karla einen Kurzhaarschnitt in ähnlicher Tönung und Lore trug vermutlich langes Haar, auf dem Foto hochgesteckt in einem auffallenden Rotton. Elli war gemeinsam mit Karla die kleinste auf dem Bild. Neben Karlas weiblichen Kurven wirkte Ellis Körper zart und zerbrechlich. Ihr graues Haar schimmerte leicht silbern, ihre Züge waren fein geschnitten und wirkten nicht wie das Gesicht einer eiskalten Killerin. Aber die Außenwirkung konnte in die Irre führen, die miesesten Verbrecher konnten aussehen wie der nette Nachbar von nebenan.

Krohn erinnerte sich in diesem Moment an die Jugendliche mit dem Engelsgesicht, das Mädchen aus gutsituiertem Hause, das sie vor Jahren in Schwerin festgenommen hatten. Niemand wollte glauben, dass sie eine Mitschülerin mit einer Eisenstange erschlagen hatte, bis das Handyvideo aufgetaucht war.

„Das könnten wir als Fahndungsfoto rausgeben, da ist sie super zu erkennen“, schlug Göthefeld vor.

„Ich habe mich noch nicht dazu entschließen können“, erklärte Kahlberg. „Dann würde auch der Mob aus dem Internet wissen, wie sie aussieht. Der Schuss könnte nach hinten losgehen.“

„Was schlägst du vor?“, fragte Schneider.

„Wir müssen so schnell wie möglich die Adresse dieser Frau ermitteln.“

„Tolle Idee“, warf Göthefeld ein. „Was ist mit Frau von Langerdess? Wann ist sie denn vernehmungsfähig?“

„Die Klinik konnte mir noch keine Auskunft geben“, sagte Kahlberg. „Aber vielleicht kann uns die Tochter weiterhelfen. Sie wird sich morgen Vormittag auf den Weg machen und gegen 15 Uhr im Uniklinikum Rostock bei ihrer Mutter sein. Gegen 16 Uhr können wir dann mit ihr sprechen. Das werden Krohn und Lambers übernehmen. Ich werde Frau Brenner noch informieren und gebe ihr deine Dienstnummer, Imani. Sie kann sich dann melden, falls sie es nicht pünktlich schafft. Haben wir sonst noch was?“, fragte Kahlberg. Sie steuerten auf das Ende der Lagebesprechung zu.

„Smartphone und Drucker von Nora Schewe sind in der Technik“, sagte Göthefeld. Sie sprach laut, um in der allgemeinen Aufbruchsstimmung noch Gehör zu finden. „Die Kollegen werden sich kümmern, sie konnten allerdings nicht sagen wann. Die stecken bis zur Halskrause in Arbeit. Frau Schewe wollte mir die Pin leider nicht nennen. Sie hat zwar zugegeben, das Foto mit dem Jugendlichen an uns geschickt zu haben, wollte mir das Original auf dem Smartphone aber nicht zeigen. Ich denke, sie versucht diese Elli zu schützen, und mit Sicherheit sind da noch mehr Fotos vom Tatabend drauf.“

„Die sollen sich ranhalten“, sagte Schneider.

„Sag du denen das“, gab Göthefeld zurück. „Wir hätten es leichter gehabt, wenn diese Schewe eingelenkt hätte. Ich verstehe das nicht, sie muss doch begreifen, dass sie der Frau so mehr schadet als nutzt.“

„Sie ist nicht die Einzige, die mit Informationen hinterm Berg hält. Die Zeugen haben anscheinend das Gefühl, dieser Elli was schuldig zu sein“, sagte Krohn. Es war ihr Versuch, das Verhalten zu erklären.

„Da fehlt eindeutig die Erkenntnis, dass sie die Situation durch ihr Schweigen noch verschärfen“, meinte Göthefeld. „Das solltest du nicht noch unterstützen, Imani.“

„Ich habe versucht, mich in die Sicht der Zeugen hineinzuversetzen. Wenn man weiß, wo die sensibelste Stelle ist, kann man da ansetzen und doch noch einen Zugang finden."

„Klingt alles schön, kann man aber knicken. Mit deiner Psychologie für Anfänger kommt man da nicht weiter."

Das schaukelte sich jetzt auf. Krohn atmete tief durch und blickte kurz zum Whiteboard, um sich zu sammeln. Auf Kleinkrieg war sie noch nie scharf gewesen. Innerlich formulierte sie eine beschwichtigende Antwort und schluckte sie herunter. Stattdessen zuckte sie mit den Schultern.

„Das war dann alles für heute." Kahlberg machte den Schnitt im richtigen Moment. „Elisa und Achim, ihr seid auf Abruf, freies Wochenende unter Vorbehalt, wie abgesprochen."

„Jep", antwortete Schneider. Er erhob sich. Lambers und Göthefeld griffen ihre Taschen, wenig später war Krohn mit ihrem Teamchef allein im Raum.

„Du fährst noch zu dem Haus?"

„Das lässt mir sonst keine Ruhe."

„Ich könnte mitfahren, Vieraugenprinzip", schlug sie vor.

„Es ist schon spät. Willst du dir das noch antun?"

„Definitiv. Und? Willst du mich dabei haben?"

„Definitiv", antwortete er.

Den ganzen Nachmittag über hatte Baier beinahe im Viertelstundentakt auf sein Handy geschaut. Keine Nachricht von Franky, nichts. Enttäuscht legte er das Smartphone auf dem Tisch und sich selbst auf der Couch ab. Womöglich hatten die Schließer ausgerechnet heute das Handy seines Cousins konfisziert. Das mochte sich Baier nicht wirklich vorstellen, aber gerade dieser Gedanke drängte sich ihm auf. Er starrte an die Decke und beobachtete eine langbeinige Spinne, die gerade ihr winziges Opfer verpackte. Als das Kerbtier sein Werk vollbracht hatte und wieder bewegungslos in den filigranen Fäden hing, schloss Baier die Augen. Er war beinahe eingedöst, als sein Smartphone klingelte. Sofort schreckte er hoch, sein Herzschlag war schon auf Hochtouren, als er das Gespräch annahm.

„Franky, na endlich. Ich dachte schon ..."

„Hör zu Timo, ich hab nicht viel Zeit." Die Stimme seines Cousins klang gedämpft.

„Okay, schieß los."

„Ich hab ein Treffen arrangiert. Heute Abend im ‚Dickys'."

„Was? Heute Abend?" Jetzt war Baier geschockt, nicht nur, weil es so schnell ging. Er hatte den Mund ziemlich voll genommen und jetzt wurde es konkret.

„Italo erwartet dich dort um 22.00 Uhr."

„Echt jetzt?"

„Sei pünktlich und mach mir keine Schande."

„Klar."

Funkstille.

Franky hatte aufgelegt. Keine Chance noch etwas zu besprechen, keine Möglichkeit Fragen zu stellen. Nichts war klar. Baier hatte mit allem gerechnet. Allerdings nicht damit, dass ein Treffen direkt heute Abend stattfinden würde. Er musste sich sofort auf die Socken machen, sonst würde er womöglich noch zu spät kommen. So ein Scheiß. Er streifte sich ein dunkles Kapuzenshirt über schlüpfte in seine Sneaker und verließ die Datsche. Noch war es warm, aber das würde sich schnell ändern. Ende August kühlte es sich empfindlich ab, sobald es dunkel war. Er schob die Hände in die Taschen seines Hoodys und stiefelte los. Während er in Richtung Straßenbahnhaltestelle marschierte, konnte er keinen klaren Gedanken fassen, da war nur Grütze in seinem Schädel. Und wenn dieser Italo gleich heute Nacht losziehen wollte? War doch alles Mist, er wusste noch nicht einmal, wo genau diese Killer-Elli wohnte. Was sollte er Italo sagen? *Nicht im dritten Stock.* Der würde sich doch verarscht vorkommen und ihm gleich die Zähne ausschlagen. Das ging jetzt alles entschieden zu schnell.

„Was ist das mit Elisa und dir?", fragte Kahlberg.

Sie erreichten die Straße ‚Vor den Wiesen'. Imani war während der Fahrt ungewöhnlich schweigsam gewesen und er hatte den Eindruck, dass die Differenzen mit Göthefeld der Grund dafür waren. Krohn bog in die Sackgasse ein, wendete den Wagen und schaltete den Motor aus.

„Keine Panik. Das wird die Arbeit nicht belasten. Ich werde ihr nach Möglichkeit aus dem Weg gehen." Sie öffnete die Tür, um auszusteigen.

Das hatte sie jetzt völlig falsch verstanden. Kahlberg sorgte sich nicht um die Ermittlungen, er sorgte sich um sie.

„Das ist keine Antwort auf meine Frage." Er fasste sie am Arm und hielt sie zurück.

„Ich habe keine Ahnung, was los ist."

„Vielleicht solltet ihr ein Gespräch unter vier Augen führen."

„Sicher nicht, Rune."

„Ihr habt euch doch früher verstanden."

„Wir respektieren uns gegenseitig. Aber Elisa wird dir vermutlich das gleiche sagen, wenn du sie fragst. Wir waren noch nie auf einer Wellenlänge." Sie stieg aus, schob die Tür zu und ging auf das Haus zu. Ein klares Signal von ihr, dieses Gespräch zu beenden. Er tat besser daran, das zu akzeptieren. Er folgte ihr wortlos, während sie die Zentralverriegelung in seinem Rücken klicken ließ. Das Siegel riss, als sie das Haus durch die Vordertür betraten. Der Geruch nach Bier lag noch deutlich in der Luft, vermutlich weil auch reichlich davon verschüttet worden war. Etliche

Dosen lagen auf dem Fußboden verteilt. Krohn steuerte direkt auf das Wohnzimmer zu und zog sich Nitrilhandschuhe über.

Baier stand bereits einige Minuten wie bestellt und nicht abgeholt an der Theke des ‚Dickys'. Er war pünktlich, aber Italo schien ihn versetzt zu haben. Da hatte Franky die Klappe wohl zu weit aufgerissen. Das hätte er sich auch gleich denken können. Italo war ja schließlich so eine Art Star unter den Rostocker Gangstern.

Baier blickte sich um. Die Leute hier waren nicht seine Kragenweite, die sahen aus, als seien ihnen zwei, drei Jahre Knast mehr oder weniger vollkommen egal. Radek hatte ein paar Mal gesessen und auch Pascal war schon im Knast gewesen. Er selbst konnte vier Wochen Jugendarrest vorweisen, immerhin die schlimmsten Wochen seines Lebens. Er war nicht scharf darauf, noch einmal weggesperrt zu werden.

„Was glotzt du da rum? Willst du nichts bestellen?" Der Mann hinter dem Tresen pfiff ihn grob an.

„Ist Italo da?"

„Wer will das wissen?"

„Timo Baier. Italo weiß, dass ich hier bin."

„Timo? Frankys Cousin?"

Baier nickte, jetzt kam Bewegung in die Sache.

„Sag das doch gleich. Komm mit."

Der hochgewachsene Mann kam hinter dem

Tresen vor und ging voran. Er zog ein Bein nach und Baier mutmaßte, dass der Typ sicher mal eine Kugel im Bein gehabt hatte. Was sonst? Er folgte dem massigen Typen durch eine schwere Metalltür, die sich leise quietschend hinter ihnen schloss. Sie gingen durch einen schmalen Flur, die alten gelblichen Fliesen waren abgestoßen, Müllsäcke lehnten an der Wand und auch sonst sah es hier heruntergekommen aus. Der Mann hielt vor einer Treppe und zeigte nach oben.

„Da rauf. Oben die Tür geradeaus. Und anklopfen, die mögen keine Leute, die da ungefragt reinlatschen."

Baier nickte, er hätte jetzt dringend ein Klo gebraucht, der ganze Stress schlug ihm allmählich auf die Verdauung. Noch konnte er umkehren und die ganze Sache vergessen. Das war die letzte Chance, noch den Schwanz einzuziehen. Der Hüne war verschwunden, er hatte ihn einfach allein vor der Treppe stehen lassen. Niemand würde merken, wenn er jetzt zurückging und unauffällig durch das Gedränge nach draußen verschwand. Allmählich kippte sein Entschluss. Doch so einfach war es nicht. Er durfte eine Kleinigkeit nicht vergessen. Das Treffen war arrangiert, Italo wartete da oben auf ihn, und wenn er kniff, war er der absolute Looser. Auch Franky würde das erfahren. Vielleicht wäre der sogar froh, wenn die ganze Aktion nicht stattfand. Nein, sicher nicht. Es war zu spät, um die Sache abzublasen. Mach mir keine Schande, hatte Franky gesagt. So ein Dreck. Baier konnte keinen klaren Gedanken fassen, doch eines war sicher. Er konnte sich nicht drücken, das würde auf seinen Cousin zurückfallen. Wie würde das denn aussehen? Franky, die große Nummer im Knast, der Mann, der Italos kleinen Bruder beschützte, hatte ein kleines, feiges Arschloch als Cousin. So würde das aussehen.

„Fuck, fuck, fuck!“ Baier nahm die ersten Stufen, seine Beine waren butterweich. Er klopfte, das Geräusch kam ihm schwach und viel zu leise vor.

„Komm rein, Klein-Franky.“ Die Stimme klang laut, aber freundlich durch die abgestoßene, billig wirkende Zimmertür.

Baier drückte die Klinke und lugte in den Raum. Da war er leibhaftig, Italo mit seinen dunklen Haaren, und dem feinen Schnauzbart im kantigen Gesicht. Er saß in einem wuchtigen schwarzen Ledersessel, die schlanken Beine lässig übereinandergeschlagen und neben ihm, auf einer ausladenden Couch, saß ein bulliger Kerl mit Glatze.

„Setz dich.“ Mit einer edel wirkenden Handbewegung wies Italo ihm einen grauen Clubsessel zu.

Baier schwieg ehrfürchtig, hier war er bei den wichtigen Typen, das merkte er sofort. Die hatten es drauf.

„Ich kenne die Story aus der Straßenbahn“, begann Italo. „Es war auch ein Bild von dir in der Zeitung. Du wirst gesucht, Klein-Franky.“

Ich heiße Timo, verdammt. „Ja ich weiß. Aber in Frankys Datsche bin ich save."

„Erster Fehler. Ich könnte dich hopsgehen lassen." Italo grinste schief. „Ich weiß jetzt, wo du wohnst."

Der andere lachte grunzend. Baier war nicht nach Scherzen zumute, ganz im Gegenteil.

„Du willst sie also erledigen?"

„Mmh, ja, nein. Ich kenn mich nicht so aus mit Waffen."

„Kann ich dir beibringen."

„Mmh, weiß nicht", druckste Baier herum.

„Ich zeig dir alles, was du wissen musst." Italo sah ihn auffordernd an.

Das lief jetzt in die völlig falsche Richtung. Er wollte das doch nicht selbst tun. Er würde sie an den Haaren durch die Wohnung schleifen, ihr in die Fresse schlagen, ihr in die Rippen treten, vielleicht die Finger brechen. Aber erschießen? Das war eine ganz andere Nummer.

„Franky hat gemeint, du würdest mir helfen."

„Ach, das hat Franky gemeint?"

Baier nickte. „Er sagte du kannst mit Waffen umgehen."

„Das ist wohl so. Wie gesagt, ich kann es dir zeigen."

So kam er nicht weiter. Er hatte anderes erwartet. Jetzt musste er sich eingestehen, dass er keine Vorstellung davon gehabt hatte, wie das hier ablaufen würde.

„Franky hat gesagt, du würdest es für mich tun.“

„Ist ja interessant. Wie kommt der denn auf sowas?“

„Er passt auf deinen Bruder auf, im Knast.“

„Das will ich ihm auch geraten haben. Er ist mir nämlich was schuldig.“ Italo grinste so milde, dass sein Gesichtsausdruck überheblich wirkte.

Das verstand Baier nicht, Franky hatte das doch andersherum erzählt. So eine Scheiße.

„Ich rufe ihn an“, sagte Baier. Hastig zog er sein Handy aus der Hosentasche.

„Lass das Ding stecken, Klein-Franky.“ Italo winkte ab. Dann zog er eine Augenbraue hoch. Das flößte Baier noch mehr Respekt ein.

„Aber ...“

„Der Deal steht, Klein-Franky. Dein Cousin erledigt dafür einen Auftrag im Knast.“

Baier schluckte schwer. So war das nicht gedacht gewesen. Franky ritt sich weiter in die Scheiße, bloß um ihm einen Gefallen zu tun? Da hatte er einiges gutzumachen, spätestens wenn sein Cousin draußen war. Aber war das nicht völlig egal? Jetzt, wo Radek und Pascal tot waren, konnte ihm nichts Besseres passieren, als sich an Franky zu hängen. Er hatte ja niemanden mehr.

„Okay. Der Deal steht.“ Baier hob den Daumen, kam sich aber sofort blöd dabei vor.

„Wo wohnt sie?“

„Falkenweg 27c.“

„Nette Gegend.“ Italo lächelte.

„Mit scheiß Blumentöpfen.“

„Morgen einundzwanzig Uhr vor dem Wohnblock.“

„Morgen?“, wiederholte Baier. Seine Stimme krächzte heiser. Doch er wagte nicht zu widersprechen.

„Sei pünktlich, Klein-Franky.“

Krohn zog Balkontür und Fenster auf und ließ die kühle Nachtluft durch ihre Wohnung strömen. Es wäre besser gewesen noch eine Kleinigkeit zu essen, stattdessen presste sie zwei Orangen aus und verquirlte den Saft mit Buttermilch. Da hatte sich der späte Einsatz am Abend doch noch gelohnt. Der Brief an die Krankenkasse hatte auf einem Stapel Zeitschriften auf dem Couchtisch der Seniorin gelegen. So intensiv wie dieses war noch kein Schreiben behandelt worden, der Umschlag war verschlissen und das Schreiben selbst so häufig geknickt und zusammengefaltet worden, dass das Papier an den Falzen mürbe und rissig war. Sie waren noch zurück in die Dienststelle gefahren und hatten den vergrößerten Videoausschnitt mit der Adresse verglichen. Es war eindeutig der Brief aus der Straßenbahn, das erkennbare „isch Gmü“ stimmte eins zu eins mit der Handschrift auf dem Umschlag überein. Matschulak und Baier hatten wohl geglaubt, der Brief würde sie zu Elli führen, und dann war ihnen Gerda von Langerdess in die Hände gefallen. Sie mussten davon ausgehen, dass Baier nach Elli suchte, womöglich hatten die Männer Gerda die Adresse ihrer Freundin abgepresst, dann war Elli in höchster Gefahr. Weshalb sie diesen Brief mit sich geführt hatte, konnten sie nur erahnen. Die simpelste Erklärung war vermutlich auch die treffende. Elli hatte nach einem Besuch ihrer Freundin angeboten, das Schreiben auf dem Nachhauseweg einzuwerfen. Dazu war es dann nicht mehr gekommen.

Krohn nahm den letzten Schluck ihrer Fruchtbuttermilch und stellte das Glas in die Spülmaschine. Der Durchzug hatte gereicht, sie schloss die Balkontür, die Fenster ließ sie gekippt und zog die Vorhänge zu. Ihre Kleidung wanderte in den Wäschekorb. Als sie aus dem Bad kam, fühlte sie sich aufgedreht und erschlagen zugleich. Ein schlechtes Vorzeichen, um in den Schlaf zu finden. Die dünne Decke zog sie bis über die Schultern und rollte sich auf die Seite. Mit geschlossenen Augen lauschte sie dem entfernten Rauschen der Bundesstraße.

Sie stellte sich vor, Rune würde neben ihr liegen, Haut an Haut. Und dann malte sie sich all die Dinge aus, die niemals zwischen ihnen geschehen würden.

Showdown am Samstag

Baier konnte sich nicht entsinnen, jemals so früh aufgestanden zu sein. Gedankenverloren schlurfte er ins Bad, putzte sich die Zähne und warf sich eine Handvoll kaltes Wasser ins Gesicht. Mit den nassen Händen fuhr er sich über die kurzen, blonden Haare. Er sprühte reichlich Deo unter die Achseln, zog eine frische Unterhose an und schlüpfte in die Kleidung vom Vorabend. Als er vor der Datsche stand, zündete er sich eine Zigarette an und machte sich auf den Weg zur Straßenbahnhaltestelle. Er hatte keine Ahnung, wo Killer-Ellis Wohnung in diesem Mehrfamilienhaus war. Das musste er unbedingt bis zum Abend herausfinden. Mit Unbehagen stellte er sich Italo vor, wie der reagieren würde, wenn sie noch nach Elli suchen mussten. Wahrscheinlich würde der gleich auf dem Absatz kehrt machen. Das durfte auf keinen Fall passieren. Inzwischen war Baier erleichtert, dass es heute Abend über die Bühne gehen sollte. Je eher die Sache lief, desto besser. Dann hatte er die ganze

Scheiße hinter sich. Jetzt würde er sich vor ihrem Wohnblock auf die Lauer legen und warten. Konnte ja sein, dass sie Brötchen fürs Frühstück kaufte, eine Straße weiter war schließlich eine Bäckerei. Oder sie machte einen Spaziergang, es war schönes Spätsommerwetter gemeldet. Es war auch möglich, dass sie loszog, um wieder Leute zu erschießen. Das konnte ihm sowas von egal sein, er hoffte nur, dass sie sich blicken ließ. Dann war sie geliefert, dann brauchte er ihr bloß noch zu folgen. Baier hoffte, dass es funktionierte, schließlich war er auch mal an der Reihe, was die Verteilung von Glück anging.

Die Straßenbahn hielt, und er stieg ein. Das Abteil war selbst um diese Zeit erstaunlich voll, er lehnte sich rücklings an eine Haltestange und starrte auf den Boden. Am Bahnhof würde er umsteigen. Sein Magen knurrte, er hatte seit gestern Mittag nichts mehr gegessen, er musste sich dringend noch was besorgen. Krake, der Drecksack, hatte seine letzte Kohle eingesackt, aber irgendwas würde ihm schon einfallen. Aber das musste erst warten, je früher er bei der Alten vor dem Wohnblock auftauchte, umso besser. Die Sache war jetzt eindeutig wichtiger. Mehr als eindeutig. Wenn heute Abend Italo vor ihm stand, wollte er wie ein Profi wirken, der alles im Griff hatte.

Auch wenn er frei hatte, war Schneider zeitig auf. Die innere Uhr konnte er schon lange nicht mehr umstellen und bevor er begann, sich in der Früh durch die Kissen zu wälzen, konnte er besser aufstehen. Die Luft war klar und der Bäcker hatte erfreulicherweise einige Minuten vor der offiziellen Öffnungszeit den Laden aufgesperrt. Die Brötchen waren noch warm und ihr Duft zog verlockend aus der Baumwolltasche zu ihm hoch, während er auf dem Rückweg war. Er ging entspannt und ohne besondere Eile. An der Fußgängerampel zündete er sich die obligatorische ‚Wegzigarette' an. Samstags war es um diese Zeit entschieden ruhiger als in der Woche. Er querte die Straße, bog ab und passierte die Häuser der Nachbarn, deren Jalousien bis auf wenige Ausnahmen noch unten waren. Kahlberg wusste, dass er mit den Kindern allein war. Mit Sicherheit hatte er ihm aus diesem Grund auch ein freies Wochenende angeboten, zum dritten Mal seit Margitta weg war. Schneider war zwar auch letzte Woche aus dem Frei zurückgekommen, aber der gute Wille des Teamchefs zählte. Überstunden waren satt und genug auf seinem Arbeitszeitkonto, doch das war bei den Kollegen nicht anders. Die arbeiteten jetzt seit geraumer Zeit durch, hatten hier und da einen einzelnen freien Tag und selbst das nicht unbedingt am Wochenende. Imani war das vermutlich egal, die war versessen auf die Arbeit. Aber Elisa war da nicht ganz so geschmeidig. Allerdings war Rune da umsichtig gewesen, das war ein durchdachter

Schachzug gewesen, dass auch sie jetzt frei hatte. Vielleicht blieb es ruhig, und er hatte zwei halbwegs entspannte Tage. Oder es kam doch noch Bewegung in die Ermittlungen und er musste kurzfristig los. Wie er selbst war auch seine Schwiegermutter abrufbereit. Sie würde einspringen und sich um die Kinder kümmern, wenn es einen Einsatz geben sollte.

Als Schneider die Haustür aufschloss, war von oben K-Pop zu hören, schreckliche Musik, aber Emma stand darauf. Das würde gleich richtig Ärger geben, das laute Gedudel vertrug sich so gar nicht mit dem Schlafbedürfnis von Linus. Schneider schaltete die Kaffeemaschine an, der Start war suboptimal, aber er hoffte dennoch auf ein relaxtes Wochenende.

Karla hatte am Vortag mehrfach angerufen. Jetzt klingelte das Handy wieder, Elisabeth blieb konsequent und ging nicht ran. Ob ihre Freundinnen bereits wussten, dass es tatsächlich Gerda war, die in ihrem Haus überfallen wurde? Vielleicht sollte sie Karla doch zurückrufen. Wenn die zwei sich Sorgen machten, kamen sie womöglich unangekündigt vorbei, um nach ihr zu sehen. Das durfte auf keinen Fall passieren. Elisabeth hatte keine Ahnung, ob der Mann auf der Suche nach ihr war, es konnte sein, dass er bereits herausgefunden hatte, wo sie wohnte. Vielleicht beobachtete er sie und wartete auf den passenden Moment. Dann durfte er sie auf keinen Fall mit Karla und Lore sehen. Es gab keinen anderen Weg mehr, sie musste sich der Polizei stellen. Das war der einzige Weg, um ihre Freundinnen zu schützen, sie hatte bereits Gerdas Leben zerstört. Elisabeth nahm ihr Smartphone, setzte sich in ihren Lesesessel und wählte Karlas Nummer.

„Elli, Gott sei Dank. Ich habe zigmal versucht dich zu erreichen. Wir haben uns Sorgen gemacht."

„Entschuldige Karla, ich hatte mein Handy verlegt und es war auf lautlos", log sie.

„Hast du Gerdas Haus in der Zeitung gesehen? Hast du was gehört?"

„Den Artikel habe ich gesehen. Aber ich habe auch noch keine Ahnung, was da passiert ist." Sie schluckte, um nicht weinen zu müssen. „Man bekommt ja nirgendwo eine Auskunft."

„Ob sie im Uniklinikum liegt? Oder Südstadt?"

„Ich weiß es nicht."

„Sie hat doch eine Tochter in Köln. Hast du die Nummer?"

„Leider nicht, Karla. Wir telefonieren, wenn eine von uns etwas herausfindet. Sagst du Lore Bescheid? Sie hat auch versucht mich anzurufen. Ich muss an die Tür, es hat geklingelt."

„Mach ich."

Sie beendeten das Gespräch. *`Es hat geklingelt´*. Die Unwahrheit war seit der Nacht in der Straßenbahn ihr ständiger Begleiter. Sie legte ihr Smartphone nicht erst aus der Hand, ohne zu zögern wählte sie die eins, eins, null. Doch dann schoss ihr unwillkürlich ein Gedanke durch den Kopf, hektisch brach sie den Anruf ab. Ihre Hände zitterten und das Herz tat ihr weh. Ein Schluchzer drängte sich an die Oberfläche, doch sie weinte nicht. Elisabeth war aus der Enge ihrer Ehe in diese Hansestadt gekommen. Die Zeit, die sie seither hier verbracht hatte, war unbeschwert und wundervoll gewesen. Aber das war nun vorbei. Sie musste sich ihrer Verantwortung stellen, das hatte sie nun beschlossen. Diese Entscheidung war endgültig. Doch wenn sie den Rest ihres Lebens in einer kleinen Zelle verbringen musste, dann wollte sie noch ein letztes Mal das Meer sehen, den Sand zwischen den Zehen und den Wind auf der Haut spüren.

Die Visite war durch und er wurde heute entlassen. Vinzenz war mehr als erleichtert. Die Heilung der Verletzungen schritt besser als gedacht voran, so hatte er sich in diesem Krankenzimmer mit jedem weiteren Tag deplatzierter gefühlt. Es würde bis zur vollständigen Genesung noch dauern, damit musste er sich abfinden. Seine Fitness ließ nach den Tagen im Krankenhaus ohnehin zu wünschen übrig. Das machte ihm allerdings nicht die größten Sorgen. Seiner Hand fehlte noch immer einiges an Kraft und Beweglichkeit, er hoffte, dass sich dieser Zustand schnell verbesserte. Er schickte eine Nachricht an Leonard, der angeboten hatte ihn abzuholen und nach Hause zu fahren. Das passte jetzt an einem Samstag optimal, ansonsten hätte sein Arbeitskollege einen halben Tag Urlaub nehmen müssen.

Vinzenz zog Straßenkleidung an und begann seine Sachen einzupacken. Es gab etliches zu erledigen, vor allen Dingen musste er direkt auf dem Nachhauseweg noch bei der Polizei vorsprechen. Die Dienststelle in der Ulmenstraße lag um die Ecke und nach allem, was sich da im Internet bewegte, war es falsch, weiter zu schweigen. Die Frau hatte ihm das Leben gerettet, das würde er ihr nie vergessen. Aber jetzt war die Situation außer Kontrolle geraten. Der Großteil im Netz zeigte Verständnis für ihre Tat und diskutierte die Notwehrsituation. Teilweise arteten die Reaktionen jedoch in beide Richtungen aus. Fans umjubelten sie als Kopfgeldjägerin und erhoben sie zur gerechten Vollstreckerin. Das andere Lager stachelte zur Jagd auf ‚Killer-Elli' an und rief offen zur Gewalt auf. Heute Morgen waren die Videos nicht mehr abrufbar gewesen, das war schon mal gut. Vinzenz hatte das Gesicht seiner Retterin noch vor Augen. Er würde den Ermittlern eine perfekte Beschreibung geben. Damit würde er sie zwar ans Messer liefern, aber ab da musste er halt versuchen, sie da rauszuhauen. Das war das mindeste, was er für die Frau tun konnte. Es durften keine Zweifel über die Notwehrsituation aufkommen. Er würde den besten Anwalt besorgen, den Mecklenburg-Vorpommern zu bieten hatte und sich um die Finanzierung des Prozesses kümmern.

Die Haustür wurde von innen geöffnet und eine Frau trat aus dem Wohnblock. Baier riss die Augen auf. Das war die Dreckskuh, eindeutig. Sie hatte eine große Tasche dabei, die über ihrer Schulter hing. Ob die Waffe da drin war? Da würden auch noch etliche Handgranaten reinpassen. Unwillkürlich machte Baier einen Schritt rückwärts, das Gesträuch bot ihm ausreichend Deckung. War typisch, dass er sich selbst verrückt machte. Noch war nichts geschehen, trotzdem schien sich sein Puls zu überschlagen, er spürte das unangenehme Pochen an der Halsschlagader. Wenn sie Brötchen holen ging, dann war sie spätestens in zehn Minuten zurück. Oder sie kaufte für das Wochenende ein, wahrscheinlicher mit der großen Tasche. Der Supermarkt lag zehn Minuten entfernt, maximal eine Stunde für Weg und Einkauf, eher ein paar Minuten weniger. Baier ließ sich auf den Rasen hinter der Hecke sinken, ein Mettbrötchen und ein Bier wären jetzt nicht schlecht gewesen. Er rutschte ein Stück zur Seite, um den Eingang des Wohnblocks im Blick zu haben, und zündete sich eine Zigarette an.

„Vinzenz Jordan."

„Ich habe Sie erst nicht erkannt", sagte der Polizist und bat ihn in sein Büro. „So ist das, wenn man Menschen ausschließlich von Fotos kennt. Kriminalhauptkommissar Kahlberg", fügte er an.

Sein Gegenüber wirkte freundlich und bedacht, das beruhigte Vinzenz im ersten Moment. Er hatte bisher noch nicht mit der Polizei zu tun gehabt. Der Besuch der Kommissarin im Krankenhaus hatte sich entspannter angefühlt, obwohl er wichtige Informationen vorenthalten hatte. Hier in der Polizeiinspektion zu sitzen war eine andere Hausnummer.

„Wie geht es ihnen denn", erkundigte sich der Ermittler.

„Es wird. Äußerlich ist alles verheilt, keine Komplikationen. An der Hand wurden einige Nervenbahnen verletzt, da muss ich noch eine Weile dran arbeiten."

Sein Gegenüber nickte.

„Ich habe da noch Glück gehabt, wenn diese Frau nicht gewesen wäre ..." Vinzenz schwenkte zum eigentlichen Thema um und verharrte einen Moment.

„Sie haben noch Hinweise für uns?"

„Ich kann ihnen die Frau aus der Straßenbahn beschreiben", bestätigte er.

„Warten Sie", sagte der Polizist, erhob sich und verließ den Raum.

Vinzenz konnte nicht leugnen, dass ihn diese Reaktion verunsicherte. Er hatte keine Ahnung, was da jetzt kam. Er wandte seinen Blick zum Fenster, die Wolken deformierten sich, während sie vorbeizogen. Der Ermittler war schnell zurück. Er legte, ohne es zu kommentieren ein Foto auf den Tisch und Vinzenz nickte wortlos. Er nahm das Bild in die Hand und betrachtete es einige Sekunden. „Das ist sie. Die Frau links. Sie hat mir das Leben gerettet.“ *Sie hat diesem Typen eine Kugel verpasst.*

Wenige Minuten später stand Vinzenz bereits wieder im Korridor der Polizeidienststelle. Auch wenn er sich den Besuch hätte sparen können, war er erleichtert, es getan zu haben. Die Ermittler wussten bereits, wer diese Frau war, er hatte sie nicht verraten. Auch die drückende Last fiel von ihm ab, es gab nichts mehr, dass er der Polizei vorenthielt. Er steuerte auf die graue Ausgangstür zu und obwohl sich die Stichverletzungen bei jedem Schritt bemerkbar machten, hatte er das Gefühl locker und entspannt zu sein. Vinzenz verließ das Gebäude und wandte sich nach rechts. Abrupt hielt er inne. Eine Frau kettete gerade ihr Rennrad an den Fahrradständer – und diese Frau kannte er aus der Straßenbahn.

Göthefeld schob ihre orange Simson-Schwalbe aus dem Schuppen. Dreimal hatte sie ihrer Moped-Clique diesen Sommer bereits abgesagt, heute brauchte sich keiner ihrer Kollegen zu melden. Sie war zwar auf Abruf, aber niemand konnte erwarten, dass sie durchgängig erreichbar war. Sie schaltete das Smartphone auf lautlos und schob es in die Innentasche ihrer Lederjacke. Sie waren im alten Hafen zum Essen verabredet, um von dort eine Tour über Land zu machen. Sie waren heute zu acht, selten waren alle elf Gruppenmitglieder terminlich auf einen Nenner zu bringen. Beim letzten Ausflug hatte Göthefeld gefehlt, obwohl sie eigentlich im Frei war. Dass sie so kurzfristig hatte einspringen müssen, war ärgerlich gewesen. Wahrscheinlich hätte das auch Imani übernommen, wenn sie gefragt hätte, aber der wollte sie nichts schuldig sein. Die war berechnend und hatte in erster Linie ihre Karriere im Blick. Imani hätte in Schwerin bleiben sollen. Seit sie bei ihnen war, ging es mit dem Teamgeist spürbar bergab. Leider hatten weder Kahlberg noch Schneider einen Blick dafür und nahmen die Situation als gegeben hin. Merkten die denn nicht, was da vorging? Imani würde jeden ausbooten, wenn es um eine Beförderung ging. Die sprang vermutlich auch mit Kahlberg in die Kiste, wenn es ihr nutzte, da konnte einer sagen, was er wollte.

Ihr Lieblingsstrand war der ideale Ort für ihren Abschied von der Welt. Er war das Stückchen Natur, wo Elisabeth schon endlose Stunden verbracht hatte. Ein netter, junger Mann hatte ihr bei ihrer Ankunft geholfen, den Strandkorb gegen den Wind zu drehen. Der Sand klebte noch an ihren nassen Füßen, sie war gerade noch im flachen Wasser gewesen, um ein paar Herzmuscheln zu sammeln, sie mochte die farbigen am allerliebsten. Ihr kleines Strandkissen hatte sie hinter den Kopf geschoben, die Beine hoch und den Mantel über die Knie gelegt. Es war nicht so warm wie am Montag, jetzt gegen Abend wurde der Wind böig und frisch. Es war an der Zeit den Heimweg anzutreten, aber sie fühlte sich noch nicht bereit dazu. Sie schloss die Augen, lauschte dem Rauschen der Wellen und den Schreien der Möwen. Sie ließ alle Gedanken zu, die sie anflogen, sie wollte ganz bewusst begreifen, an welchem Punkt sie jetzt war und wie es so weit hatte kommen können.

Mit Albert war ihr Leben damals zum Stillstand gekommen. Jetzt gehörst du mir, verkündete er nach der Hochzeit. Sie empfand es als Zeichen seiner Verbundenheit und Liebe. Doch schnell begriff sie, dass es exakt wörtlich gemeint war. Unter seiner ‚Herrschaft' wurde sie unsichtbar. Der Anspruch auf ein eigenes Leben, auf eigene Entscheidungen war verloschen. Selbst das Lesen versuchte er ihr zu verbieten, damit ihre ‚Hirngespinste' nicht überhandnahmen. Doch da war es ihr gelungen, sich seiner Kontrolle geschickt zu entziehen.

Jahrelang wünschte sie sich ein Kind, aber sie wurde nicht schwanger. Er gab ihr wie selbstverständlich die Schuld daran. Selbst damit fand sie sich ab. Vermutlich war es Schicksal, was hätte aus diesem Kind werden sollen in einem Haus voller Kälte.

Dann kam die Makarow in ihr Leben und mit ihr die Wochenenden auf dem Schießplatz, die Gesellschaft anderer Menschen, die anerkennenden Worte der Schützen. Da spürte sie nach den vielen leblosen Jahren das erste Mal, dass sie noch existierte.

Auf Alberts Beerdigung kamen ihr die Tränen, aber sie galten nicht ihm. Er war zwangsläufig ihr Finanzier, ihr Kalender, ihre Uhr und ihr Maßstab gewesen. Sie hatte sich jahrzehntelang um nichts kümmern dürfen. Elisabeth sah noch den Sarg dort unten, das Blumengesteck aus weißen Lilien. Sie erinnerte sich an diese blanke Angst vor dem Leben. Selbst jetzt noch konnte sie diese deutlich spüren. Sie hatte sich nicht dagegen wehren können und hemmungslos geweint. Nun saß sie hier, am wunderbarsten Ort der Welt und es tat unaussprechlich weh, weil es das letzte Mal sein würde. Bei diesem Gedanken schossen ihr die Tränen in die Augen, unkontrollierbar wie damals am Grab. Sie wischte sie mit dem Ärmel ihrer Strickjacke beiseite und blickte über die Ostsee. Eine Fähre der Scandlines machte sich vor dem Horizont auf den Weg nach Dänemark. War es nicht eine bessere Entscheidung, mit diesem Anblick aus dem Leben zu gehen, anstatt sich für den Rest seines Lebens einsperren zu lassen?

Sie brauchte doch nur weit genug ins Wasser zu gehen und sich vom ablandigen Wind aufs offene Meer tragen zu lassen.

Es war seltsam, wie schnell die gewohnte Umgebung fremd erschien. Als Vinzenz nach einer Woche in der Klinik in seine Wohnung zurückkam, hatte er das Gefühl, als sei er monatelang weg gewesen. Wie deplatziert stand er einen Moment lang regungslos im Flur. Genauso schnell schien das Akklimatisieren in den eigenen vier Wänden zu funktionieren. Als erstes ging er an den Kühlschrank und nahm sich eine Cola. Er räumte im Schneckentempo auf und füllte die Waschmaschine. Als das Chaos halbwegs beseitigt war, schob er zwei Pizzabaguette in den Ofen. Er ließ sie abkühlen, während er duschte, und ruhte sich aus, nachdem er gegessen hatte. Die Waschmaschine lief inzwischen mit der zweiten Befüllung. Müde lauschte er dem monotonen Geräusch und nickte ein.

Erst gegen Abend wachte er desorientiert auf der Couch auf. Er fühlte sich erschlagen und dachte darüber nach, die Verabredung mit Nora abzusagen.

Sie war wegen ihres Smartphones bei der Polizeiinspektion aufgetaucht. Es konnte kein Zufall sein, dass sie sich ausgerechnet dort wiedergetroffen hatten.

Er hatte einer Verabredung am gleichen Tag sofort zugestimmt. Viel zu begeistert war er gewesen sie zu sehen. Natürlich hatte er das nicht ganz so offensichtlich gezeigt. Jetzt, als es auf den Abend zuging, fühlte er sich körperlich nicht mehr in der Lage, die Wohnung noch zu verlassen. Aber wie sah das aus, wenn er ihr beim ersten Date gleich absagte?

Krohn und Lambers warteten wie verabredet vor der Cafeteria. Es war selbst um diese Zeit noch einiges los.

Klinikbesucher und Patienten kamen an ihnen vorbei, ohne sie weiter zu beachten. Eine hochgewachsene Frau, die in eine leichte Baumwollhose und ein bedrucktes T-Shirt gekleidet war und eine Jacke über dem Arm trug, steuerte auf sie zu.

„Sind sie von der Polizei?“

„Ja, Imani Krohn, Kripo Rostock.“

„Fiona Lambers“, ergänzte die Anwärterin, „auch Kripo.“

„Felizitas Brenner. Tut mir leid, dass es so spät geworden ist.“

„Das ist kein Problem, sie haben uns ja rechtzeitig darüber informiert. Gehen wir in die Cafeteria?“

„Gern."

„Trinken Sie Kaffee?", fragte Krohn.

„Um diese Zeit nicht mehr. Aber heute könnte ich tatsächlich noch einen gebrauchen." Brenner lächelte matt.

„Sie auch?"

„Ich nehme dann lieber eine Cola", antwortete Lambers.

Als Krohn mit dem Tablett vom Tresen kam, setzten sie sich an einen Tisch neben einer Säule.

Felizitas Brenner sah sichtlich erschöpft aus und Krohn fragte sich, ob sie selbst auch einen derartigen Eindruck hinterließ. Die Tage waren lang, die Nächte kurz.

„Diese ständigen Baustellen auf der A1", holte sie Brenner aus ihren Gedanken, „ich habe vor Bremen und Hamburg ellenlang im Stau gestanden."

„Das ist dort immer ein Glückspiel", bestätigte Krohn. Sie öffnete die Mappe und warf einen Blick auf das Foto mit den vier Frauen. Die Brenner war eindeutig die jüngere Version ihrer Mutter, mit rundem Gesicht, hohen Augenbrauen und wilden Locken.

„Der Zustand meiner Mutter ist jetzt zumindest stabil. Wenn es so bleibt, versuchen die Ärzte morgen, sie aus dem künstlichen Koma zu holen."

„Das ist schön zu hören. Wir würden ihre Mutter baldmöglichst befragen wollen, mit Erlaubnis der behandelnden Ärzte, versteht sich“, erklärte Krohn.

„Ich weiß nicht.“

„Wenn Sie Bedenken haben können Sie gern dazukommen.“

„Das werde ich auf jeden Fall machen. Aber ich weiß nicht, ob sie über das Erlebte reden wird. Sie hat stets alle Schwierigkeiten mit sich selbst ausgemacht.“

„Das wird nicht funktionieren“, gab Krohn zu bedenken. „Einerseits brauchen wir Ihre Mutter dringend als Zeugin. Andererseits tut sie sich selbst keinen Gefallen damit, wenn sie das Geschehene totschweigt.“

Felizitas Brenner seufzte, dann nahm sie einen Schluck Kaffee. „Das weiß ich. Ich kenne sie nicht anders, sie hat sich nie helfen lassen. Sie wollte keinem zur Last fallen, egal was war.“

„Dann ist jetzt der Zeitpunkt gekommen, wo sie das ändern muss“, insistierte Krohn. Eine solche Gewalterfahrung konnte man nicht mit sich selbst abmachen. Ohne Unterstützung, wie immer diese auch aussah, war das zerstörerisch.

„Vielleicht kann ich ihr ins Gewissen reden. Aber ich habe keine Ahnung, ob es etwas bringt. Ich weiß auch noch nicht, wie das alles weitergehen soll. Sobald sie nach Hause kommt, werde ich ein paar Tage Urlaub nehmen, um bei ihr zu sein. Oder meine Tochter bekommt das hin, sie hat einen guten Draht zu ihrer Oma.“

Krohn nickte. Dann zog sie das Foto aus der Mappe heraus und schob es über den Tisch.

„Sie hatten bereits mit meinem Kollegen Kriminalhauptkommissar Kahlberg über dieses Foto gesprochen."

Brenner nickte. „Ich hatte nicht mehr im Kopf, auf welcher Seite Elli steht. Er hat es mir per WhatsApp zugeschickt. Sie ist da links."

„Die Nachnamen wissen Sie nicht?"

„Nein, das habe ich auch ihrem Kollegen mitgeteilt. Ich kenne die Frauen lediglich von Fotos und Erzählungen meiner Mutter. Sie wollte schon lange, dass ich die drei kennenlerne. Aber so weit sind wir nie gekommen."

„Handy und Adressbuch ihrer Mutter wurden entwendet. Gibt es noch etwas anderes, das uns weiterhelfen könnte, diese Frau zu finden?"

„Ihr Kollege sagte, dass sie in Gefahr sein könnte, dass diese Männer es nicht auf meine Mutter, sondern auf Elli abgesehen hatten."

„Da hat er nicht ganz Unrecht. Je eher wir sie finden, umso besser." Aber es gab auch eine andere Seite, und die machte Krohn ebenso viel Sorgen. Es konnte sein, dass Elli inzwischen nicht nur für andere, sondern auch für sich selbst eine Gefahr darstellte, das Leben ging nicht wie gewohnt weiter, wenn man zwei Menschen getötet hatte.

„Gibt es sonst noch Aufzeichnungen? Ein Tagebuch, Notizhefte oder irgendetwas, dass uns weiterbringen könnte?“, fragte Krohn.

Felizitas Brenner schien nachzudenken und Krohn wartete geduldig.

„Ich weiß es nicht. Sie führt kein Tagebuch, das wüsste ich. Vielleicht hat sie ihre Fotoalben beschriftet.“

„Das haben wir bereits nachgesehen. Es gibt Überschriften, die Seiten sind datiert, aber es sind lediglich Vornamen zu finden. Uns würde selbst ein Hinweis auf eine der anderen Frauen genügen. Karla oder Lore werden mit Sicherheit den vollständigen Namen und die Adresse wissen.“

„Das denke ich auch. Es kann sein, dass meine Mutter die Nachnamen ihrer Freundinnen mir gegenüber erwähnt hat, aber ich habe sie mir nicht gemerkt. Tut mir leid.“

„Würden Sie uns dann bitte sofort informieren, wenn ihre Mutter ansprechbar ist?“

„Es hängt jetzt alles an ihrer Aussage, oder?“

„Ich befürchte, ja.“

„Ich will sie nicht überfordern. Ich werde sie selbst nach Elli fragen, sobald es geht. Und ich werde mich dann sofort melden.“

„Das ist auch eine Möglichkeit, dann machen wir das so, Frau Brenner.“ Krohn ging nur zu gern auf den Vorschlag ein. „Rufen Sie mich jederzeit an.“

„Das werde ich.“

„Dann war es das erst mal“, sagte Krohn. Sie erhob sich mit einem Lächeln. Felizitas Brenner tat es ihr gleich. Sie verabschiedete sich und verschwand in den Korridor, während Krohn das leere Glas und die Tassen zurück auf das Tablett stellte.

„Ich mach das“, sagte Lambers und brachte das Tablett zur Rückgabe.

Sie traten auf der Stelle. Krohn rieb sich die Stirn, allmählich bekam sie Kopfschmerzen. Als die junge Kollegin zurückkam, ließ sich Krohn nichts anmerken.

„Ich bringe Sie nach Hause“, schlug sie Lambers vor und die nahm das Angebot an. Draußen färbte sich der Himmel rot. Jemand rief laut von weitem. Krohn begriff erst, dass sie gemeint waren, als sie Felizitas Brenner erspähte, die eilig auf sie zulief.

„Mir ist noch was eingefallen.“ Sie pustete ein wenig, wie es aussah, hatte sie einen Sprint hingelegt.

„Ja?“ Krohn hatte keine Ahnung, was nach ihrem Gespräch in der Cafeteria jetzt noch kommen konnte.

„Meine Mutter hat damals inseriert, um Freundinnen zu finden, die ähnliche Interessen haben. Sie hat eine Menge Zuschriften bekommen. Ich erinnere mich, dass sie mir die Briefe gezeigt hat, sie hat die Zuschriften in einem kleinen Karton aufbewahrt. Es kann sein, dass sie den Karton aufgehoben hat.“

„Warten Sie kurz“, bat Krohn und zog ihr Handy aus der Hosentasche. „Wir fahren am besten direkt zum Haus ihrer Mutter, ich informiere nur schnell meinen Vorgesetzten."

Diese bekloppte Alte, wo hatte die sich so lange herumgetrieben? Baier war auf hundertachtzig, er hatte sich den kompletten Tag um die Ohren geschlagen. Sein Magen hing auf den Knien, der Durst war so ätzend, dass er sogar Wasser getrunken hätte, und Zigaretten hatte er auch keine mehr. Er hatte sich nicht getraut, sich von seinem Posten wegzubewegen, um sie nicht zu verpassen. Als sie die Haustür erreichte, sprintete er los und nahm Deckung hinter einem Stromkasten. Sie schloss die Tür auf und verschwand im Flur. Baier schaffte es gerade eben, den Eingang zu erreichen, bevor das Schloss einschnappen konnte. Er hörte Schritte auf der Treppe. Abstand war das Wichtigste, die hatte mit Sicherheit ihre Knarre dabei. Baier nahm die ersten Stufen, in kurzen Abständen lauerte er nach oben. Im vierten Stock bog sie in den Korridor ab, Baier schnaufte, er war aus der Puste. Seltsam, dass sie nicht den Aufzug nahm, aber besser für ihn. Er blieb an der Feuerschutztür stehen, hielt seinen Kopf vorsichtig in den Flur und spähte ihr hinterher. Sie machte sich an einer Tür zu schaffen, dann war sie verschwunden. Erleichtert folgte er ihrem Weg über die anthrazitfarbenen, großen Bodenfliesen und hielt an ihrer Tür inne. E. Dahlke stand auf dem Türschild. Mit sich zufrieden wandte Baier sich zum Gehen, er würde draußen auf Italo warten, wie es abgesprochen war. Noch eine halbe Stunde, das würde reichen, um noch Zigaretten und Bier zu besorgen, aber um das ohne Geld zu erledigen, war die Zeit dann doch zu knapp. Er verwarf den Gedanken wieder und verließ das Haus. Draußen setzte er sich auf den Stromkasten und ließ die Beine baumeln. In diesem Wohnblock würde demnächst eine Wohnung frei werden und er, Timo, wusste das bereits.

Felizitas Brenner stand fassungslos im Haus ihrer Mutter. Es war nach dem Überfall noch alles unverändert und auch die Arbeit der Spurensicherung hatte es nicht besser gemacht.

„Es muss leider noch alles so bleiben“, erklärte Krohn.

„Das ist furchtbar. Ist das Blut da?“ Sie zeigte entsetzt auf die getrocknete, braune Lache am Boden.

„Kommen Sie“, sagte Krohn. Sie legte Brenner eine Hand auf den Rücken und führte sie behutsam weg.

„Meine Mutter kann doch unmöglich hierher zurückkommen. Und es riecht so schrecklich.“

„Ich werde mich erkundigen, wann Sie hier aufräumen können“, schlug Krohn vor. „Ich kann ihnen auch Adressen professioneller Reinigungsunternehmen besorgen.“

„Ja, gern“, Brenner schluckte. „Ich glaube nicht, dass ich das da selbst machen will.“

„Wo könnte denn die Kiste sein", fragte Lambers. Es klang beinahe als wolle sie die Anwesenden an den Grund ihres Besuches erinnern.

Es war in Ordnung, dass die junge Kollegin auf den Punkt kam. Krohn nickte ihr zu. Bei aller Rücksichtnahme auf die Gefühle der Angehörigen mussten sie sich jetzt um weitere Spuren kümmern.

„Ich vermute, im Kleiderschrank. Alles, was sie nicht braucht, aber nicht wegwerfen mag, lagert sie in Kartons hinter den Wäschestapeln."

„Dürfen wir?", fragte Lambers.

„Aber bitte nicht alles rauswerfen."

Brenner seufzte hörbar. Auch im Schlafzimmer hatten sich die Einbrecher breitgemacht, im Bett hatten sie wohl mit Straßenschuhen gelegen, es klebte Erde an der Wäsche und überall lagen leere Bierdosen. Die Bitte nicht noch mehr Unordnung zu schaffen, erübrigte sich, denn diese ‚Arbeit' war zu großen Teilen erledigt. Die Schubladen der Kommode waren herausgerissen, etliches an Kleidung lag auf dem Boden vor dem Schrank, der Tresor war freigeräumt, aber verschlossen.

„Ich denke, in einem der oberen Fächer", sagte Brenner. Ihre Stimme klang kraftlos und matt.

Lambers reckte sich, nahm einen Stapel Pullover und Shirts vom Bord und legte ihn auf die Kommode. Zwei kleine Kartons kamen zum Vorschein. Vielleicht hatte auch die Spurensicherung schon einen Blick darauf geworfen, die Deckel lagen lose daneben. Lambers zog die Kistchen hervor und stellte sie aufs Bett. Lockenwickler von anno dazumal, Ansichtskarten, drei alte Wecker. Ein Karton enthielt Parfumfläschchen, leer, aber formvollendet, tatsächlich zu schade, um sie zu entsorgen.

„Der ist es, glaube ich“, sagte Brenner. Sie zeigte auf einen Karton mit Blütenmuster und wirkte dabei so aufgeregt, als hinge ihr Leben davon ab. Krohn legte das gefaltete Geschenkpapier, das obenauf lag zur Seite. Darunter kam eine alte Zeitung zum Vorschein, eine Anzeige war eingekreist.

Junggebliebene Witwe Mitte 60 sucht gleichgesinnte Frauen 60 plus für Kultur, Reisen, Genießen und jede Menge Spaß, Gerda freut sich auf euch. Chiffre OZ-2013-38001T.

Sie nahm den Stapel an Briefen, der darunter verborgen lag heraus und sichtete die einzelnen Schriftstücke. Gerda von Langerdess hatte tatsächlich die Schreiben aufbewahrt, die damals auf ihre Anzeige bei der Zeitung eingegangen waren. Auf einem der Umschläge war kein Absender vermerkt, Lambers zog den Brief hervor und fand die Anschrift einer Birgit Wellerhoff auf der Rückseite des Schreibens. Sie legte alle Briefe in den Karton zurück und behielt zwei Umschläge in der Hand.

„Beide mit ‚E‘, Elena Krajewski wohnt in der Ernst-Barlach-Straße und Elisabeth Dahlke, Falkenweg 27c." Krohn zog die Schreiben aus den Umschlägen. „Die Krajewski hat ein Foto mit dabei. Eindeutig nicht unsere Elli."

Krohn spürte, wie sich ihr Puls beschleunigte. „Wir fahren in den Falkenweg. Hoffentlich wohnt sie da noch."

Italo war auf die Minute pünktlich, er war ganz in Schwarz gekleidet, mit enger Lederhose, einem T-Shirt und einem dünnen Sakko. Erst jetzt wurde Baier bewusst, dass der Typ einen ganzen Kopf größer als er selbst war. Eine imposante Erscheinung, drahtig, aber mit breiten Schultern. Der kriegte sicher jede ins Bett, so wie der aussah. Italo lehnte sich entspannt an den Stromkasten und zündete sich eine Zigarette an.

„Rauchst du nicht?"

„Ich hab keine mehr, ich war den ganzen Tag hier auf Posten, nichts gegessen, nichts getrunken, in die Hecke gepinkelt, alles aufgeraucht."

Italo lachte. „Du bist schlecht vorbereitet, Klein-Franky." Er hielt ihm seine Schachtel hin.

Baier nahm eine Zigarette, er brauchte drei Versuche, um sie anzustecken, seine Hand mit dem Feuerzeug zitterte sichtbar.

„Ruhig Blut, Kleiner. Komm mal runter, mit einem solchen Nervenbündel geh ich da nicht rein."

„Das kommt nur, weil ich den ganzen Tag nichts gegessen habe", entgegnete er. „Total unterzuckert."

Ihm fiel keine plausiblere Erklärung ein. Dass es nicht allein an seinem knurrenden Magen lag, wusste er selbst am besten.

„Dann sollte uns deine Elli gleich erst mal was kochen." Italo grinste.

„Hä?"

„Du hast doch Hunger?"

„Mmh." Mit solch seltsamen Scherzen konnte er nichts anfangen.

„Wo ist denn deine Waffe?", fragte Baier. Sofort kam ihm seine eigene Frage saublöd vor.

Italo zog das Revers seines Sakkos ein wenig zur Seite, da war das Ding, richtig professionell in einem Schulterholster.

„Ganz schön lang."

„Da ist ein Schalldämpfer drauf. Ich habe mir das Holster extra anfertigen lassen, Maßarbeit."

Jetzt wurde Baier doch anders. Wie Großalarm schoss es ihm durch den Kopf. Das war kein Film hier, er würde gleich mit Italo da rauf gehen, um diese Frau zu töten.

„Ich, ähm..." Sein Mund war trocken wie Schleifpapier.

„Ja?"

„Nichts."

„Dann ist ja gut. Es geht los", sagte Italo. Er wirkte so gelassen, als würde er gleich nur auf ein Bier in die Kneipe gehen.

Jemand trat aus dem Wohnblock auf die Straße,

die Tür schwenkte langsam zu. Baier sprintete und schob seinen Fuß dazwischen. Italo ließ sich Zeit, er nahm noch einen Zug, ließ die Zigarette fallen und trat sie aus. Dann schlenderte er auf den Wohnblock zu.

„Sie wohnt im vierten Stock."

„Okay." Italo strich sich eine Haarsträhne aus dem Gesicht. „Wir nehmen die Treppe."

Baier unterdrückte ein Stöhnen und folgte ohne Widerworte auf dem Fuß.

„Okay, hier wohnt sie also." Italo schien die Ruhe selbst zu sein, als sie vor der Wohnungstür standen. „E. Dahlke. Und du bist dir sicher, dass es ‚Killer-Elli' ist?"

„Ich hab sie bis hierhin verfolgt. Sie ist in diese Wohnung gegangen."

„Sie ist da nicht nur zu Besuch?"

„Hä?"

„Hat sie geklingelt oder aufgeschlossen?"

„Aufgeschlossen."

„Bestens. Das machen wir jetzt auch, Klein-Franky."

Italo zog ein dünnes Etui aus der Innentasche seine Sakkos und öffnete es. Er nahm ein paar schwarze längliche Teile heraus, die wie verunglückte Inbusschlüssel aussahen.

„Was ist das?"

„Du hast auch von nichts eine Ahnung. Das ist Lockpicking-Werkzeug. Damit kann man Schlösser öffnen, ohne sie zu zerstören.“

Italo betrachtete das Türschloss konzentriert und begutachtete das Werkzeug eine Weile.

„Der Spanner müsste passen.“

Er nahm ein weiteres Teil in die Hand und drückte Baier das Etui in die Hand.

„Halt mal.“

Das war ein richtig cooler Typ, von dem konnte er einiges lernen. Franky hatte ihm nie so Sachen gezeigt. Da konnte er sich besser an Italo hängen, solange Franky im Knast war. Wenn er sich heute halbwegs passabel anstellte, hatte er bestimmt eine Chance.

Italo hockte sich hin, schob das eine Teil in das Schloss und hielt es fest. Dann begann er mit dem anderen Stift herumzustochern.

„Dauert das lange?“

„Was ist lange für dich?“

Jetzt nichts Falsches sagen. „Fünf Minuten?“

„Fünf Minuten?“, wiederholte Italo. Es klang verächtlich. „Du hast stundenlang da draußen gewartet. Da sind fünf Minuten nichts.“

Das war schon mal nach hinten los gegangen. Es war besser jetzt die Fresse zu halten. Baier wischte sich die Hände an der Jeans ab und wechselte dabei das Etui von einer in die andere Hand. Was würde Italo denken, wenn er gleich eine nassgeschwitzte Hülle zurückbekam? Das dauerte ja ewig, im Fernsehen ging das alles viel schneller.

„Warum braucht man so lange dafür?“, rutschte es ihm heraus. Er war froh noch rechtzeitig ‚man‘, statt ‚du‘ gesagt zu haben.

„Ich muss mit der Hook die Pins in der richtigen Reihenfolge herunterdrücken. Der Zylinderkern muss dabei auf Spannung gehalten werden, nicht zu viel, nicht zu wenig. Mach es selbst, wenn du es schneller kannst, oder halt deine Klappe.“

Die Ansage saß, hoffentlich hatte er es nicht vermasselt. Italo konnte sicher niemanden gebrauchen, der ihm auf die Eier ging. Baier wankte von einem Fuß auf den andern, jetzt schoss ihm auch noch der Puls in die Birne. Er starrte auf das Türschloss, das unter lautloser Bearbeitung stand, dann blickte er den Korridor entlang, in der Hoffnung, niemand möge dort auftauchen. Doch dann waren die Aufzugtüren zu hören.

„Da kommt einer“, zischte er.

Es klackte leise.

„Rein da“, sagte Italo. Gelassen hielt er Baier die Tür auf.

Die Ermittlerinnen stiegen aus dem Wagen und gingen auf das Haus im Falkenweg zu. Lambers inspizierte die Klingelschilder.

„E. Dahlke, vierter Stock. Sie wohnt noch hier.“

Krohn griff zu ihrem Handy. „Ich rufe Kahlberg an.“

„Echt jetzt? Das ist eine Seniorin, mit der werden wir doch allein fertig“, antwortete Lambers.

Die Krohn war doch sonst so tough, wieso musste jetzt noch der Chef dazukommen?

„Wir gehen da nicht allein rein."

„Wir sind zu zweit."

„Die Frau ist bewaffnet und Sie sind Anwärterin. Vielleicht läuft es problemlos, aber ich gehe jetzt kein Risiko ein."

Lambers stöhnte innerlich auf. Krohn hatte hier das Sagen, aber das war doch Mist. Sie hätten jetzt ein paar Pluspunkte für die Frauen des Teams einsammeln können. Krohn lief ein paar Schritte, während sie telefonierte, als sie aufgelegt hatte, kam sie zur Eingangstür zurück. Das letzte Rot am Himmel war verschwunden, nach einer Weile sprang die Straßenbeleuchtung an. Auf der gegenüberliegenden Parkfläche hielt ein Kleinwagen. Eine Frau stieg aus, holte einen Klappkorb aus dem Kofferraum und kam auf den Wohnblock zu.

„Kann ich ihnen helfen?"

„Wir warten auf jemanden", antwortete Krohn. Sie klang freundlich und die Antwort war wahrheitsgemäß.

Die Frau schloss auf, schob sich mit ihrem sperrigen Korb in das Innere des Hauses und lief zügig auf den Aufzug zu. Lambers schob ihren Fuß in die Tür.

„Perfekt!" Das war Krohns Reaktion darauf. „Ich werde oben im Korridor warten. Sie lassen den Fuß in der Tür, bis Kahlberg da ist."

Sie verschwand im Flur und nahm die Treppe. Lambers zog einen Flunsch. War wieder zum Kotzen! Wenn es darauf ankam, war sie eben doch nur die kleine, blöde Anwärterin.

Wie aus dem Nichts hatten diese Typen in ihrer Wohnung gestanden, Elisabeth konnte sich nicht erklären, wie die hereingekommen waren. Den einen hatte sie gleich erkannt, es war der Mann aus der Straßenbahn, und ohne Vorwarnung war seine Hand in ihrem Gesicht gelandet.

Sie spürte die Mündung der Waffe in ihrem Rücken, die Mündung ihrer Makarow! Die hatte er bereits im Mantel gefunden und in der Hand gehalten, als er wie selbstverständlich in ihr Wohnzimmer gekommen war. Der lange Kerl, der wie ein Südländer aussah und akzentfrei deutsch sprach, saß jetzt in ihrem Lesesessel. Er hieß Italo, dass hatte sie mitbekommen.

„Mach voran“, knurrte der Kleinere. Er behielt auch hier drinnen seine Kapuze auf. Er stieß ihr ein paarmal die Waffe in den Rücken und trieb sie vor sich her in die Küche. Sie sollte denen Essen zubereiten, wie kamen die auf solche Ideen? Deswegen waren die nicht hier, das war reine Schikane. Am Meer hatte sie noch überlegt, in die Wellen und aus dem Leben zu gehen, doch da hatte sie der Mut verlassen. Jetzt würde sie hier in ihrer Wohnung sterben. Sie dachte an Gerda und wollte sich nicht ausmalen, was vorher noch geschehen würde. Sie blieb direkt vor der Arbeitsplatte neben dem Kühlschrank stehen.

„Hast du Bier?"

„Nein."

„Du hast kein Bier? Was ist das hier für ein Saustall?"

„Ich habe ein paar Flaschen Radler."

Er schubste sie grob nach vorn, sie verlor den Halt und schlug mit der Stirn gegen den Türrahmen.

„Du traust dich, mir solch eine Mädchenpisse anzubieten?"

„Im Vorratsraum ist Wein."

„Italo", rief er, „im Vorratsraum ist Wein."

Der Druck im Rücken wurde stärker.

„Jetzt mach."

„Was soll ich denn ..."

„Scheißegal, Hauptsache es schmeckt. Keinen Fraß, sonst brech ich dir jeden Finger einzeln."

Sie öffnete den Kühlschrank, stellte Margarine, eine Packung Eier und Milch auf die Anrichte und zog die Frischhaltedose mit Schinken und das angebrochene Glas Gurken hervor. Der Mann ließ sie gewähren und hielt jetzt Abstand. Sie holte eine große Schüssel und nahm eine Gabel aus der Schublade, dabei warf sie einen unauffälligen Blick auf ihren Bewacher. Der hatte noch nie eine Waffe in der Hand gehalten. Der Mann war absolut unerfahren, was dieses Thema anbelangte. Sie konnte es an der Art erkennen, wie er die Makarow händelte. Ruhe bewahren, weitermachen, auf das Abendessen konzentrieren. Das waren Männer, die hatten ordentlich Hunger, daher gab sie die gesamten Eier mit einem Schuss Milch in die Schüssel. Sie würzte mit Pfeffer und Kräutersalz und schlug alles mit der Gabel durch. Die Pfannen standen unten im Schrank, sie bückte sich und zog die große teflonbeschichtete hervor. Vielleicht war der Mann unaufmerksam. Wenn sie mit aller Wucht ausholte ... Sie verwarf den Gedanken, schließlich waren die Kerle zu zweit. Als sie sich aufrichtete, lehnte dieser Italo im Türrahmen, eine Rotweinflasche in der Hand.

„Ein feiner Tropfen, hast du einen Korkenzieher, Elli?", fragte er. Sein Ton war erstaunlich freundlich.

Sie fasste in die Schublade und reichte ihm den Öffner. Er wandte sich zum Gehen.

„Was biste denn so nett zu der Alten?"

„Klein-Franky, du hast die Hasskappe", sagte er. „Ich habe kein Problem mit ihr. Ich bin nur für den finalen Schuss hier, so war es abgesprochen. Alles andere ist deine Sache. Und pass auf, dass sie uns kein Gift ins Essen mischt." Dabei zwinkerte er ihr mit einem Lächeln zu.

Kahlberg war nicht ganz eine Viertelstunde gefahren, im Berufsverkehr hätte er noch zehn Minuten mehr gebraucht. Der Wohnblock 27c tauchte auf und im Licht der Außenbeleuchtung Lambers, die ihren Fuß in der Tür hielt. Er musste kurz schmunzeln, sie sah genervt aus.

Er parkte den Wagen auf der gegenüberliegenden Straßenseite vor einer Hecke.

„Wo ist Krohn?“, fragte er bereits, als er die letzten Schritte auf die Tür zuging.

„Oben, vierte Etage.“

Er zog die Tür auf und deutete Lambers an, ihm zu folgen.

Sie nahmen die Treppe. Als sie in den Korridor der vierten Etage einbogen, stand Krohn wartend ganz hinten am Ende des Flurs.

Lambers lief jetzt so zügig, das Kahlberg Mühe hatte, Schritt zu halten. Sie war heiß auf Action, er konnte das sogar verstehen, sie war jung und unverbraucht. Nach einigen Dienstjahren würde sie begreifen, wie die alten Hasen es mit der Action hielten, je weniger, umso besser.

„Dann wollen wir unsere Elli mal einkassieren“, sagte er.

„Das wird nichts“, sagte Krohn und bremste seinen Enthusiasmus aus. „Da drinnen hört es sich nach Schwierigkeiten an.“

Er hatte vermutlich ein großes Fragezeichen im Blick, denn ihre Erklärung folgte auf dem Fuß.

„Sie ist nicht allein. Da ist ein Mann bei ihr, könnten auch zwei sein. Sie hat vorhin geschrien, konnte ich durch die Tür hören. Es hat laut gepoltert, ich befürchte, sie ist gestürzt oder gestoßen worden."

„Baier?"

„Ich würde es nicht ausschließen."

„Wie ist er bloß an ihre Adresse gekommen? Da haben selbst wir die größten Schwierigkeiten gehabt!" Kahlberg konnte nicht verbergen, dass ihn die Situation maßlos ärgerte.

„Was jetzt?"

„Du kümmerst dich um Verstärkung und bleibst hier auf dem Posten, Imani. Sorg dafür, dass sich niemand auf dem Korridor aufhält." Er wandte sich an Lambers. „Sie versuchen, den Hausmeister samt Schlüssel aufzutreiben!"

„Und du?", fragte Krohn.

„Ich verschaffe mir jetzt einen Überblick über die Lage da drin." Kahlberg konnte dem Blick der Kolleginnen ansehen, dass es noch einer Erklärung bedurfte. „Ich gehe durch die Nachbarwohnung über den Balkon. Die sind hier ziemlich dicht beieinander. Ich hoffe, dass die Vorhänge offen sind, dann bekommt ihr über Smartphone eine Info."

„Okay." Krohn war anzumerken, dass sie nur zögerlich zustimmte. Er konnte ihr die Bedenken problemlos vom Gesicht ablesen. Dass er bei Gefahr im Verzug auch vom Balkon aus eingreifen würde, behielt er deshalb für sich, da konnte er jetzt keine Diskussion gebrauchen. Er klingelte an der Nachbartür und wartete. Je länger er unverrichteter Dinge dort stand, umso erleichterter wirkten Krohns Gesichtszüge. Offenbar war niemand zu Hause und sein Plan scheiterte bereits hier. In dem Moment, als er sich abwenden wollte, öffnete sich die Tür.

Der höfliche von beiden war der Mann, der sie töten würde, das hatte Elisabeth begriffen. Auch Italos Waffe hatte sie bereits erspäht, er trug sie in einem Holster unter dem Sakko, und sie war mit einem Schalldämpfer ausgestattet. Elisabeth hockte noch vor dem Vertiko, da, wo sie dieser Franky, der Mann mit der Kapuze, zu Boden gerissen und an den Haaren hin und her gezerrt hatte. Italo zeigte geschliffene Manieren, er saß aufrecht und aß mit Messer und Gabel, während sich der andere das Rührei mit hängenden Schultern in den Rachen schaufelte, als habe er seit drei Tagen nichts mehr gegessen. Sie hatte die Teller hübsch angerichtet, obwohl es keinen Sinn machte und sie auch nicht retten würde. Den Schinken wie hingeflossen auf das gebutterte Bauernbrot, drapiert mit einer fächerförmig geschnittenen Essiggurke darauf, daneben das Rührei mit einem Sträußchen Petersilie.

„Ich habe selten so leckeres Rührei gegessen", bemerkte Italo. Er nickte anerkennend. Elisabeth fing seinen Blick auf, es war tatsächlich ein ehrliches Kompliment. „Wir könnten sie verschonen und ich übernehme sie für meine Küche“, schlug er seinem Komplizen vor.

„Mann, die können wir doch jetzt nicht mehr laufen lassen“, entgegnete dieser Klein-Franky. Er wirkte nervös, unbesonnen und erhitzt. Außerdem sehr wütend. Kein Wunder, sie hatte ja seine Freunde erschossen.

Italo rollte sichtbar genervt die Augen. Elisabeth hatte keine Ahnung, warum sich dieser Mann von einem dahergelaufenen Laien einspannen ließ. Wäre Italo allein hier gewesen, hätte sie es längst hinter sich gehabt.

Franky nahm seinen leeren Teller, stellte ihn auf den Boden und kickte ihn über das Laminat zu ihr hin.

„Ablecken.“

Elisabeth rührte sich nicht. Sie hatte entsetzliche Angst vor den Misshandlungen, die noch auf sie warteten, mehr als vor dem Sterben. Aber sie würde sich nicht noch auf solche Art demütigen lassen.

„Wird’s bald, Alte“, kommandierte er. Seine Stimme überschlug sich und er sprang von der Couch hoch.

„Wie ist dein Zeitmanagement, Klein-Franky?“, wollte Italo wissen. Er hielt den Mann durch seine Frage zurück und Elisabeth war dankbar dafür.

„Hä?“

„Dein Zeitmanagement. Wie lange willst du dich hier aufhalten? Wann soll ich es beenden?“

„Ist doch okay hier. Der Kühlschrank ist voll, wir sitzen warm und trocken, ist genug Wein da.“

„Ich bin für diesen Abend gebucht, Klein-Franky, und der endet um null Uhr.“

Die Straßenlaternen brannten und Kahlberg konnte erkennen, wie tief es da runter ging. Er joggte locker zehn Kilometer am Stück und absolvierte anschließend noch dreißig Liegestützen. Aber für das hier fühlte er sich plötzlich eindeutig zu alt. Die Balkone lagen weiter auseinander als es von unten den Anschein gehabt hatte, und es gab an den Außenseiten nur einen winzigen Absatz, das reichte kaum, um dort die Füße abzustellen. Er wog seine Möglichkeiten ab, gab sich einen Ruck und schwang das erste Bein über die Brüstung. Als er leidlich festen Stand hatte, seine Fußspitze klemmte zwischen den Balkonbrettern, zog er das zweite Bein nach. Während er sich mit der rechten Hand hielt und sich so weit als möglich zum Nachbarbalkon herüberlehnte, brach ihm der Schweiß aus. Er fasste zu und harrte einen Moment schwer atmend in der Schräge aus. Er musste sich schier zwingen, den ersten Fuß herüberzusetzen. Der andere klemmte so quer in den Brettern, dass es mehr als unangenehm in der Wade zog, noch ein paar Zentimeter und der Muskel würde reißen. Sein Fuß tastete nach Halt. Als er die feste Kante spürte und aufsetzte wurde der Schmerz im anderen Bein unerträglich. Er vergaß alle Vorsicht zog den Fuß zwischen den Brettern heraus und öffnete die Hand, die ihn noch in seiner Startposition hielt. Mit einem Ruck stürzte er sich zur anderen Seite und klammerte sich am Geländer fest. Sein Fuß rutschte beinahe ab, er schnappte nach Luft. Er verharrte einen Moment, sein Herz raste. Als er sich sicher fühlte, machte er sich daran, über das Geländer zu klettern. In dem Moment wurde es hinter ihm strahlend hell, darauf war er nicht vorbereitet. Entgeistert starrte er auf seinen Schatten, der auf dem Balkonboden herumgeisterte, und wandte sich um. Die Frau, die ihn durch ihre Wohnung gelassen hatte, blickte durch ihre Balkontür zu ihm herüber.

„Ich habe Ihnen Licht gemacht, dann können Sie besser sehen."

„Aus", zischte er gedämpft. „Bleiben Sie drin."

Es wurde wieder dunkel. Kahlberg kletterte auf den Balkon, drückte sich mit dem Rücken an die Wand, zog dabei seine Waffe und entsicherte sie. *So was Idiotisches machst du nie wieder!* Er hielt die Waffe am Körper und wartete eine ganze Weile. Sein Puls beruhigte sich allmählich. Es rührte sich nichts, niemand da drinnen schien seinen Schattenwurf bemerkt zu haben. Er sicherte die Waffe und schob sie zurück ins Schulterholster. Der Balkon war klein, Kahlberg stand direkt neben der Tür. Er neigte sich leicht zur Seite und schob den Kopf vor, um in das Innere der Wohnung zu sehen. Im gleichen Moment erfasste er, dass die Lage prekärer war, als sie vermutet hatten. Er riskierte noch einen schnellen Blick, dann nahm er seine Position mit dem Rücken zur Wand erneut ein. Er zog sein Smartphone aus der Hosentasche und schrieb eine Nachricht an Krohn.

ELLI IN DER WOHNUNG, BAIER UND ITALO, VERMUTLICH BEIDE BEWAFFNET.

Er brauchte nichts weiter zu erklären, sie war im Bilde, wenn sie das las. Baier war jetzt das kleinere Problem. Italo hatte seinen Ruf, das wusste er, dass wusste auch Krohn. Ab jetzt waren besondere Sicherheitsvorkehrungen zu treffen. Sie würde sich darum kümmern, darauf konnte er sich verlassen. Drinnen ging es unüberhörbar zur Sache, einer der Männer schrie ungehalten herum, es polterte, dann war es still. Kahlberg zog zum zweiten Mal seine Waffe. Was passierte da, verdammt? Von drinnen fiel ein Schatten auf den Balkon. Er hielt unwillkürlich den Atem an, die Tür wurde geöffnet.

„Schlechte Luft hier drin“, sagte einer der Männer. Es klang entspannt, es war kein Argwohn zu erkennen.

Da war ein schwarzer Schuh zu sehen, der Mann stand direkt an der Schwelle und bewegte sich nicht weg. Womöglich machte er gleich einen weiteren Schritt auf den Balkon, Kahlberg hielt die Waffe in Bereitschaft.

„Reicht, wir wollen es mit der Frischluft nicht übertreiben." Der Fuß verschwand, tauchte aber sofort wieder auf, ein Arm war den Bruchteil einer Sekunde zu sehen. Kahlberg hörte ein „Pitsch", ein Geräusch wie von Platzpatronen, es riss ihn zur Seite, ein brennender Schmerz durchfraß ihn. Mit dem Rücken zur Wand rutschte er zu Boden. Erst als er spürte, wie es feuchtwarm unter seinem Rippenbogen suppte, verstand er.

„Da war doch tatsächlich jemand auf dem Balkon", sagte Italo. Er wirkte abgeklärt und trat einen Schritt zurück. „Leg das Ding weg, du kannst sowieso nicht damit umgehen."

Baier legte die Makarow auf den Wohnzimmertisch, er hatte nicht mitbekommen, was passiert war.

„Wie?"

„Du musst ein wenig aufmerksamer sein, Klein-Franky. Sein Schatten hat ihn angekündigt."

„Hä?"

„Sag noch einmal ‚Hä' und ich verpass dir auch 'ne Kugel."

Jetzt standen sie an der Tür und Italo hielt seine Hand mit der Waffe nach draußen. Baier spähte um die Ecke. Was zur Hölle sollte da denn sein?

Jetzt trat Italo auf den Balkon und hielt die Waffe schräg nach unten gerichtet.

„Komm her."

Baier folgte ihm zögerlich. „Was, was ..." Da lag ein Mann auf dem Balkon.

„Der Schuss saß jetzt nicht so präzise, ich konnte nur ungefähr erahnen, wo der Typ steht", erklärte Italo.

Baier starrte ihn ungläubig an. War ja die normalste Sache der Welt, nachts Leute auf Balkonen zu erschießen. Wo war dieser Typ hergekommen?

„Hast du den Schlüssel abgezogen? Deine Elli macht sich gerade vom Acker."

Baier hatte das Gefühl, als rutsche ein Klotz in seinen Magen. Er sprintete los. Die hatte sich aufgerappelt, obwohl er ihr vorhin noch eine richtige Abreibung verpasst hatte. Sie war schon so gut wie an der Tür, er riss sie an den Haaren zurück. Sie stürzte rücklings und blieb stöhnend auf dem Laminat liegen. Er zog den Schlüssel ab und schob ihn in die Hosentasche. Dann ging er zur Balkontür zurück.

„Nimm ihm das Ding ab", kommandierte Italo. Er hielt seine Pistole auf den Kopf des Mannes gerichtet. Baier zögerte, der Typ lebte noch, der war nicht mal bewusstlos und wie es aussah hielt er seine Waffe noch fest in der Hand.

„Keine Panik, ich blas ihm sofort das Hirn weg, wenn er sich rührt."

Es war einfacher als gedacht, der Mann ließ sofort los als Baier an der Waffe zog.

„Steck sie ein."

Ungeschickt schob er das Ding in den Hosenbund.

„Und jetzt rein mit dem", befahl Italo. So ungeduldig hatte er den ganzen Abend noch nicht geklungen.

„Ins Wohnzimmer?", fragte Baier entgeistert.

„Willst du warten, bis er draußen um Hilfe ruft? Oder bis uns hier jemand sieht? Oder soll ich ihn gleich hier erledigen?"

Baier schluckte. Das hier hatte alles nichts mehr mit seinem Plan zu tun. Er gehorchte und schleppte den Mann über die Schwelle ins Wohnzimmer. Der Typ machte überhaupt nicht mit, der war wie ein nasser Sack, die Aktion war total anstrengend. Italo schloss die Tür.

„Durchsuch ihn."

Baier stöhnte auf.

„Mach schon."

Widerwillig machte er sich an die Arbeit, er zog einen Ausweis und eine Marke hervor.

„Mann, das ist ein Bulle, verdammt."

„Ein Bulle, sieh da. Da krieg ich die Hasskappe", sagte Italo. Seine Stimme war ruhig, aber es klang bedrohlich. Er richtete seine Waffe erneut auf den Kopf des Verletzten.

„Was machst du hier? Bist du allein?"

Der Typ brachte nur einen unartikulierten Laut hervor und rang nach Luft, sah aus wie ein Fisch an Land. Baier musste kurz grinsen.

„Ich hab dich was gefragt." Italo trat dem Mann in die verletzte Seite, der keuchte auf und krümmte sich. Ging doch, nun hatte er zumindest die Augen zu.

„Was machen wir jetzt mit dem?", fragte Baier. Da überlief ihn direkt ein gehöriger Schwall Panik.

„Na, was wohl?"

Er zuckte mit den Schultern.

„Du bist vielleicht eine Pfeife", befand Italo. Er legte auf den Kopf des Mannes an und Baier drehte sich weg.

„Das glaub ich jetzt nicht", herrschte Italo ihn an. Es war das erste Mal, dass er richtig wütend wurde.

„Ich dachte wir könnten einfach warten, bis er krepiert."

„Ach, dachtest du das?", fragte Italo. Sein Ton war scharf. Er zog die Waffe zurück und drückte sie Baier in die Hand. Das war nicht gut. Er stand da und zitterte gefühlt am ganzen Körper. Hoffentlich fiel das nicht auf.

„Ist entsichert, du brauchst nur abzudrücken."

So eine Scheiße. Trotzdem, er musste sich jetzt überwinden, das hier konnte echt eine Eintrittskarte sein. Dann würde Italo ihn respektieren, oder sogar mehr als das. Baier legte an.

„Geh näher ran, sonst schießt du auf einen Meter noch daneben“, lästerte Italo. „Und denk an den Rückstoß.“

Er rückte gefühlt kaum einen Zentimeter vor, je weiter er weg stand, umso besser. So ein Mist, jetzt öffnete der Bulle auch noch seine Augen.

„Glotz nicht“, schrie Baier. Das brachte ihn gerade völlig aus der Fassung. Der Typ gehorchte für keine zehn Cent und hielt ihn im Blick. Was war daran denn nicht zu kapieren? War doch besser, nichts mitzubekommen, wenn man ins Nirvana geschossen wurde.

„Gib her“, herrschte ihn Italo an. Ungehalten riss er ihm das Ding wieder aus der Hand. Die ganze Coolness war verschwunden. Baier nahm wie in Trance wahr, wie sein Komplize auf den Bullen anlegte. Das sah final entschlossen aus. Der würde jetzt abdrücken, das war sicher. Baier wollte keine Memme sein, sich auf den Schuss konzentrieren, auf den Moment des Todes, genau hinsehen, doch da hörte er das Geräusch hinter sich und wandte sich um.

Killer-Elli stand neben dem Sessel und griff nach der Makarow. Er warf sich mit einem Hechtsprung zur Seite.

„Pass auf!“, schrie er.

Italo drehte sich wie in Zeitlupe, es sah vollendet elegant aus. Ein ohrenbetäubender Schuss hallte durch das Wohnzimmer. *Da hat der Schalldämpfer nicht richtig funktioniert*, war Baiers erster Gedanke.

Killer-Elli taumelte rückwärts und stürzte zwischen Sessel und Tisch zu Boden. Er musste lachen. Die blöde Alte, das hatte sie jetzt davon. Er hob den Daumen siegreich in Italos Richtung und sah noch, wie der rücklings auf dem Boden aufschlug.

Wie paralysiert harrte Baier eine gefühlte Ewigkeit aus. Wahrscheinlich waren es nur Sekunden. Die erwartete Stille trat nicht ein, es ging ein Ächzen und Stöhnen durch den Raum, die Verletzten am Boden bewegten sich, standen aber nicht auf. Überall Blut, das war der absolute Alptraum. Baier erhob sich, sein Körper fühlte sich bleischwer an. Langsam bewegte er sich rückwärts auf den Flur zu. Womöglich würde einer von denen wie ein Zombie nach seinem Bein greifen, wenn er sie nicht im Blick behielt. Er zog den Wohnungsschlüssel aus der Hosentasche. Der Tremor war so stark, dass er seine rechte Hand mit der anderen halten musste, um den Schlüssel ins Schloss zu bekommen. Hecktisch zog Baier die Tür auf.

Da stand eine schwarze Asylantin mit einer Knarre.

Das war jetzt das Allerletzte und obendrein absolut irreal. Ein Impuls durchzuckte ihn. Er zog die Waffe aus dem Hosenbund, riss den Arm hoch und drückte ab.

Lambers hatte draußen auf den Hausmeister gewartet. Als sie das Gebäude gemeinsam betreten hatten, glaubte sie einen Schuss gehört zu haben. Sie hätte es nicht beschwören können, aber vorsichtshalber hatte sie ihre Waffe gezogen und den Mann gebeten, zunächst unten zu warten. Mit gebotener Vorsicht war sie die Treppe hochgelaufen. Dann waren zwei weitere Schüsse durch das Gemäuer gehallt, eindeutig, fast gleichzeitig.

Lambers erreichte den vierten Stock und zog die Glastür auf. Sie sah um die Ecke und hinten im Korridor stand Krohn, allein, mit dem Rücken an die Wand gelehnt und mit gesenkter Waffe. Als Lambers näher kam erkannte sie, dass die Tür ihr gegenüber offenstand. Beim letzten Schritt sah sie das Einschussloch, direkt neben der Kollegin.

„Warten Sie", sagte Krohn leise. „Bleiben Sie hinter mir." Dann hielt sie die Waffe dicht am Körper und betrat die Wohnung.

Direkt an der Tür lag ein Mann und wimmerte. Krohn nahm die Waffe an sich, die neben ihm lag, sicherte sie und stieg über ihn hinweg. Vorsichtig schob sie die Tür zur rechten auf.

„Sicher."

Hinter der nächsten Tür war ein Abstellraum. Sie kontrollierten Schlafzimmer und Bad. Krohn zog die Türen zu.

Bereits von hier konnte Lambers sehen, dass jemand im Wohnzimmer lag. Die zahlreichen Möbelstücke verhinderten eine komplette Sicht. Jetzt war sie froh, eine erfahrene Kollegin vor sich zu haben. Sie hatte keine Ahnung, was da noch kommen würde.

„Riskieren Sie einen Blick in die Küche“, wies Krohn sie an und sicherte den Vorgang ab, auch da war alles sauber. Lambers atmete durch. Als sie das Wohnzimmer betraten, war der Kollateralschaden unübersehbar, es lagen mehrere Personen am Boden, Tarantino hätte es nicht besser arrangieren können. Sie blieb wie paralysiert in der Nähe der Tür, das hier überstieg bei weitem ihre Vorstellungskraft.

Krohn nahm auch die Pistole an sich, die neben dem Sessel bei Elli lag. Ein Typ kroch hinter dem Esstisch hervor, er schwafelte wie im Delirium, starrte sie an und hatte eine Waffe mit Schalldämpfer in der Hand. Lambers hielt die Luft an, der Mann wirkte, als könne er noch direkt auf einen von ihnen anlegen. Krohn trat kurzerhand mit ihrem Fuß auf sein Handgelenk und entrang ihm das Ding. Sie hielt jetzt zwei Waffen in der Hand, zwei steckten im Gürtel ihrer Jeans, es sah total überzogen aus. Sie legte die Pistole mit dem Schalldämpfer auf dem Esstisch ab und schob ihre eigene in das Schulterholster. Dann ließ sie sich in der Nähe der Balkontür auf die Knie nieder, so dass sie aus dem Blickfeld verschwand. Erleichtert fiel Lambers ein, dass sie ja Verstärkung auf dem Balkon hatten. So was Blödes, daran hätten sie auch eher denken können.

„Wir sollten Kahlberg reinlassen."

„Er liegt hier", sagte Krohn. Sie sprach leise und klang irgendwie verzagt.

Lambers glaubte sich verhört zu haben.

„Was?"

Als die Kollegin nicht antwortete, trat Lambers an sie heran und blickte ihr über die Schulter, fassungslos registrierte sie, dass sie recht hatte.

„Sehen Sie nach, ob es Verbandszeug gibt oder notfalls Handtücher, ich brauche irgendetwas, um es auf die Wunde zu pressen. Beeilen Sie sich. Und dann kümmern Sie sich um Frau Dahlke."

Als Lambers mit einem Stapel Handtücher ins Wohnzimmer zurückkam, betraten uniformierte Polizisten in kugelsichern Westen den Raum, die angeforderte Verstärkung.

Krohn telefonierte.

„Ich brauche vier RTW in den Falkenweg 27c, vierte Etage."

Sie lauschte kurz. „Nein, das ist kein Scherz", antwortete sie. Ihr Tonfall war jetzt ungehalten. „Wer ich bin? Hatte ich bereits gesagt. Kriminalhauptkommissarin Krohn. Beeilen Sie sich, vier Personen mit Schussverletzung, hoher Blutverlust bei allen."

Ein trüber Sonntag

Göthefeld schloss die Wohnungstür ab und legte den Helm auf die Ablage. War ein super Tag gewesen, zum Abschluss hatten sie noch im Bistro eine Kleinigkeit gesessen. Es war kurz nach eins, definitiv Zeit, in die Waagerechte zu kommen. Sie nahm das Handy aus der Innentasche ihrer Jacke, es war noch auf lautlos und sie hatte die letzten zwei Stunden nicht mehr draufgeschaut. Es war eh ruhig gewesen. Sie stutzte. Drei Anrufe in Abwesenheit, kurz vor Mitternacht, alle von Krohn. Die hatte Nerven. Göthefeld starrte verärgert auf ihr Smartphone. Wenn es tatsächlich wichtig wäre, hätte Kahlberg sich selbst gemeldet. Sie hätte nicht mehr draufschauen sollen. Kurz überlegte sie, noch zurückzurufen, doch dann entschied sie, die Anrufe von Krohn einfach zu ignorieren. Egal, was da los war, vermutlich hatte sich das einstweilen erledigt. Sie wollte die Hülle zuklappen als ein weiterer Anruf reinkam. Schneider.

„Achim, was ist los?“, meldete sie sich. „Imani hat auch dreimal angerufen, habe ich vorhin erst gesehen, wollte mich gerade melden.“ Diese Kuh war zumindest vom Eis.

Funkstille.

„Achim?“

„Rune ist angeschossen worden.“

„Was?“

„Sie hatten Ellis Adresse, ist alles schiefgelaufen.“

„Was redest du da?“

„So eine Scheiße.“

„Achim?“

Sie hörte ihn atmen. „Wir wissen nicht ob er überlebt“, sagte er dann.

„Wie ist das denn passiert?“

„Die haben sich alle gegenseitig über den Haufen geschossen.“

Das war eine eher unkonkrete Aussage für einen Kriminalkommissar. Göthefeld ließ ihm Zeit.

„Dieser Italo war darin verwickelt. Baier war mit dabei. Wir wissen auch noch nicht, wie das alles zusammenhängt. Die haben allesamt Schussverletzungen, auch diese Elli. Ich musste erst die Kinder zu meiner Schwiegermutter bringen. Als ich am Tatort angekommen bin, hatte Imani schon alles geregelt.“

„Woher wusste die denn so schnell davon?“

„Sie war dabei, und Lambers.“

So war das also. Da hatte die Krohn vermutlich Mist gebaut und den Chef nicht ausreichend abgesichert. Und die unerfahrene Anwärterin war dann auch keine Hilfe gewesen. Musste ja irgendwann so kommen.

„Wir sind da jetzt raus. Die Spurensicherung ist in der Wohnung. Krohn hat ihre Waffe abgegeben, weil sie auf Baier geschossen hat. Ich weiß nicht, wie es jetzt weitergehen soll."

„Das wird schon."

„Wir treffen uns morgen um zehn zur Lagebesprechung. Ich weiß, dass du noch frei hast. Wäre es möglich, dass du trotzdem dazu kommst?"

„Alles klar, Achim. Ich werde da sein."

Lambers stieg vor ihrem Wohnblock aus dem Wagen. „Danke fürs Herbringen."

„Sie waren mir eine große Hilfe, vorhin, in der Wohnung", sagte Krohn. „Ich würde ihnen gern das ‚Du' anbieten." Sie lächelte matt. „Imani."

„Ich weiß." Fiona huschte ein unkontrolliertes Lächeln über das Gesicht. Es wirkte bestimmt unsicher.

„Fiona."

„Ich weiß. Zehn Uhr, bei der Lagebesprechung oder brauchst du einen freien Tag?"

„Ich kann arbeiten, kein Problem."

„Okay, wir sehen uns dann", verabschiedete sich Krohn.

Lambers drückte die Autotür zu und sah dem Wagen hinterher. Wie sollte sie diese Frau einschätzen? Bisher hatte sie maximal drei Vokabeln im Hirn gehabt, wenn sie an Krohn gedacht hatte - überheblich, karrieregeil, unnahbar. Das konnte sie jetzt alles in die geistige Tonne hauen. Na ja, das mit der Karriere vielleicht nicht. Lambers schloss die Wohnungstür auf, ihre Mitbewohnerinnen waren noch auf, fernsehblaues Licht fiel in den Korridor.

„Fiona?"

„Ja."

„Wein, Chips, Romantic-Movie."

„Heute nicht. Ich bin total erschlagen."

„Och nee." Maresa kam aus dem Wohnzimmer. „Ist total gemütlich gerade." Sie stockte. „Wie siehst du denn aus? Ist das Blut da an deinen Klamotten?"

„Hm ... aber nicht meins."

„Was ist denn passiert?"

Jetzt schweißte sich auch Nadine vom Sofa-Kino los. „Ehrlich? Alles Blut?"

„Kann ich nicht drüber reden Mädels, war dienstlich."

„Fiona, wir können schweigen."

„Is klar. Ich mach jetzt noch die Waschmaschine an, wahrscheinlich geht das eh nicht mehr raus. Ich will jetzt nur noch duschen und ins Bett, okay?"

„Wenn du meinst. Aber wenn du reden willst ..."

„Lass mal."

Im Bett zu liegen und zu schlafen waren in dieser Nacht zweierlei. Der Abend spulte sich ständig in ihrem Kopf ab. Lambers konnte sich nicht dagegen wehren. Die Sequenzen wiederholten sich kurz hintereinander.

Vor allem die ersten Minuten in der Wohnung von Elli, als die Kollegin Krohn cool, karrieregeil und professionell gewesen war. Oder als dieser Typ hinter dem Tisch hervorgekrochen kam und Krohn ihm die Waffe abgenommen hatte, entschlossen, karrieregeil und unbeeindruckt.

Krohn war in diesem Chaos gefasst und besonnen gewesen. Dabei gab es im Korridor ein Einschussloch. Das Projektil in der Wand war eindeutig auf sie abgefeuert worden. Wie nervenstark musste man sein, dass danach noch was ging? Fiona selbst war da an ihre Grenze gekommen, das musste sie zugeben. Der Moment, als sie neben den Verletzten gekniet und auf die Rettungswagen gewartet hatten, der war ihr bis ins Mark gekrochen. Aber sie war beherrscht geblieben, obwohl ihr der Anblick von Kahlberg und Krohn die Kehle abgeschnürt hatte. Sie wurde das Bild der beiden nicht mehr los. Er hatte dagelegen in dieser Blutlache und Krohn hatte neben ihm gekniet und beruhigend auf ihn eingeredet, selbst dann noch, als er längst bewusstlos gewesen war.

So schwerfällig wie an diesem Sonntag war eine Lagebesprechung selten in die Gänge gekommen. Alle klebten an ihren Tassen, die ersten Minuten schwiegen sich die Ermittler aus. Die Stimmung spiegelte sich eins zu eins in der Wetterlage, wolkenverhangen, grau, regnerisch.

„Kann mir mal einer berichten, was da gestern gelaufen ist?“ Göthefeld war die Erste, die das Schweigen brach. Doch ihre Tonlage hörte sich alles andere als neutral an, sie klang angriffslustig. Krohn warf ihrer Kollegin einen erbosten Blick zu. Sie hatte nicht vor, sich hier zu rechtfertigen. Dazu gab es auch keinen Grund.

„Kann ich“, sagte Lambers. Wie eine Soldatin beim Apell sprang sie auf.

Da war auch der Anwärterin der Unterton nicht entgangen. Krohn räusperte sich, sie konnte das Mädel jetzt nicht in die Bresche springen lassen.

„Fiona, ich mach das.“

„Ach, seit wann duzt ihr euch? Ist ja ganz was Neues“, ätzte Göthefeld.

„Tut das hier irgendetwas zur Sache, Elisa?“, erwiderte Krohn.

„Was haben wir hier?“, mischte sich Schneider ein. „Lagebesprechung oder Zickenkrieg?“

Auf Schlag herrschte Stille, aber dadurch waren die Wogen nicht geglättet. Krohn wäre am liebsten aufgestanden und gegangen. Sie hatte in der Früh bereits in der Uniklinik angerufen, doch niemand hatte ihr sagen können, wie es Rune ging. Da konnte sie jetzt besser rüberfahren, als sich hier mit der Kollegin herumzuärgern.

„Wir haben die Adresse dieser Elli im Haus von Gerda von Langerdess gefunden“, kam Lambers ein weiteres Mal aus der Reserve. „Sie heißt Elisabeth Dahlke und wohnt im Falkenweg 27c, vierte Etage. Wir waren zu dritt. Als wir dort ankamen, waren bereits zwei Männer in der Wohnung. Der Chef hat daraufhin entschieden, durch die Nachbarwohnung über den Balkon zu gehen, um von dort die Lage zu beurteilen. Imani...“ sie sah kurz herüber und das rang Krohn ein spontanes Lächeln ab, „Imani hat die Stellung vor der Wohnung gehalten und Verstärkung angefordert. Ich habe den Hausmeister gesucht, damit wir an einen Wohnungsschlüssel kommen. Das war alles. Von dem Gemetzel da drinnen haben wir nichts mitbekommen.“

„Vom Balkon aus hat mir Kahlberg eine Nachricht geschickt“, ergänzte Krohn. Das war ein Detail, dass Lambers vor Ort nicht mitbekommen hatte. „Er hat mich darüber informiert, dass sich Elisabeth Dahlke, Timo Baier und Thorsten Kaperski alias Italo in der Wohnung aufhalten. Und er hat gesehen, dass beide Männer bewaffnet sind. Keine zehn Minuten später ist drinnen ein Schuss gefallen. Danach ist etwa eine halbe Minute vergangen, bis Baier die Tür geöffnet und auf mich geschossen hat.“

„Wieso hat das mit dem Hausmeister denn so lange gedauert?“, fragte Göthefeld. Sie klang noch immer ungehalten.

„Weil er nicht im Haus wohnt und die Telefonnummer im Aushang vergilbt und schlecht lesbar war“, erklärte Krohn und nahm so wiederum die Anwärterin in Schutz.

„Komm mal runter, jetzt“, schimpfte Schneider. Das war gar nicht seine Art. Ruhig fuhr er dann fort. „Ich habe das Gefühl, ich muss den Einsatz der Kolleginnen vor dir rechtfertigen. Aber das ist Schwachsinn, sie haben alles richtig gemacht. Die beiden hätten unsere Unterstützung dringend brauchen können. Aber ich war spät und du warst gar nicht zu erreichen. Trotzdem hatten Imani und Lambers alles im Griff. Glaub mir, Elisa, das kann ich sehr wohl beurteilen.“

Krohn wartete einige Minuten, bis eine Krankenpflegerin die Tür zur Intensivstation öffnete.

„Krohn, Polizei Rostock. Ich würde gern nach meinem Kollegen sehen, Rune Kahlberg.“

„Tut mir leid, der ist im OP.“

„Wieso denn das? An der Information hat man mir mitgeteilt, dass er hier auf der Intensiv liegt.“ Ihr Herz schien einen Schlag auszusetzen.

„Das hat er auch. Aber es gab Komplikationen. Mehr kann ich ihnen leider nicht sagen.“

„Ich rufe nachher an, ja?“

„Ich kann ihnen nicht sagen, wie lange es dauert."

„Ich rufe auf jeden Fall an."

Die Krankenpflegerin nickte verständig. „Sie können es gern versuchen."

Sie zog die Tür zu und Krohn blieb wie angeheftet auf dem Korridor stehen und starrte in Leere. Sie hatte das Gefühl, ihr Brustkorb würde zusammengedrückt. Es war ein Kraftakt, noch Luft zu bekommen. Sie stützte sich mit einer Hand an der Wand ab und schloss die Augen. Sie konnte ihren Atem deutlich hören, ihr Puls rauschte in den Ohren.

„Geht's ihnen nicht gut? Kann ich ihnen helfen?"

Krohn öffnete verwirrt die Augen. Der Mann im weißen Kittel führte sie am Arm zu einer Sitzbank. Sein Namensschild wies ihn als Arzt aus.

„Haben Sie häufiger Probleme mit dem Kreislauf?"

„Nein, es, es geht schon ... danke", stammelte sie.

„Bleiben Sie hier einen Moment sitzen. Soll ich ihnen ein Glas Wasser besorgen?"

„Danke, nein, es wird schon." Sie gab sich Mühe, einen stabilen Eindruck zu erwecken. Als der Arzt am Ende des Korridors verschwunden war, lehnte Krohn ihren Kopf rücklings an die Wand und schloss erneut die Augen.

Vinzenz ärgerte sich maßlos über sich selbst. Gründlicher hätte er es gestern nicht vermasseln können. Nora hatte Verständnis für seine Absage gehabt, aber ihr war auch nichts anderes übriggeblieben.

„Nora, das wird heute Abend nichts, ich fühle mich total erschlagen."

„Okay. Kein Problem, du bist ja erst heute entlassen worden. Kann ich verstehen."

„Vielleicht morgen? Wir könnten uns auf dem neuen Markt zum Brunchen treffen."

„Ich kann leider nicht."

„Gegen Abend?"

„Den ganzen Tag nicht."

„Schade. Wie sieht es bei dir in der Woche aus?"

„Kann ich jetzt noch nicht sagen. Ich melde mich, okay?"

Das wars dann wohl, sie würde sich nach dieser Absage vermutlich nicht mehr bei ihm melden. Wieso hatte er sich nicht zusammengerissen und war noch losgegangen? Er dachte kurz darüber nach, sie heute einfach nochmal anzurufen, verwarf die Option aber wieder. Er wollte auf keinen Fall unzuverlässig *und* nervig rüberkommen. Er tippte ein paar Blumen in dcn Messenger und löschte sie wieder. Was sollte sie mit einer Nachricht anfangen, die aus ein paar quietschend bunten Symbolen bestand. Das konnte genauso nervig sein, wie ein Anruf. Wir er es drehte und wendete, er hatte seine Chance verspielt und vermutlich gab es keine weitere.

Ein paar Tage danach

Timo Baier war schon wieder putzmunter. Er trug einen Jogginganzug aus dunkelgrauem Sweat, die Kapuze vorn bis in die Stirn gezogen, sein Arm hing in einer Schlaufe. Er war aus dem Krankenhaus entlassen und von einer Streife direkt in die Polizeiinspektion gebracht worden. Göthefeld setzte sich ihm gegenüber und rückte ihren Stuhl zurecht, es schrappte unangenehm auf den Fliesen. Schneider blieb neben ihr stehen, einen Laptop unter dem Arm. Bei Krawetzki, der in der Szene besser als Italo bekannt war, hatten sie passen müssen. Der war abgebrüht. Während seiner Vernehmung im Justizvollzugskrankenhaus in Moabit hatte er Kaugummi gekaut, keinen Ton von sich gegeben und bei jeder Frage nur süffisant gegrinst. In den Typen hätte er reinschlagen können. Fünf Stunden im Auto für nichts. Schneider hoffte, dass zumindest Baier gesprächiger sein würde. Diese Vernehmung war mit Sicherheit auch nicht die letzte, jetzt war es an der Zeit, den

Typen auseinanderzunehmen. Göthefeld sprach Datum, Uhrzeit und Personalien der Anwesenden aufs Band.

„Dann erzählen Sie mal“, forderte sie Baier auf.

„Ich hab nichts gemacht“, sagte er. Trotzig lehnte er sich mit gespreizten Beinen zurück.

Schneider stellte den Laptop wortlos vor Baier auf den Tisch, klappte ihn auf und startete den Film. Der stierte schweigend auf die Szenen in der Straßenbahn.

„Da bin ich nicht dabei.“

Schneider beugte sich vor und öffnete vergrößerte Filmausschnitte.

„Kann sein, dass ich das bin. Na und?“

„Sie haben gemeinsam mit Radek Matschulak und Pascal Wetzki die Fahrgäste drangsaliert.“ Göthefeld half ihm kurzerhand auf die Sprünge.

Schneider klappte den Laptop zu und stellte ihn beiseite, dann setzte er sich zu Göthefeld. Er war froh, dass sich die Kollegin im Laufe der Tage eingekriegt hatte. Dieses seltsame Konkurrenzgehabe, dass sie in den letzten Monaten an den Tag gelegt hatte, verstand er sowieso nicht. Sie waren doch ein eingespieltes Team, jeder mit Stärken und Schwächen, sie ergänzten sich optimal.

„Mann, das war Spaß.“

„Spaß?“, wiederholte Göthefeld. „Senioren ins Krankenhaus treten, Frauen würgen und Leute mit Stichwaffen traktieren ist für sie Spaß?“

„Das mit dem Messer war ich nicht."

„Aber das mit den Tritten."

„Der alte Sack hat mich angerempelt. Außerdem bin ich das Opfer, die Alte hat meine Kumpels erschossen."

„Hat sie Sie gewarnt, bevor sie geschossen hat?", fragte Göthefeld. Sie ging auf seinen eingeforderten Opferstatus nicht ein.

„Natürlich nicht. Sie hat sofort geschossen, und dann hat sie gedroht, dass sie uns allen das Hirn wegbläst. Darum sind wir auch sofort abgehauen, Radek und ich."

„Soll ich ihnen verraten, was andere Fahrgäste gehört haben?"

„Is doch scheißegal, das interessiert mich nicht."

Göthefeld nahm in aller Seelenruhe ein Blatt aus ihrer Mappe.

„Zeuge eins sagt, dass die Frau sich so geäußert hat: Das kann ich nicht mitansehen. Zeuge zwei: Das schaue ich mir nicht mehr an. Zeuge drei: Ich kann das nicht länger mitansehen. Zeuge..."

„Mann, dann haben die sich verhört."

„Alle?"

„Ja."

„Das wollen Sie mir weismachen, dass *alle* sich verhört haben?"

„Dann lügen die halt. Die wollen mir eins reinwürgen."

Sollte ihn nicht wundern, dachte Schneider, der war ja voll der Sympath.

„Haben Sie da schon den Entschluss gefasst, sich an ihr zu rächen?“

„Blödsinn, wie hätten wir die denn finden sollen?“

Göthefeld legte eine durchsichtige Plastiktüte auf den Tisch, der Brief an die Krankenkasse war deutlich zu erkennen. Baier zuckte mit den Schultern.

„Kenn ich nicht.“

„Den Brief hat Elli in der Straßenbahn verloren, sie wollte ihn vermutlich für eine Freundin einwerfen. Da sind auch ihre Fingerabdrücke drauf.“

Baier verschränkte die Arme, lockerte aber gleich seine Position, weil es anscheinend weh tat.

„Sie haben den Brief an sich genommen und danach die falsche Person überfallen. Als Ihnen das bewusst wurde, haben Sie die Frau gefoltert, um an die Adresse von Elli zu gelangen.“

„Quatsch, wir haben die doch nicht gefoltert.“

„Sie haben die Frau geschlagen und gedrosselt. Sie können von Glück sagen, dass sie außer Lebensgefahr ist.“

„Das war Radek, ich hab nur zugesehen.“

Baier war wohl nicht bewusst, dass er soeben gestanden hatte, im Haus von Gerda von Langerdess dabei gewesen zu sein. Darauf hätte Schneider seinen Arsch verwettet.

„Und dann ist auch Radek Matschulak erschossen worden."

„Ja, von dieser Alten. Ohne Vorwarnung. Das war so hinterfotzig. Der konnte in der kurzen Zeit doch gar nicht mehr reagieren. Wir hätten die Frau doch sofort freigelassen."

„Freigelassen? Die Frau war mehr tot als lebendig."

„Ist das meine Schuld, wenn die nichts ab kann?"

„Sie haben dann das Haus in der Straße ‚Vor der Wiese' verlassen."

„Mann, ich musste ja abhauen. Als Radek tot war, hat sie gleich auf mich draufgehalten und losgeballert."

„Im Haus?"

Baier nickte eifrig. „Im Haus, ich bin nur haarscharf rausgekommen."

„Wie oft hat sie denn auf Sie geschossen?"

„Zwei oder drei Mal."

„Wir haben exakt eine Hülse und ein Projektil sichergestellt."

„Dann hat sie die anderen verschwinden lassen."

„Wir haben keine Einschusslöcher gefunden, außer eines im Kopf von Matschulak."

„Dann sind die Kugeln halt irgendwo weich abgeprallt", rechtfertigte sich Baier. „Vielleicht an den Sofakissen."

Schneider schüttelte den Kopf. Er hätte lachen können, wenn es nicht so bitterernst gewesen wäre.

„Wie haben Sie herausgefunden, wo sie wohnt?"

„Ich bin ihr hinterher."

„Sie haben vor ihr das Haus verlassen", erinnerte Göthefeld ihn.

„Ich hab in der Straße gewartet. Da ist ein Krankenwagen gekommen. Sie hat die Sanitäter reingelassen und ein paar Minuten später ist die feige Kuh abgehauen."

„Was hatten Sie mit Elli vor?"

„Ich wollte sie nur ein bisschen einschüchtern."

„Weshalb war Krawetzki dabei?"

„Italo? Der war als mein Bodyguard mit. Die Alte hatte schließlich ne Waffe."

„Bodyguard", wiederholte Göthefeld tonlos. Sie sah zu Schneider herüber und verdrehte die Augen. Er schüttelte den Kopf. Eines war klar, dieser Baier würde sie nicht aufs Glatteis führen, der zeigte in der Hinsicht Null Kaliber. Das war Märchenstunde für Anfänger, damit würde der sich immer tiefer reinreiten.

„Ich geh da doch nicht alleine rein."

„Sie wollten die Frau nur einschüchtern."

„Ja, natürlich. Was denn sonst?"

„Wie erklären Sie sich dann Folgendes: Wir haben eine Seniorin mit einem Steckschuss in der

Schulter, die zwei gebrochene Rippen hat, eine Platzwunde am Kopf und deren Körper mit Blutergüssen übersät ist. Dann haben wir einen Kriminalhauptkommissar mit einem lebensgefährlichen Bauchschuss.

„Auf den Bullen hat Killer-Elli geschossen."

„Aha, wieso das?"

„Er wollte sie festnehmen. Das war eine richtige Schlägerei zwischen den beiden, davon hat sie auch die anderen Verletzungen."

Schneider schnappte nach Luft, das setzte dem Ganzen jetzt die Krone auf.

„Überlegen Sie sich, ob Sie bei dieser Aussage bleiben wollen", warnte Göthefeld.

„Es war so. Und auf Killer-Elli hat Italo geschossen, weil sie uns auch abknallen wollte. Das war Notwehr von ihm."

„Mmh."

„Ich hab sowieso noch nie eine Knarre in der Hand gehabt."

„Seltsam. Wir haben aber eine Kriminalhauptkommissarin, die aussagt, Sie hätten auf sie geschossen. Und sagen Sie jetzt nicht, sie hätte gelogen, dann drehe ich hier auf. Wir haben außerdem Schmauchspuren an ihren Händen sichergestellt, Baier. Aus der Nummer kommen Sie nicht ungeschoren raus."

„Mann, ich dachte das wär ne Asylantin. Die hat außerdem zuerst geschossen."

„Da bin ich doch froh, dass wir die forensische Ballistik haben“, sagte Göthefeld und deutete so ihren nächsten Zug an. „Wenn unsere Kollegin zuerst geschossen hätte, dann hätte das Projektil der anderen Waffe nicht da in der Wand gesteckt, wo wir es gefunden haben.“

„Dann haben wir eben gleichzeitig geschossen.“

„Ich denke, Sie haben zuerst geschossen, Baier. Wir haben Zeugen, die zwei Schüsse kurz hintereinander gehört haben.“

Erstaunlicherweise blieb eine Erklärung von ihm aus. Baier starrte auf seine Hände und schob seine Spucke im Mund hörbar hin und her.

„Es wäre schlauer, wenn Sie uns die Wahrheit erzählen. Das macht sich besser, auch später in der Verhandlung. Sie können eine Gefängnisstrafe dadurch merkbar reduzieren. Ich an ihrer Stelle würde das nicht auf die lange Bank schieben. Elisabeth Dahlke ist vernehmungsfähig und unsere Kolleginnen sind auf dem Weg zu ihr. Es wäre nicht von Nachteil, wenn sich die Aussage dieser Frau zumindest in Teilen mit der ihren deckt. Wir haben Spuren ohne Ende, die noch ausgewertet werden. Glauben sie nicht, es stünde ihre Aussage gegen die der Frau. Wenn es in den Prozess geht, werden wir beweisen können, wer die Wahrheit gesagt hat. Und dann ist da ja noch Kriminalhauptkommissar Kahlberg. Auch der war dabei. Auch seiner Aussage sollten Sie mit der Wahrheit zuvorkommen, wenn Sie sich ein paar Jahre ersparen wollen."

„Vielleicht kratzt er ja noch ab", nuschelte Baier.

Schneider stand im Bruchteil einer Sekunde aufrecht, sein Stuhl kippte beinahe um. Baier duckte sich, erholte sich aber schnell von dem Schrecken.

„Sie dürfen mich gar nicht bedrohen." Er grinste frech.

Schneider setzte sich wieder, ohne ein Wort zu sagen.

„Sie stellen sich nicht besonders schlau an", konstatierte Göthefeld.

„Pff."

„Kennen Sie die vier „W"?"

„Hä?"

„Wir werden herausfinden, *wer wann* mit *welcher* Waffe auf *wen* geschossen hat. Und jetzt alles von vorn Herr Baier."

„Wie jetzt?"

„Erzählen Sie nochmal. Wir haben richtig viel Zeit."

„Es ist besser, wenn Sie erst mal mit mir reden", schlug der Mann vor. Er saß im Krankenzimmer an Elisabeth Dahlkes Bett, mit Aktentasche neben dem Stuhl, stilecht in Anzug und mit Krawatte. Elli winkte Krohn und Lambers trotz seiner Warnung zu sich. Sie nahmen sich Hocker und setzten sich ans Fußende des Bettes. Lambers kannte den Typen aus der Zeitung. Der war Anwalt, der tauchte bei wichtigen Prozessen auf. Wo kam der her? Hatte Frau Dahlke den selbst engagiert? Wie wollte sie diesen Anwalt bezahlen? Der hatte doch mit Sicherheit einen exorbitanten Stundensatz.

„Herr Dr. Grune, Ihre Kanzlei übernimmt die Verteidigung von Elisabeth Dahlke?“, fragte Krohn. Sie wirkte entspannt neben diesem Mann, der sich vermutlich für besonders wichtig hielt.

„Hauptkommissarin Krohn, freut mich, Sie zu sehen.“

„Ganz meinerseits“, antwortete sie.

Die kannten sich also.

„Ich werde die Verteidigung höchstpersönlich übernehmen.“

„Dann werden wir uns häufiger sehen.“ Sie lächelte.

„Das will ich doch hoffen.“

Lambers stöhnte innerlich auf, das Süßholzraspeln war ja grässlich.

Dr. Grune wandte sich wieder Frau Dahlke zu. „Ich würde Ihnen raten ...“

„Nein, Herr Dr. Grune, ich habe mich entschieden. Ich werde den Ermittlerinnen hier alles sagen, was sie wissen wollen. Ich habe die ganze Zeit geschwiegen und was ist dabei herausgekommen? Ich sage jetzt aus.“

„Lassen Sie mich das erklären. Wenn Sie ...“

„Sie können gerne dabei sein", schnitt sie ihm das Wort ab und wandte sich Lambers zu.

„Ich kenne Sie. Sie haben sich um mich gekümmert, als ich in meiner Wohnung angeschossen wurde. Wie heißen Sie denn?"

„Ich bin Fiona Lambers."

„Ich muss ihnen danken. Sie haben das richtig gut gemacht, ich hatte keine Angst."

„Das ist doch selbstverständlich."

„Heutzutage nicht mehr."

Elisabeth Dahlke rutschte ein wenig im Kissen hin und her. „Es tut alles weh, fast alles", stöhnte sie. „Ich könnte mit zwei Wörtern benennen, was nicht weh tut." Sie lächelte gequält. „Würden Sie mir das Wasser geben, da komme ich im Moment selbst noch nicht ran."

Der Anwalt drückte ihr das halbvolle Glas in die Hand und sie trank es in einem Zug leer.

„Dann können wir anfangen", sagte sie leichthin.

„Sie werden als Beschuldigte vernommen", erklärte Krohn. „Darf ich die Befragung aufzeichnen?"

„Ja, machen Sie das. Das können Sie nicht alles im Kopf behalten."

„Ich werde Sie zuerst belehren."

Elisabeth Dahlke nickte.

„Sie werden beschuldigt, Pascal Wetzki sowie Radek Matschulak erschossen zu haben. Außerdem wird ihnen zur Last gelegt, Thorsten Krawetzki durch eine Schusswaffe schwer verletzt zu haben. Es handelt sich um Straftaten im Sinne des StGB. Des Weiteren wird ihnen unerlaubter Waffenbesitz und das unerlaubte Tragen einer Schusswaffe in der Öffentlichkeit vorgeworfen. Hier handelt es sich um Straftaten nach dem Waffengesetz. Es steht ihnen frei, sich zum Tatvorwurf zu äußern. Sie müssen sich jedoch nicht selbst belasten. Es steht ihnen jederzeit die Möglichkeit zu, sich mit ihrem Verteidiger zu beraten. Sie können sich auch zu einem späteren Zeitpunkt schriftlich zu den Tatvorwürfen äußern. Frau Dahlke, haben Sie die Belehrung verstanden?"

„Das habe ich. Sie haben das so richtig schön gesagt."

„Möchten Sie sich zu den Vorwürfen äußern?"

„Es stimmt alles."

Dr. Grune rollte mit den Augen.

„Frau Dahlke, so geht das doch nicht", wandte er ein.

„Doch, so geht das."

„Wir brechen das hier ab", insistierte Dr. Grune. „Sie bekommt starke Tabletten und ..."

„Soll ich ihn rauswerfen?", fragte Elisabeth und zwinkerte.

„Das kann ja heiter werden." Dr. Grune schüttelte sichtbar verständnislos den Kopf.

„Erzählen Sie mir von dem Abend in der Straßenbahn", bat Krohn.

„Ich fange mal früher an. Nicht, dass sie denken, ich wäre darauf aus gewesen, an diesem Abend jemanden zu erschießen. Meine Makarow trage ich ständig bei mir, wenn ich unterwegs bin, schon seit beinahe elf Jahren. Ich habe sie von meinem Mann bekommen, nachdem ich überfallen wurde. Ich habe sie bis dahin nie gegen Menschen benutzt und das sollte auch so bleiben. An dem Abend in der Straßenbahn habe ich dann eingegriffen. Die waren dabei, einen Mann zu erstechen. Ich hätte auch zusehen können, aber das konnte ich nicht mehr aushalten. Wegschauen ging auch nicht. Ich habe mich nicht mal entschieden, das zu tun, es ist wie von selbst passiert. Ich war wie ferngesteuert. Kann man das so sagen?"

„Ich weiß, was sie meinen", sagte Krohn.

„Danach bin ich direkt nach Hause gegangen, wenn ich mich richtig erinnere. Da habe ich erst begriffen, was ich gemacht habe. Ich hatte furchtbare Angst vor den Konsequenzen. Ich wollte auf keinen Fall ins Gefängnis." Sie hielt kurz inne. „Meine Ehe war, ich sage mal so, sehr engmaschig gestrickt. Ich wollte nicht nochmal eingesperrt sein", sagte sie leise. „Ich habe dann doch überlegt, mich zu stellen. Aber ich hatte ihm in den Kopf geschossen. Das ist dann wohl keine Notwehr. In der Straßenbahn habe ich das nicht begriffen, ich habe überhaupt nicht nachgedacht. Das Einzige, an das ich mich vage erinnere, ist, dass ich den Mann stoppen und dabei niemand anderen verletzen wollte. Der Kerl hat wieder und wieder mit seinem Messer ausgeholt und ich habe gespürt, dass ich ihn aufhalten muss. Niemand anderes hat eingegriffen." Sie räusperte sich. „Bei Gerda im Haus war das anders. Wissen Sie, ich fühle mich unendlich schuldig. Wenn ich mich nicht feige versteckt hätte, wäre das mit Gerda nicht passiert. Und das mit Ihrem Kollegen auch nicht. Das tut mir leid. Das müssen Sie mir glauben, es tut mir wirklich leid." Sie senkte schnell den Kopf und wischte sich schwerfällig mit dem Ärmel ihres Nachthemdes über die Augen.

„Woher wussten Sie, dass Matschulak und Baier im Haus ihrer Freundin waren?"

„Ich hatte ja den Brief verloren. Anfangs habe ich den Gedanken verdrängt, diese Männer könnten ihn gefunden haben. Gerda hat ein paar Tage bei ihrer Tochter in Köln verbracht. Nach ihrer Ankunft zurück in Rostock hat sie mich angerufen. Sie hatte schon im Hausflur das Gefühl, dass jemand bei ihr eingebrochen ist. Da ist gleich eine böse Ahnung in mir hochgekrochen. Ich habe sie gedrängt, die Polizei anzurufen, und bin dann mit dem Taxi losgefahren. Ich hätte auch selbst die Polizei anrufen können, aber so weit habe ich in dem Moment gar nicht gedacht. Ich wollte nur so schnell wie möglich zu ihr."

„Es ist an dem Abend kein Notruf von ihr eingegangen", bemerkte Krohn.

„Dann hat sie das nicht mehr geschafft. Womöglich waren die schon in ihrem Haus. Da war alles verwüstet, es sah aus, als hätten die da schon tagelang gehaust."

Lambers dachte an den Abend, als sie mit Felizitas Brenner das Haus betreten hatten. Elli lag mit ihrer Vermutung sicher nicht ganz falsch.

„Ich bin zuerst hinten auf die Terrasse gegangen, es war alles heruntergezogen. Aber durch die Ritzen der Jalousie konnte ich sehen, dass die zwei Männer aus der Straßenbahn bei ihr waren. Gerda war mit Klebeband an ihren Sessel gefesselt und hatte Blut im Gesicht, und ... und ...", sie begann zu schluchzen. Der Anwalt reichte ihr ein Papiertaschentuch. Sie warteten, es dauerte eine Weile, bis Elisabeth sich gefasst hatte.

„Der eine hat die Gardinenkordel genommen und sie Gerda um den Hals gelegt. Da habe ich gewusst, dass sie meine Freundin umbringen werden. Ich bin nach vorn, zur Haustür. Ich habe schon seit Längerem einen Zweitschlüssel. Mit dem bin ich dann leise in den Flur. Und dann habe ich mich angekündigt."

„Angekündigt?", fragte Lambers. Die Wortwahl verblüffte sie.

„Ich habe mich laut und deutlich bemerkbar gemacht. Die beiden haben gesehen, dass ich da bin. Dann habe ich auf den gezielt, der bei Gerda am Sessel stand. Er hat mich angeschaut und auch der andere hat gemerkt, was los ist. Das war dieser Franky, der später in meiner Wohnung war."

„Franky?", hakte Krohn nach. „Wie kommen Sie auf den Namen?"

„Der Italo hat ihn so genannt, Klein-Franky."

„Er heißt Timo Baier."

„Nein, der Name sagt mir nichts."

„Okay. Die beiden haben Sie im Flur stehen sehen." Krohn brachte die Beschuldigte zurück in die Spur.

„Ich habe den großen aufgefordert, Gerda loszulassen. Die haben sich dann unterhalten. Dieser Franky, nein, also dieser Timo Baier meinte, ich würde auf die Entfernung nicht treffen. Ich habe dem nochmal gesagt, dass er Gerda in Ruhe lassen soll, dass er vom Sessel weggehen soll. Aber er hat mir gedroht, dass er Gerda tötet, wenn ich meine Makarow nicht weglege. Das ging dann ein paarmal hin und her zwischen uns, bis er durchgedreht ist. Er hat sich über Gerda gebeugt, es sah aus, als würde er sie nun wirklich erdrosseln. Ich habe Gerda röcheln hören. Ich war ganz bei mir. Ich wollte ihn nicht erschießen, aber ich konnte nur seinen Kopf sehen. Er stand gebeugt hinter Gerdas großem Lesesessel. Es war kurz ein Arm zu sehen, wenn ich mich richtig erinnere. Die Zeit wurde knapp. Da habe ich rückwärts gezählt und geschossen. Als ich ins Wohnzimmer gekommen bin, ist dieser Franky durch die Terrassentür verschwunden."

Lambers war erleichtert, dass sich die Ergebnisse der Spurensicherung und der Ballistik mit der Aussage von Elli deckten. Auch sie hatten festgestellt, dass von Matschulak nur der Kopf zu sehen gewesen sein konnte, während er die Frau im Sessel misshandelte. Das sprach trotz Kopfschuss für eine Notwehrsituation.

„Dann muss Franky-Timo herausgefunden haben, wo ich wohne. Ich habe keine Ahnung, wie er das angestellt hat. Jedenfalls kam er ein paar Tage später mit diesem Italo in mein Wohnzimmer. Er hatte meine Makarow in der Hand und da wusste ich, dass es vorbei war."

Sie nahm einen tiefen Atemzug und räusperte sich. „Würden Sie mir nochmal Wasser eingießen?"

Es entstanden einige Sekunden der Stille. Sie trank in kleinen Schlucken, alle warteten geduldig, bis Elisabeths Glas leer war.

„Ich habe den Männern Rührei gemacht."

„Was?" Lambers sah sie erstaunt an.

„Nicht aus Nettigkeit, ich hatte meine eigene Waffe dabei im Rücken. Dieser Timo war grob zu mir, Italo hat sich das nur angesehen, er hat aber nicht eingegriffen. Die Aggressionen haben sich weiter hochgeschaukelt. Sie sehen ja, wie dieser Timo mich zugerichtet hat. Sie haben gegessen und Wein getrunken. Irgendwann hat Italo die Balkontür geöffnet, um zu lüften. Er hat seine Waffe kurz nach draußen gehalten und ich habe mich noch gefragt, was er damit bezweckt. Das da jemand auf dem Balkon war, das habe ich nicht bemerkt, erst als Italo es erwähnte. Da habe ich sofort geahnt, weshalb er die Waffe rausgehalten hat, dass er auch geschossen hat. Timo hat dann meine Makarow auf den Wohnzimmertisch gelegt, zu weit weg für mich. So junge Kerle sind jünger und schneller, das ist nun mal so. Aber ich habe wieder Mut geschöpft, ich habe auf eine passende Gelegenheit gehofft."

„Wie hat Italo bemerkt, dass unser Kollege auf dem Balkon stand?", fragte Krohn.

„Italo hat einen Schatten erwähnt. Das ist auch das Einzige, was ich mir erklären kann. Es war kurz Licht draußen, meine Nachbarin hat eine Lampe über ihrem Balkon."

„Das wäre tatsächlich eine Erklärung", sagte Krohn matt.

„Die sind dann zu zweit auf den Balkon gegangen und ich habe eine Sekunde überlegt, ob ich die Makarow nehmen oder zur Tür laufen soll. Der Schlüssel steckte noch, das erschien mir sinnvoller. Am Wohnzimmertisch hätten die Männer mich gesehen, da hätte Italo mich problemlos erschießen können. Ich habe mich dann entschieden zur Tür zu laufen. Timo hat das bemerkt, er hat mich an den Haaren erwischt und ich bin mit dem Rücken auf den Boden aufgeschlagen."

„Die Kopfwunde?" Krohn zeigte auf den Verband.

„Die ist auch von dem Sturz. Zuerst habe ich keine Luft mehr bekommen und bin liegengeblieben. Ich habe auch nicht mehr mitbekommen, was die geredet haben. Irgendwann habe ich mich doch umgedreht, ich konnte ja nicht untätig abwarten. Ich bin ein Stück zum Wohnzimmer gekrochen, auf allen Vieren, wie man so sagt. Da konnte ich sehen, dass da jemand lag. Italo hielt die Waffe auf den Kopf des Mannes gerichtet, er sagte sowas wie ‚Sieh mal, ein Bulle, da hab ich den Hass drauf.' Als ich gehört habe, dass der Mann ein Polizist ist, habe ich Hoffnung geschöpft. Er war sicher nicht allein gekommen. Ich bin näher ran und konnte sehen, dass er stark blutete. Das hat meine Vermutung bestätigt, dass Italo den Mann auf dem Balkon angeschossen hat. ‚Bist du allein' hat er den Polizisten, also Ihren Kollegen, gefragt. Aber der hat nicht geantwortet. Italo hat ihn dann getreten, obwohl er schon schwer verletzt war. Sie haben dann gestritten, wer von beiden Ihren Kollegen erschießen soll. Dieser Timo hat das Gott sei Dank nicht hingekriegt. Das habe ich, ehrlich gesagt, auch nicht anders erwartet. Das hat mir Zeit verschafft. Ich war jetzt schon direkt am Wohnzimmertisch. Ich hatte das sichere Gefühl, dass Italo nicht zögern würde, Ihren Kollegen zu erschießen. Ich bin aufgestanden, ich weiß nicht, wie ich das noch geschafft habe. Dann habe ich die Makarow genommen. In dem Moment hat Timo mich gesehen und Italo gewarnt. Der hat sich wie ein Wirbelwind umgedreht und wir haben gleichzeitig abgedrückt. Als ich da zwischen Sessel und Tisch gelandet bin, habe ich begriffen, dass er mich getroffen hat. Aber ich wusste, dass ich auch ihn erwischt habe. Ich hatte seine rechte Schulter anvisiert und ich habe gehofft, dass ich auch nur die getroffen habe."

„Die haben Sie exakt getroffen", bestätigte Krohn.

Nachtgedanken

„Sieht nach Regen aus“, sagte Vinzenz. „Sollen wir direkt reingehen?“

„Gern, wenn ich da so raufschaue, ist das die richtige Entscheidung.“

Nora folgte ihm ins Bistro und sie wählten einen Platz am Fenster.

„Ich hatte schon Angst, du würdest dich nicht mehr melden.“

„Ich war verhindert“, beteuerte Nora. „Du siehst, jetzt sitzen wir hier.“

Sie lächelte, es war wie an dem Abend in der Straßenbahn, es haute ihn um. Ein Kellner kam an den Tisch, er zündete die Kerze an und sie bestellten Pasta und Getränke.

„Diese Schießerei im Falkenweg, ich habe gehört, das war die Wohnung dieser Elli. Sie soll einem Polizisten das Leben gerettet haben.“

„Habe ich auch gehört“, bestätigte Vinzenz.

„Hat sie nicht auch diesen Einbrecher erschossen? Beim Wohngebiet an der Riekdahler Wiese?“

„Sie hat angeblich verhindert, dass eine Seniorin erdrosselt wurde."

„Und wenn sie nicht gewesen wäre, säßen wir jetzt nicht hier", sagte Nora. Sie legte ihre Hand auf seine.

„Ich hoffe, dass sie nicht ins Gefängnis muss. Mein Onkel ist mit diesem Promianwalt, Dr. Grune, befreundet. Die segeln im Urlaub zusammen. Der übernimmt das Mandat."

„Ehrlich? Der Grune selbst?"

„Höchstpersönlich."

„Das ist doch super. Da hat sie doch dann einen erstklassigen Rechtsbeistand."

„Der gehört zu den besten in Mecklenburg-Vorpommern, hat mein Onkel mir versichert."

„Das beruhigt mich."

Vinzenz nickte. In allen drei Fällen eine Notwehr zu begründen, würde sicher ein Problem werden. Die drei Ereignisse hingen zusammen, das wurde in der Presse angedeutet. Da hätte Elli bessere Chancen gehabt, wenn sie sich direkt nach der ersten Tat der Polizei gestellt hätte. Womöglich hatte der Schuss in der Straßenbahn eine Kette in Gang gesetzt, die sie hätte verhindern können. Er konnte sich das vorstellen, aber er wusste nicht, ob es so war, und welche Konsequenzen das vor Gericht haben würde.

„Wir werden sicher auch als Zeugen gehört", holte sie ihn aus seinen Gedanken. „Da können wir sie mit unserer Aussage entlasten."

„Auf jeden Fall", pflichtete Vinzenz ihr bei.

Der Kellner stellte die Rotweingläser auf den Tisch und goss aus einer bauchigen Karaffe ein. Nora nahm ihr Glas in die Hand und sah ihm in die Augen. Er erwiderte ihren Blick.

„Wir trinken jetzt darauf, dass wir uns gefunden haben", schlug sie vor.

Er prostete ihr zu. „Auf uns."

„Und auf Elli", fügte sie an.

„Ja, unbedingt auf Elli."

Zunächst hatte Kahlberg nicht begriffen, wo er sich befand. Er erinnerte sich vage, Imani neben sich gesehen zu haben, während er weggedämmert war, aber das konnte nicht sein. Er lag, aber das hier war auf keinen Fall sein Bett. Die verschwommene Dunkelheit hatte einen seltsamen Farbton und dieses andauernde Piepen war auch nicht der Klingelton seines Weckers. Er schloss die Augen und ließ sich fallen. Als er durch einen Rauchwirbel wieder auftauchte, war sein Körper bleischwer, die Schmerzen holten ihn an die Oberfläche.

„Rune."

Die Stimme glaubte er zu kennen. Er zwang sich, die Augen zu öffnen, die Farbe war ihm vertraut, diese verschwommene Dunkelheit, ozeanfarben.

„Hey."

Er drehte leicht den Kopf zur Seite, der Schmerz wallte auf und er stöhnte erschöpft. Sein Körper klebte in einem Traum fest, er musste sich ausruhen.

Ewigkeiten danach war es noch immer dämmerig, aber das Blau war klar und er wusste jetzt, weshalb er hier war. Er tastete vorsichtig nach der Schussverletzung, dann legte sich eine Hand auf seine. Er wandte den Kopf.

„Imani“, brachte er hervor. Seine Stimme war so heiser, als würde er geradewegs von einem Saufgelage kommen.

„Du hast schon mal besser ausgesehen“, sagte sie. Sie lächelte und das Grübchen erschien auf ihrer Wange.

Er brachte lediglich einen matten Seufzer zustande. War sie immer schon so frech gewesen?

„Ich frage erst gar nicht, wie es dir geht.“

„Blendend.“

„Das habe ich mir gedacht. Völlig zugedröhnt, der Mann.“

„Ist gestern nicht gut gelaufen“, flüsterte er.

„Gestern? Vor einer Woche!“

Was redete sie da? Er lag doch nicht schon sieben Tage hier herum.

„Das kann nicht stimmen.“

„Ich sag’s ja, total zugedröhnt. Verdammt, wir haben tagelang Angst um dich gehabt. Mach sowas Idiotisches nie wieder.“

Das kam ihm bekannt vor. Er fühlte sich maßlos erschöpft, er schloss die Augen und spürte, wie ihre Hand über seinen Unterarm strich.

„Ich werde jetzt nach Hause fahren, ist schon spät, die wollten mich deswegen nicht mehr zu dir lassen. Aber ich war überzeugend." Sie lächelte müde. „Ich schau morgen nach dem Dienst rein und bring dir ein paar Sachen."

„Du hast meine Schlüssel?"

„Jep. Wir sehen uns morgen."

Er fasste ihre Hand, ließ sie aber genauso schnell wieder los. „Ich freu mich."

„Und lass dich bis dahin gut pflegen, schließlich hast du noch beinahe siebzehn Jahre bis zur Pension." Sie zwinkerte und wandte sich zum Gehen.

Jetzt erinnerte er sich, sie war tatsächlich immer schon so frech gewesen.

Es goss Bindfäden. Krohn fuhr aus Rostock raus und ziellos durch die Nacht. In ihrer kleinen Wohnung wäre sie jetzt durchgedreht. Sie war unendlich erleichtert, dass Rune auf dem Wege der Besserung war, aber dieses elende Bild bekam sie nicht aus dem Kopf. Sie hatte keine Ahnung, wie er das alles verarbeiten würde, vor allem mental. Es würden etliche Wochen, womöglich Monate vergehen, bis er zurück war. Er fehlte im Team, es hatte sich die Woche über schon unvollständig angefühlt. Krohn bog in eine Landstraße ab, alte

Bäume drängten sich dicht an den Asphalt. Der Lichtkegel der Scheinwerfer wirkte wie ein Sog, der den Wagen durch die Dunkelheit zog. Es lief ‚Radio Orchid' und Krohn drehte die Musik lauter. Allmählich verschwamm die Fahrbahn vor ihr. Krohn nahm den Fuß vom Gas, sie lenkte den Wagen auf den Seitenstreifen hinter eine Eiche und hielt.

Der Regen trommelte auf das Dach und sie begann zu schluchzen.

Lambers war noch im Internet unterwegs. Eigentlich hatte sie mit Maresa und Nadine in den Rostocker Studentenkeller gehen sollen, die Mädels wollten dort gründlich abfeiern. Aber dann hatte sie sich nicht mehr dazu aufraffen können. Die letzten Tage waren anstrengend gewesen. Vernehmungen von Zeugen, Auswertungen von Spuren und dieser Staatsanwalt Druschke, den Kahlberg ihnen sonst bestmöglich vom Leib hielt. Der hatte Krohn so richtig in die Mangel genommen, weil auf allen drei Waffen ihre Fingerabdrücke gefunden worden waren. Dabei wusste er, wie das in Ellis Wohnung abgelaufen war, das war reine Schikane gewesen. Lambers scrollte unentschlossen weiter und überlegte, zu Bett zu gehen, statt ihre Zeit nutzlos vor dem Laptop zu verschwenden. Dann stieß sie auf den Hashtag Killer-Elli und klickte ihn wie magnetisiert an.

Wir sind eine Gruppe von Jura-Studenten der Universität Rostock im Grundstudium Strafrecht. Wir starten mit Killer-Elli ein Projekt, um euch zu zeigen, dass unser Jurastudium nicht trocken und theoretisch ist, sondern herausfordernd und spannend. Unterstützt werden wir von unserem Dozenten Dr. Aslan. Wir werden den Strafprozess in der Sache „Elisabeth Dahlke“ begleiten, kommentieren und diskutieren. Parallel werden wir euch durch die für diesen Prozess relevanten Rechtsthemen führen, wie zum Beispiel das Verhältnis von Tatbeständen, Täterschaft und Teilnahme, Kausalität und objektive Zurechnung. Wir werden einen Trip zu den Straftaten gegen das Leben unternehmen und ihr könnt dabei sein. Besucht uns auf unserer Website, meldet euch an und bringt das Forum zum Glühen. Wir brennen für die Materie und freuen uns auf euch. Wir sehen uns demnächst auf

www.Killer-Elli.com

Lambers starrte einige Sekunden reglos auf den Link, er schleuderte sie gedanklich auf den Anfang der Ermittlungen zurück. Doch da standen sie nicht mehr, es hatte sich alles verändert, dieser Fall hatte unauslöschliche Spuren hinterlassen, bei jedem einzelnen vom Team. Sie klickte und las:

Diese Seite befindet sich im Aufbau.

Die Autorin Rita Janaczek wurde 1967 in Legden im Münsterland geboren und lebt heute mit Mann und Katze Fine in Haselünne im Emsland. Sie schreibt Krimis und Kurzgeschichten, begeistert sich aber auch für andere Genres.

2013 gewann sie den 18. Münchner Kurzgeschichtenwettbewerb mit ihrer Geschichte „Tage und Wochen". 2022 war sie unter den Gewinnern des SpaceNet Award. 2023 gewann die Anthologie „Mensch 3.0", in der ihre Story „Miriam" veröffentlicht ist, den Goldenen Stephan. Ebenfalls im Jahr 2023 schaffte sie es auf die Shortlist des Wettbewerbs „3. Oktober – Die Freiheit, die ich meine". Ihr Kurzkrimi „Gabriel und die Frau in Schwarz" war 2024 für den Glauserpreis in der Kategorie Kurzkrimi nominiert.

Rita Janaczek ist Mitglied bei den „Mörderischen Schwestern" und beim „Syndikat".

Weitere Krimis der Autorin:

Überarbeitete Neuauflage
erscheint im Oktober 2024

Überarbeitete Neuauflage
erscheint im November 2024

Überarbeitete Neuauflage
erscheint im Dezember 2024

Kurzgeschichte, Format A6
erschienen 2023

Kurzgeschichte, Format A6
erschienen 2022

Kurzgeschichte. Format A7, erschienen 2017

Inhaltsverzeichnis